中国作家看世界丛书

一城繁华半江河

叶辛小散文

叶辛 著

上海远东出版社

图书在版编目（CIP）数据

一城繁华半江河：叶辛小散文/叶辛著. —上海：上海远
东出版社，2024
（中国作家看世界丛书）
ISBN 978 - 7 - 5476 - 2023 - 6

Ⅰ.①— … Ⅱ.①叶… Ⅲ.①散文集-中国-当代
Ⅳ.①I267

中国国家版本馆 CIP 数据核字（2024）第 092722 号

策　　划	黄政一
责任编辑	黄政一
特约编辑	陈占宏
封面题签	叶　辛
封面设计	李　廉
摄　　影	黄政一

中国作家看世界丛书
一城繁华半江河
——叶辛小散文
叶　辛 著

出　　版	**上海远东出版社**
	（201101　上海市闵行区号景路 159 弄 C 座）
发　　行	上海人民出版社发行中心
印　　刷	上海锦佳印刷有限公司
开　　本	890×1240　1/32
印　　张	11.5
插　　页	2
印　　数	1—4000
字　　数	246，000
版　　次	2024 年 6 月第 1 版
印　　次	2024 年 6 月第 1 次印刷
	ISBN 978 - 7 - 5476 - 2023 - 6/I · 390
定　　价	68.00 元

目 录

序　不信你试试

细算起来，从 1977 年早春时节，出版我的处女作《高高的苗岭》至今，已经 47 年了。如果算上此前我从贵州遥远的山乡里往稿纸上涂涂抹抹地学习写作的日子，走上创作之路足有半个世纪之久了。

《高高的苗岭》是一部 8 万 8 千字的儿童题材中篇小说。此后，陆陆续续地不断地有一本一本书出版，大多数是长篇小说。特别是《蹉跎岁月》《孽债》《巨澜》几本书，多少有些影响。前两本是因为改编为电视连续剧，播出后引起观众的喜欢和好评。后一本《巨澜》还是长篇小说三部曲，影响不如前两本，但也在 40 年间印刷了 6 次。尤其是 2021 年，被评上了建党 100 周年的"百年百部红旗谱"，誉为红色经典。又加上《蹉跎岁月》在建国 70 周年时，被评为 70 年 70 部长篇小说典藏，好多人都以为我的创作主要是在中长篇小说上，很少写作散文随笔一类题材。

年轻时代，确实也是这样；后来逐渐有了点儿影响，报纸刊物开始约写一些创作谈，散文随笔一类文字。写着写着，数量也多了起来。引起了出版社注意，近半个世纪以来，也编撰了不少散文随笔集子。其中篇幅最大的，是上海社会科学院出版社的《一支难忘的歌》，广东人民出版社的《文学回忆录》和《我和祖国 70 年》，厚厚的，和一本本长篇小说的篇幅差不多。《我和祖国 70 年》还印刷了 5 次，成为吉林省的建国 70 周年献礼书。

　　年纪大上去，文章却越写越短。今年是建国 75 周年了，五年时间里，应报刊之约，也写下不少短文，故尔上海远东出版社老黄和我商量出一本集子时，我随口就报了个"叶辛小散文"的书名；但他们却从我近年来的小文中，挑了现在这么一个书名：《一城繁华半江河》，于是我就挑出了近 90 篇稿子，编成了这么个集子。

　　要说这个小散文集有什么特点，我说第一个特点，每一篇文章都是近几年写出并且发表的；第二个特点呢，前面已经说到了，就是短，所以只能称小散文。

　　有没有第三个特点呢？我想想第三个特点就是和我的人生有关。我说过，我生命的两极是上海和贵州，这本小散文集里收录的文章，大都和上海与贵州有关。这几年中，其实我也去过国内另外一些省份，诸如海南、新疆和内蒙古，有感而发，也时有小文写出。但我都没有收入本书中。大多数文章，都是关于上海和贵州的。退休之后，年年夏天在贵州过，那里比酷热难耐的上海好过一些，也不至于浪费太多时间，除了可以静心写些东西，还能在全省各地走走，把贵州高原和上海作些比较，从而把经过对比得到的感受写点小散文。

　　这不是说我不写长篇小说了，和这本书出版的同时，有出版社再版了我的五部长篇小说，除了《蹉跎岁月》和《孽债》分别是 40

多年前和 30 多年前的作品，《魂殇》《婚殇》《恋殇》都是近年里新写出的。

这套 5 卷本长篇小说文集，离开上一套长篇小说文集 8 卷本的出版，也有 8 年了。对比着读一读长篇小说和我的这一本《一城繁华半江河——叶辛小散文》的小散文集，会是很有意味的事情。

不信你试试。

叶　辛

2024 年 4 月

上海开埠的话题

又一次提到上海开埠，只因为从时间上算起，上海现在这么一座近2500万人口的国际大都市，开埠已有180年了。在我看来，这不是一件什么光彩的事情，而是充满了屈辱和无奈。

开埠正式向上海和中国广大民众宣布之日，是1843年11月17日。而宣布这件事情的，却是当时大英帝国派驻上海的首任领事巴富尔。

9天之前，也就是11月8日，巴富尔带着几个他的部属，坐着一条小火轮，踏上了上海的土地。一个区区领事，可以说对上海并没有多少了解，凭什么他就能对上海的道台视而不见，堂而皇之地作此宣布呢？这得回顾一下从3年之前开始的鸦片战争。

1840年6月，英国侵略军悍然进攻福建、厦门，倚仗着海军的坚船利炮，短短两年时间，就由南而上打下了厦门、定海、宁波、慈溪等一系列的沿海大小城市。到了1842年6月，英军已突入长江口，气势汹汹地直向上海这座城觊觎已久的城市扑来。

6月16日，即将迎来盛夏酷热气候的上海，发现英军10多艘战舰和汽船冲向吴淞炮台，江南提督陈化成率领官兵在西炮台上迎战，炮弹命中敌舰，却打不退英军，因清军的炮弹质量低劣，炮弹击不穿英军的战舰；又因陈化成的上司是两江总督牛鉴，见到英军攻势凶猛，吓得带头逃窜，引起几支队伍跟着不战而退。进攻势头猛烈的英军全面发起进攻，很快从三面包围住陈化成带兵坚守的西炮台。陈化成和官兵们在陷入绝境中仍与英军拼杀，终于寡不敌众，以身殉国。上海人民至今仍记得他。

英军攻陷吴淞和宝山后，又兵分两路，向上海城中杀来。开战第三天，英军就占领了上海县城。几天之中，英军乘胜溯江而上，于 6 月 23 日攻陷镇江，直逼南京。清政府只得委屈退让，接受了英方提出的《中英江宁条约》，屈辱地答应了英方割地赔款的要求。就是在这个近代中国签下的第一个不平等条约中，清政府被迫允诺英国人"寄居大清沿海之广州、福州、厦门、宁波、上海等五处港口，贸易通商无碍，且大英国君主派设领事、管事等官往该五处城邑，专理商贾事宜"。

随后的 10 月，中英又签订了《虎门条款》，民间简称"五口通商"。正是基于这些不平等条约，上海只得向西方殖民者打开了大门，被迫开始了近代化进程。于是乎，英国派出的首任驻上海领事巴富尔，才得以趾高气扬地来到上海宣布开埠日期。

在开埠 180 年后的今天，回顾一下这段历史，再到城隍庙瞻仰一下陈化成的塑像，对我们每个上海人而言，会别有一番滋味涌上心头。

"上海之根"与"上海之源"

　　几年前去松江采访，怡逢这里举行松江1250年的庆典，松江区的文人和领导都对我说，松江府距今已有1250年的历史，现在的整个上海地域，当年都属华亭县；而华亭县是隶属松江府下面的一个县，故而可以说松江是"上海之根"。

　　我觉得他们讲得有道理，于是便记住了，松江是上海最早起源的地方。

　　记得小时候地理教科书上写得明明白白，说上海在古代是一个小渔村，具体的时间是700多年前，期中考试的试卷上还有这道题。有同学这道题答错了，老师生气地敲着黑板，训斥他是个糊涂虫，作为上海人，竟然忘记上海是什么时间形成的。我对这件事的印象太深刻了，以至于后来离开上海，去西南山乡生活，谈及上海的话题，我总会说上海有700多年的历史，从一个小小的渔村演变发展而来。

　　松江之行后，想到人家有根有据地说出"上海之根"的依据，从那时起，只要讲起来类似话题，我总会说"上海之根"是松江，有1000多年历史了。自以为颇有依据，却不料到了松江旁边的青浦，青浦的文人和领导却说，1957 年在青浦赵巷镇的崧泽村，发现了崧泽古文化遗址，充分证明了青浦才是大上海远古文化的发源地，是真正的"上海之源"。

"根"和"源"我理解是同一个意思，而且"上海之源"的说法，一次一次地被强调和证明。2013 年，国务院颁布崧泽遗址系第七批全国文物重点保护单位。2021 年，在第三届中国考古学大会上，崧泽遗址成为上海市唯一人选"百年百大考古发现"的考古发现。后来，青浦又发掘出了福泉山遗址。这遗址更是了不起，完整保留了距今 6 000 多年来上海地区各个时期的文化叠压遗存，并出土 3 000 多件玉器、石器和陶器，又一次被公布为全国重点文物保护单位，是 150 处大遗址的保护项目之一，被考古学家们誉为"中国的土筑金字塔""古上海的历史年表"。想来，青浦称之为"上海之源"，理直气壮。

那么 1 250 年的松江怎么说？松江人仍坚持说，他们是有根有据的"上海之根"。两个区各唱各的调，有时候两种说法难免会发生争论和碰撞，但大家争论归争论，碰撞归碰撞，却没有闹得不可开交，只是你说你的，我讲我的。

因此在我 2004 年出版的长篇小说《华都》中，当我回溯上海历史，涉及上海的起源这个话题时，我只能回避了。但是我想，关于"上海之源"、"上海之根"这一话题，总不能像我这样在长篇小说中处理的一样，老是回避下去，还是应该有一个明确的说法，让上海人，让所有关心上海的同胞，都知道的明明白白。

那么，怎样讲清楚这一话题呢？我认为，总要有一个单位或机

构牵头约请一批感兴趣的专家、学者,包括松江和青浦两个区的乡
土历史地理专业人士共同来探讨,根据历史和地域上的沿革,把这
个问题梳理得清楚明白。毕竟,客观的事实和真理放在那里,总是
该能讲得让所有人都信服的吧。

外滩之名缘何而来

为何有"外难"而无"里滩"

前年盛夏，中国作家协会组织全国一批名作家来浦东采风。看了浦江两岸的景色后，一位西北的作家随口问我："这么漂亮的外滩，原先是什么地方？"

我简单地告诉他："我在长篇小说《华都》里写过，你现在看到的那片被称作'万国建筑博览群'的地面，原先是老城厢外东侧的李家坟场。而紧挨着黄浦江边的那片滩地呢，则是纤夫们拉船的纤道。"

"纤道？"西北作家的眼睛瞪大了，他手指着隔江那片阳光下的楼群问："你说的是列宾画作中画过的《伏尔加河上的纤夫们》拉纤的纤道？"

我不禁笑了，小说家的想象力真是丰富啊。列宾的画世界闻名，他画的纤夫也只有外国才有呢。我只得告诉他："黄浦江上也通船，泊船时靠岸，没停到准确的位置时，就得靠纤夫拉。"

旁边一位闵行区的作家让我仔细讲讲来龙去脉，他说自己是土生土长的上海人，但也不晓得外滩的起源。

于是我便一五一十地讲了起来。在沪语中，习惯把河流的上游称为"里"，下游称为"外"。黄浦江在龙华附近一个拐弯，进入老城区，流到今天的陆家浜附近。那时的上海人习惯把这一段称为"里黄浦"。而将陆家浜以北，也就是不少老上海会说"陆家浜朝上"的那一段，称作"外黄浦"。里黄浦的滩地叫作"里黄浦滩"，外黄浦的滩地则被叫作"外黄浦滩"，简称"外滩"。

有外滩，那么有没有里滩呢？应该是有的。只不过今天的上海人，谁都不知道里滩在哪里。

只因外滩太出名了。开埠以来，外滩成了近代上海最先发展的地段，建造了凝重气派、风格各异的建筑，蜂拥而来的外国商家和金融企业都在外滩的大楼里安营扎寨，使得外滩当仁不让地成为上海这座城市的象征。改革开放以来，上海首创的灯光工程，使得外滩的万国建筑博览群，不但在白天吸引了来自全国和世界各地的游人，即使到了夜晚也是游人如梭的胜地。而里黄浦江的滩地呢，由于各种原因，始终没有多大的变化，故而长长的江岸两地，尽管仍有空地，但没有一处被称为"里滩"的地方。

吴泾取代龙华成为"浦江第一弯"

同样是之前到吴泾参加作家采风，带队的女士把我们领到黄浦江边，欣赏江岸边修整一新的绿化和步道。正当大家饱览黄浦江风光的时候，带队女士介绍说："这是从松江那边流进上海市区的第一个弯。"

我提出异议："在有一点年纪的上海人记忆中，黄浦江流进市区的第一个弯，是在龙华附近。怎么就到这儿来了呢？"

这位女士笑着对我说："叶老师，你这是'老黄历'了！你们年轻的时候，徐家汇外头就是农田，是'乡下头'了，所以才会说龙华是第一个弯。现在的市区范围大大拓展，你今天过来看看，这边哪里还有'乡下头'的感觉？吴泾现在也是市区的一部分了。你看看地图，是不是？"说罢，她当即翻出手机上的地图让我看。

受此启发，在采风结束后参加的关于吴泾文化发展的座谈会上，我就提出："你们那个修整得那么漂亮的江畔花园，不是在征求地名吗？干脆就叫'浦江第一弯'。"不料这一提议，当即受到与会作家和镇上人士的赞同，有人还说："你们的葱油饼好吃，也可以叫'浦江第一葱油饼'嘛！同理，服饰店做得好的，也可以叫'浦江第一服饰'！"会后，便请市里有名的书法家题了字。不久，"浦江第一弯"的大红牌匾就隆重地揭了牌。

紧随世博会而崛起的"后滩"

2010 年世博会举办时，政府在里黄浦江浦东一侧的滩地上，规划建起了不少场馆和高楼大厦，这就是现在的后滩。

地铁 7 号线，现在有个后滩站。世博会闭幕以后，后滩的一幢幢大楼里，先后搬进了不少公司和机构，随着浦东的进一步开发开放，后来居上的后滩，也将成为世人皆知并焕发其独特光彩的地方吧。

租界时期，外滩曾经被划为法租界外滩和英租界外滩，以延安东路口为分界线标志。像纤道，就是外滩最先消失的地标。纤道先是被推平，建成了黄浦滩路，也就是今天的中山东一路。

不晓得今天挂出"外滩源"牌子的地方，有没有将这一切告知新、老上海人？

百年之前的上海弄堂

　　老同学，更是相交 58 年的老朋友定先给我发来一条微信，告知我们俩共同居住过的鸿福里、鸿祥里动迁结束了。他还问我什么时候有空，等天气好些时，去那里走一走，顺便拐到苏州河边吃个便饭，喝杯咖啡聊聊天。

　　年逾古稀，在苏州河畔走一走、看一看青少年时代读书辰光的老地方，还是颇有意味的。我欣然答应，说可以在秋高气爽的日子，约几个老同学一起去逛逛。定先连忙说，这事由他负责操办。

　　半个多世纪过去了，定先还是老脾气，说办就办。没几天，一个天朗气清的日子，我们六个老同学来了一次老上海弄堂之旅。我们在苏州河边聚了餐，一直从西藏路桥沿着苏州河步行到黄浦江交界处的外白渡桥，边走边聊，谈笑风生，话题总也离不开中学时代弄堂里度过的那些日子。

　　那些年里，我住在鸿祥里，和住在鸿福里的定先家最近。稍微空闲的日子，特别是"运动初期"当"逍遥派"时，我们总是形影不离。白天坐下来，纵情地谈天说地，晚上到另一个住在苏州河边的同学家中聊天到深夜。记得那位同学家住在鸿庆里，家中的大阳

台几乎搭到苏州河的堤岸上。我们坐在阳台上讲一些弄堂趣闻和东
家长西家短的话题，真可以得到不少课本里读不到的见识。比如卖
花生瓜子的"肖天王"在旧社会里是如何了得，跺一下脚地皮都会
抖三抖，如今被斗得低头哈腰，狼狈至极，一把鼻涕一把泪地向群
众道歉；板箱店老板的早点一天一个样，从来不重复。他号称：
"赚点钱就是为了享福，上海有那么多的小吃，不一样样地尝尝鲜，
不是枉在人间过一世吗？"只是他和先后两个老婆都没有子女，现
在 70 多岁，以后走不动了，赚那么多钞票还能有什么用；住在沿
街马路上的章裁缝人长得仪表堂堂，手艺特别好，无论是男子的中
山装、人民装，还是女人的旗袍，甚至西装，他都做的不比南京路
上的"培罗蒙"差。章裁缝娶了一个漂亮老婆，生下两个女儿也是
花容月貌。不过章裁缝对老婆只生女儿不生儿子非常不满意，平时
对妻子和女儿从没有好脸色，吃饱了老酒发起脾气来，还要打老
婆。只要从他家传出女人的大哭小叫，邻居们就晓得章裁缝又在
"发酒疯"了。奇怪的是，谁都知道打人不对，却没有人上门去劝
告，连居委会、街道上的干部都摇摇头，只说"清官难断家务事，
我们肩上的革命大事都忙不过来了！"而在章裁缝打老婆时，两个
女儿总是哆哆嗦嗦地躲在角落里，一句话也不敢吭……

　　弄堂里的奇闻轶事真是讲也讲不完，听也听不尽。让我觉得，
上海滩的百年老弄堂，每一条都是一本书，随便翻开一页往下读，
就是一段活生生的故事，一个个鲜活的人物。透过这些人物的身世
和故事，能读出上海社会的人生百态，能悟出时代和历史如何在演
变中塑造了一个个当代上海人。

　　和几个老伙伴站在定先家的楼门前，走到楼梯口抬头往上望望，再低下头来端详下几户邻居合用的灶披间，我的眼前顿时浮现定先家几户邻居的身影，不由随口问道："嗓门很大的那个，那个……"

　　"'历史反革命'，你要问的是他吧?"定先提醒我，脸上露出一缕浅笑。

　　"对对对，就是他。"我连声道，"他身体很强壮，还活着吗?"

　　"走了。"定先遗憾地道，"要是活着，他要过100岁了。怎么可能? 毕竟过的是一份苦日子啊!"

　　"他的身上有故事。"我试探地道。

　　"当然!"定先语气肯定地道:"不过风云流散，这些小人物的故事，也已随着动迁湮灭在这个城市间了。"

　　我听出定先的语气不无遗憾，默默地在心里做了一个决定。2024年，给《上海滩》杂志写小文时，我就以"百年之前的上海弄堂"为一辑的名字吧。毕竟不是都说，上海是一座由弄堂组成的城市么?

从"棚棚摊"到风情街

"小绍兴三黄鸡"风靡上海

过了春节，也就算将 2020 年的年历彻底翻了过去。去年因为新冠疫情，自觉性很强的上海人，是宅在家里过的春节。今年元旦刚过，多少天里都没见到本土病例的上海，又出现了几例病情。

就在这段时间里，老百姓"微信群"里传开了一条消息，说云南路小吃街要搬迁了，引发了一番热议。尤其是我的老同学群里，有的感慨地说："不知道搬迁到哪里?"有人说可惜，其他人反驳说："有啥可惜的，这是历史发展的必然结果。"讲究实际的同学则说："主要是那些味道好的小吃以后吃不到了。"

也难怪他们议论得如此热烈。我们这些老同学，青少年时期都住在老黄浦区的市中心，对云南路小吃街这样的马路，不但熟悉，还情有独钟。

在我的青葱记忆里，云南路小吃街只不过是一条小吃店铺和"棚棚摊"比较多的马路罢了。再往前追溯，云南路之所以会形成一条小吃集中的马路，是因为云南路既和上海最热闹的南京路交汇，又处于热闹非凡的"大世界"后面。到这两个地方来玩的人累了，想休息会，就会走到离得较近的云南路上来吃点东西。来的人多，需求不一，各式各样的小吃摊档就摆了出来，可以坐下歇一口气的饮食店也就开起来了。

风靡全上海的"小绍兴三黄鸡"，就诞生在民国时期的云南路小吃街上。以前听人说，云南南路近宁海东路南侧的街面上，开了家鸡粥店。所谓鸡粥，是用鸡汁原汤加上熟猪油烧煮的粥，盛进碗里时放一点盐，撒上葱姜末，配上一碟肥嫩鲜美的鸡肉、鸡杂，边喝粥，边吃鸡肉。由于味道好，吃来既爽又鲜，引得远近食客都争相前来品尝，

"老上海"喜欢把年纪不甚大的朋友面前，加一个"小"字。如若你是苏州人，就叫"小苏州"；是宁波人，就叫"小宁波"。既表示对你熟悉，也表示亲切的意味。因为这店面是绍兴人开的，又以鸡粥闻名，故而所有的上海人都叫它"小绍兴鸡粥店"。

久而久之，鸡粥店和食客们发现，吃来吃去，送到店堂里来的鸡，还要数产自浦东的三黄鸡吃口最好。形美、肉嫩、皮脆、味鲜，况且最大的特点是鸡喙、鸡爪和鸡毛都是黄色的。毕竟，鸡要比粥贵，人们一传十、十传百，就把这家店称为"小绍兴三黄鸡"。

20世纪90年代，我还在装修后焕然一新的"小绍兴三黄鸡"店招待过从德国来的记者。实事求是地说，那鸡粥的味道，已经不如我小时候吃的那么地道，我也只能专心品鉴"三黄鸡"的味道了。

汇聚南北美食的小吃街

20 世纪 70 年代末、80 年代初，个体经营户争相涌入这市中心最热闹的地段。上海的各式小吃，花色众多的各地点心，在短短的一条街上遍地开花。到了晚上，小吃街内灯火通明，人山人海，几乎堵塞得水泄不通。南翔小笼、鸽蛋圆子、鸡肉生煎、炸鸽腿、三虾面……什么好吃引进什么，什么受追捧就供应什么。油炸味、蒸笼味、各种各样的香味在空气中弥漫，我和几位同学晚上去过几次，那喧嚣的气息几乎要把街面抬起来。

可能正因如此，一部分上海市民感觉在紧挨着南京路的地方，出现这么个媲美《清明上河图》热闹程度的所在，实在是过于混乱嚣杂，加上为争地皮、争客源发生的纠纷也日渐增多，便希望政府给予规范的整顿。经过政府整改后，遂而云南路小吃街变成了后来的样子，直到今天。

人们之所以对云南路小吃街有感情，除了觉得它不同于南京路、淮海路乃至其他马路的风情之外，最主要还是因为小吃街上的食品物美价廉、味道独特。比如我尝过的一道上海传统点心排骨年糕，年糕小而薄，用排骨油氽制得味道糯中发香。而煎出的排骨肉质肥、嫩、酥兼具，十分味美。记得曾经有位坐在我对面的一位无牙老翁，吃过以后满意地抿着嘴说："我牙都落光了，但连排骨带年糕咀嚼起来，还是回味无穷。"

　　这样好吃的小吃，我真不希望随着云南路搬迁而消失。故而写下这篇小文，当给每一位"老上海"一个念想。期盼上海每个区现在都打造的步行街上，都有一家这么食之让人久久回味的小吃店，好让饕客们都能大饱口福。

上海性情

被贴上标签的上海人

外省市人嘴里的上海人，十有八九是带有贬义的。有的贬得很难听，有的即使不那么难听，也多少还带着几分瞧不起。好比总有人说："上海人真是斤斤计较，请客的时候碗碟那么小，怎么够吃？有时在饭店里请客，没吃完的菜还要打包带回去。"

我在贵州工作的时候，作家协会和编辑部同仁当着我的面也会这么说，好像我不是上海人一般，又好像知道我是上海人，故意说给我听。因为每次说到最后，大家笑完了都会补充一句："不过叶主编不是这样。"这就算给我面子，"表扬"我了。后来我常去全国各地出差，也会经常碰到这种情形。

让我百思不得其解的是，有这种想法的人，有的到过上海，有的连上海都没来过，却也跟着这么说。他们最多也就是直接或间接地接触过上海人罢了。那他们为什么对上海人如此有成见呢？毕竟对其他地方的人，他们绝对不会有这种看法。即便议论到紧挨着贵州的云南人、湖南人、四川人时，都是或有夸奖，或有贬抑，总的来说还算比较客观。

后来有一种说法，说上海人"精明"但是不"高明"。

这一说法很快传开了，似乎上海人也是认可的，其他省份的人更是笑道："上海人就是这样的。"好像真抓住了上海人的特点和普遍性。可能是众人都认可的原因，一时间这种说法十分盛行，不知不觉中竟成了所有上海人的标签。

追求雅致而有尊严的生活

我是不赞成这种笼统说法的。毕竟哪里都有精明透顶的人，哪里也都有高明的人。那么，为什么上海人一直都带有这种贬大于褒的标签呢？思来想去，我觉得大多数凭表面现象发表议论的人，还是不懂上海人的性情。

在我出版刚两年、已经译成俄文和英文的《上海传》里，有这样一句话："所有的上海人，都在追求一种雅致而有尊严的生活。"我没有就这句话展开细说，很多人就以为我说的是上海的知识分子和收入固定、生活安稳的人。有些人还解释说，雅致就是嗲、优雅、讲究云云。

其实不然。我所说的"所有的上海人"，自然包括普通平凡的阶层，也包括近年来迅速增长的近1000万"新上海人"。他们都在追求一种雅致而有尊严的生活。

新冠疫情之前，中国的旅游业曾飞速发展。每逢假期，上海各个年龄段的市民纷纷前往全国各地、世界各国旅游参观。我则选择去上海的公园散步，那里同样人满为患，不少衣着光鲜亮丽的年轻夫妇带着小孩在悠闲地玩耍娱乐，铺一张色彩明丽的垫单，或躺或坐地享受着阳光和绿荫。

我心中不由得好奇起来，不是说上海人都外出旅游去了吗？后来园林管理方告诉我，这些人基本都是"新上海人"。他们平时忙累了，只能充分利用节假日，到公园里来休息。

"我们公园既不收门票，还积极地想办法推出适合他们的服务，无论是点心还是饮料，他们都喜欢，也消费得起。"他补充道。

我仍然将信将疑。后来每逢假期，只要是阳光明媚的日子，我就会去市中心或郊区的公园走走。走进公园里，竖起耳朵细细聆听，果然那位工作人员说得不错。公园里的游客说的大都是各地方言，河南的、安徽的、西南三省的，应有尽有。

上海人才有的"气质"

有一回，我的长篇小说《问世间情》在公园里举行签售，写的是"打工一族"的感情生活。阳光下，签售桌前排起了长队，这给了我一个意外惊喜。

这会儿我理解了，即便是"新上海人"这个阶层，他们也在追求一种雅致而有尊严的生活。"打工一族"和"新上海人"的庞大阶层如此，"老上海"人也是如此。无论是买下来属于自己的房子，还是租住的房子，他们都会以自己的审美眼光来装修，然后过上"一门关塞"的雅致生活。

这个天地是属于自己的，有质量有品位，哪怕装修得极为简洁，也是明朗的，不是亲近的人走不进来。要洽谈事宜或者见朋友，大可以约在外面的茶室、咖啡厅和小饭馆。讲究的人，还可以去宾馆和名酒楼，毕竟上海从不缺这样的场所。

在这么一种氛围熏陶下的上海人，无论是哪种性格脾气，都会渐渐地形成一种只有上海人才有的气质：追求雅致，且不失尊严。这大概就是我所说的上海性情吧。

上海婚俗的演变

——只有一件事没有变

"晒被"如同晒家底

正如我以前在西南山乡观察到的，无论是汉族村寨上的婚礼，还是包括苗族、布依族、水族、侗族、瑶族、彝族、土家族在内的很多少数民族婚礼，都在这 70 年的时光里，不知不觉地演变着。那么上海的婚俗有没有演变呢？在所有的演变中，有没有没有变的情形呢？细究起来，还真颇有意味。

在我童年的记忆中，结婚是一件十分隆重的事情。尤其是家族成员们，早在婚礼举办的前一两年就在那里议论要请哪些人，什么人要从远方赶来，农村里的亲戚朋友们来了住在什么地方，新娘新郎是怎么样一个人，出生于什么家庭，家境是否富裕，新娘的陪嫁要准备一些什么东西……尤其是床上的被子，分外讲究，必须两床是绣花被面的，两床是绸缎的，两床或两床以上是大吉大利的红色，两床是花朵鲜艳的，既要有大多大朵的花，还要有好看的小花儿，枝头上必须有喜鹊……新娘子的陪嫁，10 床被子是最起码的，

20 床被子也不算稀奇。

这些传言传得一整条弄堂里的人都知道，就连我这个结婚是怎么回事都没弄明白的小男孩都有所耳闻。当时我最不能明白的就是，新娘子竟然要准备 10 床以上的被子。我甚至觉得，这是大人们说来哄小孩子的。因而当婚房布置完毕之后，我便跟在看热闹的大人后面进去参观。果然，布置得喜气洋洋的婚床上，堆叠着 10 床以上的被子，什么样的色彩都有，看得我眼花缭乱，目瞪口呆。参观完婚房后，大人们起码要品头论足说上好几天，例如被子没有堆到天花板还不算高，没听说吗？ 23 楼的冯阿姨结婚时，她家的被子加起来有 20 多床，到大夏天晒被子的季节，一晾要晾半条弄堂。我则心里直犯嘀咕：再冷的天，也不要盖那么多的被子啊！

果然，又是大人们的议论，解开了我心中的"结"。一个家里总传出钢琴声的知识分子对此评价道："这哪里是晒被子，明明是在炫耀嘛！"我那时还不懂炫耀是什么意思，但也明白这不是在晒被子，而是在晒家底。

集体婚礼办完再办小婚礼

在举办婚礼前，还有一个订婚的环节。订婚，顾名思义就是把结婚正式的日子定下来。当时上海比较富裕的人家，订婚也要请客过礼。

到了 20 世纪 50 年代，一阵"新风"就在社会上吹开了：年轻人要新事新办，"三茶六礼一扫光"，举行革命化的婚礼。简而言之，就是破除大操大办的旧风俗，树立社会主义新风尚。到了20世纪60年代中后期，一些单位工会还会把准备结婚的新人们，都召集起来举行集体婚礼。

但是我听老人们说过，举行完集体婚礼回来，结婚的双方家庭还是会悄悄地请至爱亲朋们，以过节日为名，团聚在一起，欢天喜气地吃一顿饭。吃饭时，当然会配备几种酒，白酒、葡萄酒、黄酒，应有尽有，到场的人心里也都明白，他们是来喝这对新人喜酒的。

到了改革开放后的40年里，订婚这一仪式，就变成了男女双方家长正式见面。只因为此时恋爱完全自由化了，双方家长也都默认了年轻人的自由选择。但家长们还没见过面，自然应该认识一下，于是这一仪式便也就保留了下来，只不过较之从前，要简单许多。

值得一提的是，我特地咨询了紧挨着上海的一些小城市和乡村，以及内地的中小城市，在当地，订婚过礼、隆重操办、越热闹越好的古老婚俗，依旧还是存在的。一位生活在中型城市的朋友，还把自己儿子在今年春节订婚的消息告诉了我，并且发来了一张照片。从照片上看，订婚现场热闹隆重的程度，大大出乎我的意料。

吃喝是婚礼最重要的事

不论是"革命化婚礼"的年月，还是发展至今天，改革开放进入"深水区"的年代，上海的婚俗，总在随着时代的变化而变化。

例如在多次应邀担任证婚人的婚庆典礼现场，我总会看到现在的新娘子要在整个过程换四身崭新的礼服，一套礼服是纯中式的，一套礼服是纯西式的，还有一套礼服偏向时尚，最后还有一套敬酒服，等等，不一而足。男方呢，则会随着新娘服饰的变化，也做出一些调整。

只是婚俗如何演变，无论是简朴到只租一辆轿车接新娘，还是豪车阵容招摇过市，宴请的场所，也都转移到了饭店、酒楼，但聚集起所有新人和新人父母的同事、亲朋，吃一顿饭这件事情没有变。而那种困难时期所兴起，结束于改革开放初期，在自己家中请客吃饭的节俭做法，不知不觉消失于今天的上海滩。

从这个意义上而言，上海婚俗的演变，是不是也可以理解为是社会的一种进步。

光荣的工人阶级

上海的工人阶级人数最多

上海的工人阶级，是全中国无产阶级中人数最多的。

我们这一代人的记忆里，报纸和广播里经常会用"工人阶级说话了""我们工人要讲讲心里话""工人阶级领导一切"这样的大标题和口号。

马克思的《共产党宣言》，扉页上第一句话就是："全世界无产者，联合起来。"而工人阶级是无产者中的主力军、生力军，他们是革命最主要的力量。

中国有 2000 多年的封建社会史，中国大地广袤，主要由农村社会组成。为什么恰恰是上海成为全中国乃至世界的城市中，工人阶级最为集中和工人最多的都市呢？梳理一下是很有意味的。

上海工人阶级队伍的形成、积聚、发展和壮大，和第一次世界大战密不可分。

第一次世界大战打得如火如荼时，掌握着国际资本的西方各国，逐渐把眼光盯住了位于中国长江吴淞口的上海。只要来到中国、到过上海的商人，都会惊叹：这是一个良港，一个得天独厚的地方。无论气候、水源、土地、交通、人口，这里都是一个投资获利的地方。于是，随着源源不断的资金流入，掌握机器、技术和经验的外国资本家，逐步在上海滩开办起了工厂。

工人阶级是革命和建设的主力军

上海又处于长江三角洲的核心地带，本就生活在江浙两省的农民，不堪战乱、灾祸和地主的剥削，纷纷涌进上海滩来讨生活、学生意，即使没多少文化，也可以进工厂当工人。20 世纪一二十年代，光是苏州河两岸，就开出了 7 000 多家大大小小的工厂。为啥洋人老板、外国佬对苏州河情有独钟？紧挨着京杭大运河边上的苏州城是几个朝代的漕运商贸中心，自古就是商业繁华的都市。初到上海的洋人可以坐船沿着吴淞江去苏州游玩，于是习惯地就把我们的吴淞江叫成了苏州河。在苏州河畔开工厂，还有最大的便利，就是可以把废水废料"尽兴"地往河道里一倾了之！八九十年代，苏州河之所以发展到恶臭污黑的程度，就是在七八十年里积累起来的污染，治理得分一期、二期，耗资巨大，等于是还历史的旧账。

岂止苏州河，还有黄浦江，还有不断向外拓展的土地，千万家工厂争先恐后地开了出来。每一家工厂都要招收工人，工人们拿的是维持基本生活的工资，创造的财富却被资本家们剥削去了。他们什么都没有，所以称他们为无产者。无产者的劳动、生活状况是相似的，他们的利益必然也是一致的。他们有相同的诉求，他们不满于受剥削、受压榨，他们有共同的心愿。哪里有压迫，哪里就有反抗。故而无产阶级必然是革命的主力军。

至 1949 年 5 月上海解放，上海形成了全国工人阶级队伍最为壮大和集中的城市，光是纺织工厂的工人，就有数十万。

1949 年之后，上海的工人阶级翻身做了主人，在各行各业中涌现出了很多杰出的劳动者。70 年来，上海各行各业评选出来的全国劳动模范、市劳动模范、区劳动模范、局劳动模范、公司劳动模范、厂劳动模范和先进生产者成千上万。其中的佼佼者，成为全国知名的人物、共和国的功勋。

我认识的包起帆、杨富珍、杨怀远、马桂宁、徐虎等，他们不但是劳动者中真正的模范，在日常生活中也是为人的榜样，是光荣的工人阶级的杰出代表。

技术工人是工人中的佼佼者

在强调阶级成分的那些年里，每个人都填写的那张表格，曾经把工人阶级细分为几个等级。

所谓最革命的工人阶级，是产业工人，或叫血统工人。他们劳动最辛苦，创造的财富有目共睹，贡献最大，出力最多，因而必然最革命。诸如钢铁工人、煤矿工人、造船工人、纺织工人、码头工人、翻砂工人，在车间里当车、铣、刨工的工人，不一而足。我有一个同班同学，平时常在一起玩的，他的父亲是公园里的锅炉工，"红卫兵"运动兴起，大讲"血统论"时，他拍着胸膛说，自己是"的的刮刮"的工人阶级出身，要求第一批加入"红卫兵"组织，结果没被批准。他生气地去要求解释，"红卫兵"团回答说："你父亲是工人，但不是产业工人，在公园里烧锅炉蛮轻松，等待第二第三批吧。"一时在同学中传为笑谈。

上海这座分工细微的都市，还有一批工人，其地位和收入都比一般工人高，甚至比普通的职工、职员家庭待遇都好。那就是五金行业的技术工人。那些年里八级工的工资，定到了一百零几元，是工人中的佼佼者。在一家工厂里，八级工往往只有一两个。他能解决车间里几乎所有的机器故障。一般实践经验不足的工程师，还不如他哩！解放之前老板器重他，给他定的工资可与高级职员、副经理媲美。解放之后给工人定级，往往就给这样的工人定七级工、八级工。

在五金行业中，这样的工人比例要比一般工厂高。即使定为八级工，他们的收入仍没有老板给的工资高，怎么办呢？经行业工会讨论，再给他加上一份"保留工资"，这样可让他的收入达到和原来的收入不相上下。

百业纷呈的上海，即使有数量庞大的工人阶级队伍，其具体的情形和生活状态，也是多种多样，可作颇有意味的分析比较。

步入新时代，今天上海乃至全国的工人阶级队伍，想必又有了样本更丰富和复杂的形态了吧。

上海滩的资本家

家产超过 2 800 元就是资本家

上海滩的资本家，曾经是个引人瞩目的群体，也是人们一度津津乐道的话题。

直到我去贵州偏远蛮荒的山乡里插队落户当"知青"，到公社所在的场街上去购物、办事，还有人充满好奇性地向我打听。在供销社碰到营业员，在公社办公室遇到闲在那里喝茶抽烟值班的工作人员，他们就会问："你们知青从大城市来，上海的'大老虎'多啊！这些腰缠万贯的资本家，个个都是脑满肠肥、大腹便便吧。听说他们一个钟头就能赚几万块钱，是真的吗？"

听得我莫名其妙，我离开上海是 1969 年。上海的资本家，都经历了 1966 夏季的"抄家风"，现金存款不是被抄没，就是被银行冻结了；高工资也已被削了下来，按照家中人口每月领取生活费 12 元至 20 元不等，定成同普通职工相等的收入；为赎买厂房和固定资产按月发放的定息，也一律取消了。资本家每天像工人一样，让他们下车间里做体力劳动，接受工人阶级的教育，彻底改造世界观，当一个自食其力的劳动者。

供销社的营业员，公社里的值班干部，都是有一定文化知识的人，他们怎么会提出这些问题来呢？

我感觉啼笑皆非，只好将我作为一个上海人，从周边了解到的情况告诉他们。上海滩老板也就是资本家，确实比中国的其他任何城市都多。但大多数都是中、小老板，特别是小老板。为什么小老板多呢？在旧社会，谁发家谁光彩，日子也好过。开一家小工厂，雇工超过七个人，就是资本家了。钱超过 2 800 元，算是个标准老板了，一顶资本家的帽子等着你。故而评定成分的时候，钱财尽量往小处说，最好不足 2 800 元，那么就能定为小业主。而雇工呢，你有一家商店，店里员工有会计、出纳、站柜台的、看门的、运货的，时常会超过七八个劳动者，是受到你剥削的，那么，你必定也是资本家。于是，无论是在小学，还是中学的班上，只要发下表格来填，总有好几个男女同学，填写的家庭成分是资本家，或者干脆填成老板、民族资产阶级，以示和买办资产阶级的差别。

同学父亲是上海滩 268 个大资本家之一

我读书时，无论是小学还是中学，一个班级都在 50 个同学上下，每个同学都有一个学号，最大的往往是 52 号、51 号，56 号是我记忆里同学最多的一个班了。50 来个人的一个班，竟然就有好几个资本家家庭出身的，上海滩的资本家多，也就可以理解了。

实事求是地说，这些出身于资本家家庭的同学，衣着都是普普通通的，平时为人处事，也都是客客气气的。不少同学，常会穿着打补丁的衣裳。特别是花起钱来，至少在我接触的好几个同学里，没见谁是大手大脚的。我因居住在西区雅静的马路上，记得小学里同班只有两个同学，一男一女，是真正的大资本家家庭出身。那姑娘长得非常白净，脸色粉嫩，说话娇滴滴的，住在豪华公寓里。但她笨得出奇，成绩排在倒数几位，老师年年要警告她小心留级。全班同学无论男女，都瞧她不起。我认识她的哥哥姐姐，她哥哥有时候私底下会炫耀般告诉我，他家确实很有钱，他父亲的名字列入全上海 268 个大资本家之一。

所谓大资本家，那个年代的标准就是家有存款 10 万元之上。10 万元，今天听来是毛毛雨。在我们的青少年时代，那可是天文数字！想一想，当年 12 元的饭菜票，就可以在食堂里吃一个月伙食了。

另一位男同学，比这位女同学家更富有。因为全班同学都知道，他父亲的钱多得“莫姥姥”（沪语，很多），只要走过他们家居住的花园围墙，总有几个男女同学会生怕别人不知道一样，指着花园里面露出房顶的别墅说，这是某某同学的家。

我知道那幢别墅确实很大，是在“文革”期间。因为抄家时他们全家被赶了出来，“文革”后这幢房子分配给了无房户，竟然住进去了十几户人家。其中也有我认识的文化人，他说那房子质量真的很好。

去大资本家同学家里看彩色电视

我真正走进一个大资本家四层楼的花园洋房里做客，是应同学之邀去他家看彩色电视。

那一年，李宗仁从海外回国，引得全上海到处街谈巷议，热闹非凡，而且报纸上登了，李宗仁先生下飞机，电视上会直播。这一新闻在当时的上海滩，是个特大消息。放学时同学们纷纷打听，哪个单位、哪家工厂里有电视机，我的这位同学主动邀请我们去他家看。

他父亲是上海滩大名鼎鼎的老板，在确认他父亲肯定不在家以后，一吃过晚饭，我和另一个同学就去他家了。通过对讲机，铁门自动打开了，穿过幽暗宽敞的花园，走进了同学家的底层客厅。那晚，我们看的是彩色电视，画面调试得十分清晰，显然"小少爷"的客人也受到了厚待。

从我这个少年的眼中，也能感觉到，1966 年之前，民族资本家们是过得安稳和舒适的。就是在那个夜晚，同学告诉我，家里准备向区里有关部门申请，修一个游泳池。但据我所知，后来没有修。

在"文革"前，人们都知道资本家剥削劳动人民，但同时也知道，他们属于团结对象，对他们的思想改造，和送去农场劳动教养的改造，是性质不同的两回事，因而从心底里并不歧视他们。相反，从我接触到的一些同学中，还有人挺羡慕他们的富有。

到了 20 世纪 70 年代末期，邓小平在全国政协的报告中说，经过解放以后 30 年来的社会主义教育和改造，资本家实际已经成为自食其力的劳动者，宣布给他们摘去了资本家的帽子。

建国 70 年，改革开放 40 年，今天的上海，也像全国一样，涌现了一大批民营企业家。不少人仍习惯地称呼他们老板，却鲜有称他们资本家的。

看来，以成分论定的"资本家"这一页历史，已经翻过去了。这是不是 20 世纪一个特有的称谓呢？

复杂而微妙的职员群体

同学中填写最多的家庭出身

读初中的年代，填写家庭情况表格，班主任在教室里对五十几个同学三令五申：家庭成分这一栏，也就是家庭出身，一定要如实填写。毛主席说"千万不要忘记阶级斗争"。你出身于什么家庭，要如实填写，是工人就写工人，是剥削阶级就老老实实写明资产阶级或资本家。出身不可选择……于是又把说过多少遍的话重复一遍。

下课了，有同学去找老师问："我父母都是营业员，该填写什么阶级？他们每天上班挣工资，能填工人吗？"

老师说："营业员属于半无产阶级，不能填工人。你填个职员吧。"

有的同学不服气："某某同学的父亲在外滩大楼里上班，坐办公室，不干体力活，你让他填职员也就算了。毛主席的著作里有注释说明，下层店员过着无产阶级的生活，无产阶级还不能填工人吗？"

老师摇头："营业员不能填工人。营业员是小职员，要不你填个职员吧。回去你可以问问父母，我们学校里也再讨论一下。"

可见，老师在"半无产阶级"和"小资产阶级"之间，也分辨得不是很清楚。

结果，一个班上的同学把表格都交上来，家庭出身这一栏，填写最多的，不是工人阶级，也不是资产阶级和小业主，而是职员。

其他班级的情况也是类似的。大约过了一个多星期，老师在班级里说："没想到，我们班上最多的，不是工人家庭出身的同学，反而是职员家庭出身的。不过，像营业员这一类职工，是小职员，普通职工，仍属于劳动人民家庭出身。"老师特意点出了那个父亲在外滩大楼里当职员的同学，说你的情况有点特殊的，我们学校里经过充分的讨论，又请示了区里，大家最后确认，你父亲的工资高，工作舒适，条件好，应该属于高级职员，你回去也给你的父母说一下。

于是，我们这帮同学都知道了他家的情况。有同学羡慕地说："高级职员也是职员啊！日子虽然过得舒服，但又不属于剥削阶级。剥削阶级是要被改造的，要夹着尾巴做人的。最不划算的是小业主，自己做得辛苦不算，还因雇了人，担一个有剥削行为的名声。"

比上不足比下有余的阶层

这便是我们那个年代里经历的概念纠葛。那些年里，我们几个喜欢读书的同学，到图书馆找来《毛泽东选集》，读了第一卷里的首篇：《中国社会各阶级的分析》。然后仔细琢磨自己和身边同学的家庭出身。

确实，在上海，职员是一个庞大的社会阶层。大大小小的公司，都要雇佣大量的跑腿、办事人员；每个公司还要配备会计、出纳，那年头叫账房先生。职员是基本脱离体力劳动的一个群体，按照老板的吩咐办事，接洽业务，经营生意。老板就会按照他的能力和作为，在工资之外给予奖励。久而久之，在众多的职员群体中，逐渐分出了不同的层次。

规矩、老实的职员，占职员中的绝大多数，他们是各类公司的主体和支柱，他们按生意场上的行规办事，不会要奸蒙骗。大凡一笔生意，成本多少，付出多少心血，做成之后有多少利润，他能获多少利，有限的范围之内算得清清楚楚，双方满意，生意也做成了。故而，这样的职员不可能一夜暴富，也许很长一段时间里，他仍拿的是一份赖以在上海滩维持基本生活的薪水。研究当代上海人的性格，诸如"精明不高明"之类，就得充分地研究这一群体的心理特征，以及性格形成的环境和条件。

职员中也总会有些聪明人，他们混迹于生意场，出入三教九流各类场所，眼观六路、耳听八方，善于察言观色，揣摩老板的真实意图，分析商场走势。久而久之，这类人就会成为老板的得力助手、左膀右臂。有的干脆升为襄理，还有的会给予小部分的股份。有幸运的，甚至会被招为贴身秘书、乘龙快婿和媳妇，根据其性别、相貌、能力而定。当然，必然也有一些自觉有了实力能独挡一面了，会"跳槽"出去自己开办公司当上了老板。上海滩开埠早期，在外国人手下跑腿办事，后来深得洋人欣赏当上买办的，往往也是这个阶层混出来的。当然，当上了买办发了大财，成为买办资产阶级，他就不属于职员阶层，而成为另一阶级的代表了。

在旧社会的上海滩，比上不足比下有余的职员阶层还是诱人的，还是有很多人希望有朝一日也能跻身于这个阶层，过一种温饱有保障，也有点小乐惠的安定日子。

可以说，正是这样一个庞大的职员阶层，影响了现当代上海人的性格，左右着市民们的日常生活、为人处事及交往准则，并且至今仍在潜移默化地延续着。他们讲究一定的力所能及的生活质量，他们嘲笑小市民的陋习，他们对"暴发户"们嗤之以鼻，他们议论各种各样的社会不公现象，他们会适时地保持沉默，他们也会在一定的时候发出正义之声。他们是一个相对平静的社会群体，他们也是一个复杂的、微妙的、值得研究的群体。

我眼中的"小业主"

上海统称"烟纸店"

还在插队落户当"知青"时，久长人民公社里分管民政工作的罗干事（当时在上海以外的很多地方，"上山下乡"常态化以后，都把"知青"工作划归民政管）把我叫到他的办公室，拿出一本花名册，那上头列着所有在久长公社插队落户的上海"知青"、贵阳"知青"、修文县本县"知青"的姓名，每人名字后面的小框里，都列有"家庭出身"一栏。他指着一个上海"知青"名字后面写的"小业主"三个字，问我："'小业主'是什么阶级？"

我一时愣怔在那里，答不出话来。在那个年头，阶级出身是个敏感话题。60 个"知青"男女来自上海两所中学，我都认识，我怕答错，就请他直接去读毛主席的著作：在《毛选》第一卷中，有《中国社会各阶层的分析》，说得很明白嘛。

罗干事说他学习过了，还是要向我打听，这个"小业主"究竟算不算剥削阶级？既然是有业的主，他肯定要雇人，雇了人就有剥削行为，"小业主"是不是剥削行为就少一些？罗干事还抱怨说，你们大城市人就是复杂，不像我们农村，家庭成分就那么几项，贫农就是贫农，富农就是富农，地主、富农属于阶级敌人，中农包括富裕中农是我们的依靠团结对象，一目了然、一清二楚。再看看你们填的表，太难懂了，"伪警察"、城市贫农、商店襄理，我们讨论半天都闹不清，谁是我们的敌人，谁是我们的朋友？罗干事拍打着花名册，发着牢骚说："可书记、主任硬对我说，你在兼管'知青'工作，要和这帮年轻人打交道，非得弄清楚不可，唉。"

我坐在他对面，只好用探讨般的语气说："'小业主'应该属于团结的对象吧。"

罗干事眼睛瞪大了："凭啥子？"

我就给他举例子，在我读过书的班级里，无论是小学还是两所中学，班上都有出身于"小业主"家庭的同学。他们只要表现好，照样加入少先队，加入共青团。在我的感觉里，他们的父母，往往以一两间铺面，开个小店，上海统称"烟纸店"。

同学因父母是"小业主"被打

和罗干事的对话不了了之，我却担上了心事。为什么呢？1966年盛夏，"老子英雄儿好汉，老子反动儿混蛋"这副对联在全国城乡传遍的时候，我所读书的中学同样笼罩着"血统论"的气氛。在来上海煽风点火的北京"红卫兵"支持下，"红五类"子女们最早成立了"红卫兵"团，他们臂膀上套着"红卫兵"袖章，把体育教研室里的体操棒统统拿出来，每人发一根，在学校大楼里组成巡逻队。最令人不堪的，是编成八个人、十个人一组，分两排站在校门口，对每个进校门的同学盘问家庭出身。出身于工人和劳动人民家庭的同学，坦然地回答之后，手一挥，就让你进去了。家庭出身不好的同学，得到风声的就躲在家里不去了。没有得到信息的同学，走到校门口，就会被校门内外如临大敌的气氛吓一大跳。一根根体操棒雄起起地扛在肩上，随时准备冲锋陷阵一般。

那天我接到班上的返校通知，也来到了校门口。只见进校的队伍排了七八个人。得知了盘查"户口"的信息，我忐忑不安地排在队伍后面，昂首倾听为首的北京"红卫兵"问些啥。恰好班上另一个出身于教师家庭的同学也来了，和我站在一起。他显然没听到风声，问我："在检查什么？"我说："好像是在盘问哪个班级的，叫啥名字？什么出身？"那位同学问："要不要回避一下？"我看看身后又排上了两个人，正要回答，不料队伍前头出事了。

只见最前头那个校篮球队的三（四）班高个儿进去了，轮到了另一个脸貌清秀、身材挺拔的男同学，他相貌英俊，脸色白净，我们外班的同学也都认识他，因为他的父亲在南京路上开了一家糖果店，单开间门面，店堂很深。业余喜欢搜集五颜六色糖果纸的女生，不但爱光顾他家糖果店，买点水果糖、奶油糖吃，还不时向他讨要糖纸头。他来者不拒，总能满足这些小小的要求，因此女生们平时也喜欢围着他叽叽喳喳说笑。这情景可能也招致一些男生心理上的不快，那天盘问的同学照规矩问他："叫啥名字？哪个班的？"

他呢，不悦地回答了一句："你不是都知道吗？一个班的。"

没想到那同学"公事公办"，脸一沉，头高高昂起，厉声呵斥道："快如实回答！"

他只得答了，没想到一旁身穿军装的北京"红卫兵"怒吼一声："说响一点！"他大概终于看清了眼前的架势，又重复回答一遍。

同班同学又跟着吼起来："什么家庭出身？"

"'小业主'。"他如实回答，毕竟这不是"红五类"，他答得很轻，还有点儿迟疑。

北京"红卫兵"疾言厉色地又大喝一声："什么？回答得响亮一点！"

他只得再次重复一遍："我家是'小业主'，全班都知道。"

说时迟，那时快，北京"红卫兵"扎在腰间的铜头皮带刹那间解了下来，一下子挥到了他头上："他妈的，资本家就是资本家，还'小业主'呢！"

他打得太狠了，只一下，就把这个同学打倒在地，鲜血当场淌了出来。幸好大堂里还在监督劳动中的李佩璋副校长把扫帚一扔，招手叫唤："快，快，送医院！"

那时候的黄浦区中心医院就在学校旁边，人们背的背、扶的扶，把他送去了。

校门口顿时乱作一团，李佩璋副校长站在大堂里，欲哭无泪。

这一幕久久地留在我的记忆深处。公社的罗干事认为"小业主"有剥削行为，北京来的"红卫兵"也认定了"小业主"就是资本家。

"沿街成市"的小店铺

看来，我非得把"小业主"这一家庭出身搞清楚了。这之后，我和一道下乡的男女"知青"们以及组织人事干部，多次讨论过这一话题。原来在我心中，烟纸店虽然也叫老板，但他是最小的老板，简陋的小店就卖些香烟、火柴、煤油、草纸、水果糖、橄榄、话梅，就是店堂大些的，不过再增加一点蛋糕、果品、廉价化妆品，如过去普通上海家庭都有的蛤蜊油之类。遍布上海市区的大小弄堂口，几乎都有小烟纸店，烟纸店老板是"小业主"中的普遍形象。"小业主"还包括开得颇为成功的如那个被打同学家的糖果店以及水果店、修理自行车铺、小书店、竹器店、日杂用品小商品、肥皂店、小工艺店、小旧货店、小药店、小玩具店等等，几乎包罗过去中国城市里"沿街成市"的所有小店铺。怪不得在评定阶级成份、家庭出身时，要有"小业主"这一阶级。那么以什么标准来定"小业主"呢？

其一，小店雇工人数，常年雇工七个以上，那就是资本家。忙碌时雇七个以下的佣工，闲时只雇一两个，两三个的，就是"小业主"。

第二，"小业主"的家庭财产，包括小店的铺面，现金流超过2 800元的，那就是资本家，不能评为"小业主"。"小业主"的普遍资产，是在 2 000 元至 2 800 元之间。低于 2 000 元的，哪怕常雇一个零工，都不能算"小业主"。

"小业主"有的只是轻微的剥削行为。社会一有风吹草动，"小业主"是经不起动荡的。而在上海，"小业主"实在是一个不小的社会阶层。

今天的上海和中国，人们的收入大增，"小业主"这一阶级的历史，已经翻过去了。

隐退的留声机和唱片

退出日常生活转为收藏新宠

初冬时节，或许是尚未真正入冬吧，雨后的徐家汇公园里，放眼望去，一片翠绿、橘黄和暗红交织，渲染出一幅静美的图画。靠近衡山路的"小红楼"，静谧地安卧在公园里，像是在倾诉一段历史，一段和音乐有关的历史。

这里是中国唱片公司上海分公司的原址，"小红楼"曾经是唱片厂的办公楼。只要在上海的日子，我几乎天天散步经过"小红楼"。每当走过那里，我就会不由地感慨：曾经风靡大都市的留声机和唱片，已然从我们的生活中悄无声息地隐退了。

说隐退，是指它们并没有消失，而是以另一种形式存在于我们的生活之中。如今，手机和互联网的飞速发展，使当代人欣赏音乐变得更为简捷方便。而留声机与唱片，则成了收藏界的新宠。

其实不仅仅在上海，在整个中国乃至世界各地，对于"发烧友"而言，留声机和唱片都是他们珍视的藏品。

十几年前，我随中国作家代表团访问巴基斯坦时，其中一位工作人员在旧货市场上淘到了一架喇叭花形状的留声机，当即喜滋滋地掏钱买下了它，并且不嫌麻烦地从卡拉奇、伊斯兰堡一路携带回了北京。同行的作家对此十分不解："留声机喇叭花的铜片上都生了锈，花这么大功夫把它买回国内，值得吗？"但对钟情于留声机收藏的朋友来说，生了锈并不算什么，处理一下，那叶片就又闪闪放光了。

在爱迪生之前出现的留声机

几年前在澳大利亚一家旧货店内，我见到了一架外形极像中国梳妆台的留声机，旁边还标注着它是在爱迪生发明留声机之前出现的。我连声问道："这是真的吗？真的能放出声音来吗？在所有的关于留声机的书籍中，不是都认为留声机是爱迪生发明的吗？"

和我同在贵州插队当过"知青"的许昭辉见我兴趣浓厚，当即说："真的能放出声音来，老板还有唱片呢！"

店主见我俩在这架唱机前徘徊良久，便走了过来。许昭辉和他用英语交流之后，满脸大胡子的店主拿出了一张硕大的唱片，摇动留声机侧边的手柄，把唱片放进机器里。没一会儿工夫，机器里传出了英国乡村的女声歌唱。一曲终了，店主又取出唱片递给我。我接过来，仔细地端详这张古老的唱片，它没有唱片上通常有的刻纹，只是呈凹凸不平状，有好几处形如老鼠的乳头。

据店主说，这是 18 世纪末 19 世纪初的东西，是从英国带过来的。我细摸了铜质唱片，它肯定不是爱迪生根据声波振录器原理发明的在圆筒外包有锡箔的留声机。我很想买下这架从未见过、颠覆我常识的留声机，于是便向店主询问价格。

许昭辉已定居澳洲 30 多年，在这家古董店购买过不少他喜欢的物件。经他和店主商议后，他对我道："太贵了，他说低于 2 万澳元不售。但见你喜欢，他表示，你若真想买，连同他收藏的 20 几张铜质唱片，也一起赠送给你。"

听了之后，我有些犹豫。但同行的我老伴很开通，她说："你若真喜欢，就买下它吧。不要以后懊悔了，又时常想它。"

斟酌再三，我终究没有购买。结果还是被老伴说中了，回到上海之后，我总是想着这架硕大的留声机。

留声机和唱片曾是上海风尚

回想我散步走过"小红楼"，时常见到在"小红楼"门口陈列着的那台留声机。那是 20 世纪 20 年代的德国产品，距今也快 100 年了，其形状和爱迪生发明的几乎是一样的。

追溯历史，在 20 世纪初叶的上海滩，留声机已经相当普遍。家境富裕的人家，将休息日播放唱片当作一种颇有档次的享受。如若有爱好音乐的主人，还会邀来志同道合者，一边品茗或喝咖啡，一边欣赏留声机播放的音乐，听完之后再评头论足一番。商家也没有忽略留声机的作用，利用它为商品广作宣传，招徕顾客。到了20世纪二三十年代，那些富裕的家庭，几乎都备有留声机和唱片，这也成为当时上海滩的一大雅好。

在所有反映那个时代的影视片中，大都会出现喇叭形状的留声机、旋转的唱片、"沙沙"作响的唱头，伴着舞曲和舞步等镜头。人们都承认这样一个事实，留声机和唱片，最早是在上海出现并形成时尚之后，再传播到全国去的。只不过传到北方时，被称为"话匣子"了。

在"停课闹革命"的那两三年里，我天天闲在家中，等着毕业分配。除了埋头读书，眼睛累了的时候，我最大的嗜好就是把音量调得低低的听唱片。和朋友交换书籍的同时，还互相交换好听的唱片，交换听了京剧、沪剧、世界名曲后的心得体会。京剧、沪剧的名段子，《拉德茨基进行曲》《蓝色多瑙河》的曲子，我就是通过留声机听到的。

所谓"岁月留声""岁月如歌"，这也算作我人生旅途中的一小段插曲吧。

演变中的上海年俗

　　今年的年俗肯定又要同往年不一样。这是左邻右舍在电梯里、弄堂小区里碰到，必然要涉及的一个话题。

　　现在逢到过年，老人们都会感叹，现在过春节，年味是渐渐淡了。再不像原先那样，有那么多的规矩，那么多的讲究，很多事情，只能意思意思，走一个过场。意思到最后，不知不觉就消失了。

　　在我的青少年时代，过春节，是生活中的一件大事。除了家家户户要打扫卫生，家庭里要为每一个孩子准备新衣裳，孩子们私底下议论得最为热烈的，是过大年夜那天夜里，会给多少压岁钱；并且猜测着，压岁钱是睡觉之前给，还是等小孩睡着，悄悄地塞在孩子的枕头底下，让小孩在春节一大早醒过来，就会有个惊喜。从小孩在新的一年开始的时候，就有个一切重新开始的心情。

　　也有的孩子因为考试的成绩差，或者是学校的表现受到批评，甚至老师年终的品德评语直接指出了他的种种不足，除夕那晚没有拿到压岁钱，心里说今年是得不到奖励了。而到一觉醒来，意外地看见了压岁的红包，孩子必然拿这件事在小伙伴中间炫耀，并且表示，在新的一年里，一定不会让家长们失望。

在一个家庭里，过年最大的事情，其实并不是小孩们看重的压岁钱，而是祭祀活动。过了腊八节，家里的老人就开始唠叨祭祀了。置办些什么食品，是选择老母鸡，还是腊鸡？总而言之，鸡、鸭、鱼、肉四大样要备齐，祖父祖母或外公外婆中的某一位，还会提出，哪个已逝的先人生前喜欢吃雀舌，天天晚上要抿一口酒，要把他喜欢吃的东西备齐，菜要炒得香，酒要选择好一些的。小孩子们往往听了觉得好笑，所有准备的菜肴，到头来都是家人们欢天喜地吃的，偏偏要借着祖宗的名义说是为他们准备的。

记得是在腊月廿四以后，各家各户根据商定的日子，会聚在一起，举行祭拜老祖宗的活动。家家户户都设起供桌，供桌前方还有祖宗们的一张张照片。有刚记事的娃娃不认识照片上的人，家中的大人就会指着告诉孩子，这是太祖，这是老外婆的妈妈，小娃娃听着，巴瞪巴瞪睁大一双眼睛点头。然后大人们先后在供桌前的坐垫上虔诚地跪下，朝着祖宗们的照片磕头，膜拜。不少人家会点起蜡烛燃起香。大人们磕过了头，会让家中每一个从大到小的孩子照着做，把这一仪式认认真真做完。

隆重祭典的人家，往往是家境比较富足的，除了供桌上放满了美味佳肴之外，会点燃起大红蜡烛，粗粗的香，供桌上罗列的饼、水果令人眼花缭乱。

在我童年的记忆中，春节的祭祖是最为热烈和普遍的。可到了20世纪50年代末、60年代初，这一年俗活动不知不觉地淡化和消失了。究其原因，一是遇到了"三年困难时期"，二是社会上提倡

"破旧立新"。破旧就是破除旧风俗、旧习惯，立新就是树立新风尚、新习俗。发展到后来的大破四旧，大立四新，上海过新年时的年俗活动，便也演变成一大家子人聚一聚，在相互恭贺新年的说话间，缅怀一下记忆中的老一辈人。

如果说改革开放之前，只是相约在一家住房宽敞点的亲属家聚一下的话，到了改革开放初显成果时，一家人的团聚就移到了饭店酒楼之中，变成了真正的欢乐聚会，迎接新年。

我和上海整整相伴了70多年，亲历了上海年俗的演变。但是，透过岁月的烟尘，我仍然感觉到，上海的年俗无论怎么变，有两样东西没有变。

一是吃一顿的年俗不曾变，再精简的过年，还是要好好地吃它一顿，对得起舌尖，对得起辛苦一年的身体。

二是给下一代娃们的压岁钱，总是挂在老人们的心头，临近春节了，想方设法也得给孩子们一点欣喜，毕竟娃娃们是我们的未来呢。

舌尖上的开放：上海的"吃"

几年前在《上海滩》杂志上，写过一组"我与上海小吃"的小文。和编辑交流的时候，我说我只写青少年时代记忆里一角钱以下的小吃，不写名贵的小吃。编辑不仅赞同我的思路，还同我一起出点子，想选题。

这一组文字后来编进了"丝路百城传"系列丛书里的《上海传》。书出版之后，不知是上海这座城市让人感兴趣，还是如此集中地展示了上海的便宜小吃而让人感兴趣。不少人对我说："你这本书里，最令我感兴趣的是上海小吃，看到我心痒痒的，忍不住也想写家乡的小吃了。"出版社给我反馈说："连我也没想到，你这本书里最让读者叫好的，是一组写小吃的文章。"还有人对我说："我们去上海出差，只感觉宾馆贵，人又多，从没想到要去尝尝上海这么便宜的小吃。"

这些反映，是我写这些文章时没想到的，但是我也听到一些不同的意见。他们对我说："你怎么尽挑些便宜的小吃写啊？上海小吃里好东西多了去了，你只写一角以下的，人家本来就说上海人小气，你这么写小吃，人家更要加深这种印象了。你得写些人家没听说过的、或吃过一次永远忘不了的名牌食品。比如扬州饭店的'甩水'、老饭店的'八宝鸭''虾籽大乌参'，还有国际饭店的"烩乌鱼蛋汤"，切得那么薄而透明，保证读者喜欢。"

讲实话，当初写这组小文时，中央电视台还没推出"舌尖上的中国"栏目。因此我心中有些疑虑，怕被人觉得这个作家怎么带头写起"讲吃讲喝"的文章来了。今时不同于往日，朋友告诉我："你没看'舌尖上'系列如今满地开花，你应该为上海写点争面子的文章！"

我写这些小吃，倒没想过面子问题，主要考虑情趣、品位、民间俚俗文化及饮食和时代的关系。

鉴于此，在 2022 年即将开出的专栏小文里，我写下了诸如"从天福大包谈起""佛跳墙的题外话""贵州菜在上海""奥巴马狮子头"等小文。虽然讲得都是如今在上海很受欢迎的菜，但不写菜谱，不写这个菜肴选取什么料、烹饪的时候该注意什么、其奥秘在哪里等。我只从菜肴引发的思考出发，让读者认识一道新的上海菜肴的同时，也能从中品出一些菜肴之外的滋味。

我也不是只以"贵"为选择点。天福大包料足味美，卖 6 元一只。仅包子而言是贵的，但一般百姓还是消费的起。如论贵，陆金华大师亲手烹饪的"佛跳墙"，那才叫价格不菲；还有"奥巴马狮子头"，不但需要事前预定，正宗的还得看时令节气，看捕捉到的刀鱼是否合格，大厨精心烹饪这么一道令人难忘的美食，并不只是为了讨得美国总统的欢心，而是要向美国总统展示中国美食的精湛技艺，表达中美两国人民之间的友谊。

今天，上海的美食如同上海文化一样海纳百川。但外省美食要想征服"浓油赤酱"的大上海，也绝非易事。如贵州菜肴走进大上海，是近 20 年的事情。在此之前，偌大的上海滩，没有一家展示贵州多民族饮食文化的餐馆。也是借助改革开放的东风，现在酸汤鱼、牛肉粉、乌江鱼等酸酸辣辣、浓香四溢的贵州风情，已逐渐被今天的新老上海人所接受，这不能不说是上海的一道新景观。

前不久，第四届中国国际进口博览会在上海举办。新华社在众多报道中，专门写了一篇"最香展区，感受舌尖上的开放"，说的是上千家来自世界各国的企业云集进博会食品和农产品的展区。老外们鼻子也是很尖的，进博会才进行到第四届，就有这么多企业涌进来，其实，他们已经从前几届进博会上外国新颖食品的受欢迎程度里嗅到了商机。今天的上海人，早就跃跃欲试地想尝尝跻身世界 500 强中的 30 多家食品企业带来的首秀了。

看来"舌尖上"的开放，会愈加促进上海菜肴和食品的发展。

四时茶食演变而来的江南糕点

从小我就喜欢吃糕点，在所有的糕团点心中，我又对黄松糕情有独钟。童年时期，只要早点有一块黄松糕，我就欢天喜地，比吃到上海人喜欢的"四大金刚"都高兴。

稍大一点，有了零花钱后，我发现家附近的几家糕团店里，黄松糕仅售四分钱一块，于是便自作主张，常去悄悄买上一块黄松糕过瘾、解馋。有时候没有黄松糕出售，赤豆糕、条头糕、糖糕我也买来吃，这些糕点和黄松糕的价格差不多，即便贵，也只贵一两分钱。洁白如雪、四四方方的方糕我也喜欢，里面裹着细豆沙或者掺了猪油的黑洋酥。好吃是好吃，但方糕太贵了，一块要卖到一角二分钱，我都可以买上三块黄松糕了。

今天的读者可能不理解，一角二分钱难道算贵吗？我必须得说明一下，在 20 世纪 50 年代至 60 年代初，中国实行低工资制度，绝大多数中国人的月工资都在七八十元以下，普遍工资都是 42 元到 62 元之间。那时我的哥哥年纪轻轻被评上工程师，每月工资 120 元，已经算得上青年才俊。我的零花钱每月只有 5 角钱，能买 12 块黄松糕，平均下来，3 天我才能吃上一块黄松糕。后来长大了，我又喜欢上了看小说。若有爱不释手的小说，我会买上一本，那就只能放弃黄松糕的享受。

进了中学，自己能到南京路上的第一食品商店开眼了，一起去的同学大多会关注令人眼花缭乱的食品，如饼干、面包、火腿，还有贵的让人咋舌的酒，而我只盯着糕点柜台看。种类繁多的糕点之中，我就只注意有没有黄松糕。这秘密被母亲发现后，她道出了我自小喜欢糕点的缘由。原来，赤豆糕、黄松糕都是故乡的亲戚到上海来时带来给我尝的，在懵懂的幼小年纪，我就喜欢上了这种味道。正因为这个童年情结，后来我特别关注报纸刊物和食品宣传中关于糕点的文章和典故。

糕点是整个江南地区特有的民间食品，香甜松酥，精巧好看，早在先秦时代就已出现。最早称作饼饵，战国时代叫成粽，汉代叫作胡饼，南北朝时的叫法是炉烧饼，跟当代叫法已经很接近了。唐代的汤饼、凡当饼，宋代的酥蜜食、黄糕，五代的五福饼，名称变来变去，我猜大约就是做法略有改变，就换一种称呼。

到了明清时期，糕点种类就更多了，名称和叫法也争奇斗艳。各式的月饼、寿糕、年糕、煮饼、蜜果饼、桃酥、萨琪玛、回饼、麻花，很多名称一直沿用至今。我们在一些小说中谈到的四时茶食，因季节不同，春酥夏糕、秋饼冬糖，随地域不同，制作方法也各有千秋。如在上海市区的各个郊县，七宝一带盛产方糕，崇明有崇明糕，松江有蒸糕。同样做出的蒸糕，有厚实的、小巧的，有圆的、有方的。市区的食品店里供应的猪油糖年糕、松糕规格基本都一样，可能是国营厂家统一了标准。

　　近年来我吃的最多的是徐行蒸糕，原因只有一个，这种徐行蒸糕最接近我小时候尝过家乡的蒸糕味道，我把这种味道称作童年的记忆。有一次去嘉兴镇上，我还专门到食品店里去参观了蒸糕的制作。只见大米、糯米、白砂糖、松子、核桃、桂花、枸杞、红枣、花生碎等糕点的配料摊在大桌上，完全是比较原始的手工制作方式。我想，自古以来，江南水乡的糕点大概就是这么制作出来的吧。

　　唯一困惑的是，出品徐行蒸糕的上海市"非遗"传承人老解，竟然是东北人。后来有人告诉我，他是从嘉定的师傅学到了手艺后，成为远近闻名的糕点师傅的。附近的老百姓都说他做的是最正宗，最好吃的。

　　回到花桥街上，我问乡亲们，他们自己还做蒸糕吗？乡亲们告诉我："糕是蒸的，但仅仅是自家吃，要用这民间手艺专门做糕来营销，谁都没有这想法。"我心里暗忖，怪不得醉心于做糕的解师傅才能评上"非遗"传承人，他是倾尽半生心血，才能做出这美味的江南糕点。

阳春面为啥不鲜了

不复鲜美的阳春面

陪同一位外省来的作家吃晚饭，询问他最后上一点上海的什么特色点心，不料，这位比我年长的文人不假思索地回答："有阳春面吗？我要阳春面。"

服务员问我是要菜汤的还是要菜的，我一听她的口音，知道这位女士是外省的，就说："只要阳春面，不要放青菜、白菜和咸菜。"结果这位外省作家在吃完端上来的阳春面后，诧异地问我："这么上档次的餐厅里做的阳春面，怎么一点也没当年我们在大学后面街上小馆子里吃到的鲜味了呢？"

我只得敷衍他，也许这个宾馆餐厅里的大厨，学得不是道地上海菜的做法，做出来的面不正宗。这位作家大呼遗憾，念念不忘他在上海大学读中文系时尝到的阳春面。

其实，宾馆餐厅里端出来的那碗面，我也尝了，那绝对不是阳春面，而是光面。这种光面在我插队落户的年月里，在乡场上的铺子里，在小镇上的面店里，在县城乃至省城里的大街小巷和火车站、长途汽车站的饮食店里，到处都有卖。价格统统在一角或者一角五分钱之间，煮起来也很方便，一大锅水烧开后，抓一把面条丢进去，煮熟之后捞起来，浇上点盐巴和酱油，端出来就成了。当"知青"的年代，我在贵阳火车站大门外的店里，和"知青"伙伴们不止一次吃过这种面。往往在这个时候，男女上海"知青"会情不自禁地感叹一句："比上海 8 分钱一碗的阳春面贵了半，味道却差远了！"

　　为啥一碗价廉物美的阳春面，名声却这么大呢？为啥它会令人经久难忘呢？说明阳春面确实有值得说道之处。

奥妙全在一锅汤

　　江南饮食文化讲究的是一个"鲜"字，从北方传过来的面条也不例外。昆山的奥灶面十分出名，到了昆山不尝一碗奥灶面，就是一大憾事。奥灶面不仅做出了品牌，还做出了方便面的形式，行销各地。究其实，奥灶面不过是苏锡常地区汤面的一种，但是奥灶面和这些地区其他的面有很大不同，奥妙就在那碗汤里，使其有一种别样的鲜美。

　　各地做出名声受到百姓欢迎的面条，都有自己的讲究，例如兰州牛肉面、郑州烩面、山西油泼辣子面、贵阳肠旺面，都十分讲究那一碗汤的烹饪。油泼辣子面里没有汤，一般都是端上来的时候配一碗面汤，虽清淡，却别有一股异香。我在太原的面馆里，尝过几碗"迷你型"小面，已经不是吃面，只是品鉴其汤的滋味。

阳春面的奥妙，也在那一锅汤里。大宾馆的餐厅里，吃不到正宗的阳春面，大概是大厨不屑于做这么费事的一道汤。而伙计忙着学艺，也不觉得做汤该花什么功夫。马路边的饮食店里，阳春面的标价最为低廉，也就更加不愿意熬夜去做那一锅阳春面的汤。因此到了今天，阳春面沦落成为和"光面"一样的存在。

说到底，阳春面那一锅汤，并没有啥特别的秘密，那就是舍得把料配齐，肯花功夫把汤做好。在我写作这篇小文时，电视的饮食栏目里正在播出网红打卡店里推出的特色面条，我把节目认真看完了，其实今天的青年男女排着队去吃的鱼翅面、海鲜面等等，说到底也不过是汤的不同。阳春面的汤鲜，除了须用筒子骨熬汤之外，不要忘记放进鳝鱼骨，如果能找到食用蛇的骨头，配上佐料久熬成汤，那么当年阳春面的美味，一定又能回到老百姓的餐桌上。

上海味道：从"鲜"到多样化

唯"鲜"才美的本帮菜

上海人口味的最大特点是什么呢？我就想是一个字：鲜。

鱼要鲜，肉要鲜，鸡要鲜，牛羊肉都要鲜，一般的菜肴，一视同仁都要讲究一个"鲜"字。不鲜的菜，无论是多么高级和上品，都是不好吃的。

海参、鲍鱼、鱼翅、燕窝称得上高级，但煮来不鲜，上海人也是不敢恭维的。只在招待重要客人的时候，挑一个，点点缀，表明自己不小气。但要是将这些一齐点上桌，连厨房里都会说："这是'暴发户'。"

要数鲜，还得是上海家家户户都会的生煸草头，这是江南水乡再穷的人家都要炒来吃的一道菜。同我生活过多年的贵州人见我们炒来吃，往往都会不屑地说："这种草怎么咽得下去？"殊不知，猛火一炒，油焖入味，这草头就会变得鲜嫩碧绿，清香扑鼻，再洒上几滴白酒，便会让人品尝出唯有早春时节才能尝到的鲜味。

就凭这股鲜味，它从平民百姓家里，进入了高档酒店，成为了"席上珍"。不是特定的季节，往往还吃不到呢。

记得小时候，妈妈常告诉我，草头是最普通最便宜的蔬菜，在家乡又被称作金花菜、苜蓿。妈妈给它起的名字更好听，叫"荷花浪"，充满了诗情画意。

一开始，我怎么也想不明白，叶子小小的草头，怎么可以和大大的荷叶相比。问了妈妈后，她笑道："在乡下，冬天快要过去、春天要来的时候，从屋檐下到田野里，全是仿佛一晚上从土里冒出来的草头，一直铺展到河边、延伸到路上。外婆就会说，荷花浪长出来了，可以采来炒着吃了。"

我想妈妈告诉我的是，这草头，外婆早就已经叫它"荷花浪"了。我只能凭想象理解，家乡人大概是觉得，这碧绿一片的草叶，很像风中的"荷花浪"吧。

口味随着"新上海人"涌入变得多样化

改革开放 40 多年来，上海解放思想，放松入沪的条件，引进各界各类人才。成千上万的外地人涌入上海，使得上海一跃成为全世界人口最多的特大型城市，人口数量接近 2 500 万。这其中，有接近 1 100 万的"新上海人"。

"新上海人"居住在这个城市里，同时也带进来新的口味，而这一点往往是被"老上海人"所忽略了的。"老上海人"想当然地认为，一旦进入上海，无论是哪里的人，都得吃上海的饭菜，适应上海人的口味。

而"新上海人"呢，则在适应上海口味的同时，也提出了自己的需求。比如说喜食辣味的，就会向食堂和饭店大师傅提出要有辣味的菜；回到自己家中，也会煮一些家乡菜来吃。

与此同时，各大菜系的饭店、酒楼、饮食店也都开进了上海的大街小巷。敢于来大上海闯荡的餐饮界人士，都认为自己手艺是有几把刷子的。于是乎，各大菜系、各种口味的特色餐饮在一条条马路上遍地开了花。

火锅、海鲜、面食、烧烤应有尽有，光是辣味，就有湘味辣菜、黔味辣菜、江西辣菜，真是争奇斗艳，五花八门。各式菜肴糅合了粤菜、鲁菜、淮扬菜、本帮菜、闽菜等等菜系的特点，把自己的特色和著名菜谱结合起来，怎么好吃怎么做，并在此基础上推出一款款新品，在上海的餐饮市场掀起一个个高潮，推出一波又一波的"热"。"海鲜热""杭菜热"……这几十年里轮番登台，令人目不暇接。

"你要吃最好吃的京菜和川菜吗？请到上海来。"

敢于说这话，不是说把北京城里的京菜、"天府之国"的川菜比下去了，而是上海师傅把京菜、川菜做成了最受上海人欢迎的菜肴，许多人比在北京和四川吃得还欢。

那么便有人担心了，如此大的冲击，会不会把上海菜的特色淹没了呢？

在我看来，上海菜仍是新老上海人最喜欢吃的菜肴。其他各地的菜，对上海人来说不过是换换口味罢了。但上海人的口味，也是在近 40 多年里，从"鲜"到多样化，越吃越丰富多彩，越吃越有滋味了。

上海的家常菜

现在的饭店都强调各地菜肴的特色，以酥熟偏甜为主的苏州菜、无锡菜，过去称之为苏锡帮；以麻辣为特色的川菜，过去称之为川帮菜，传到江南以后，又和淮扬菜相结合，互采其长，形成了川扬帮；还有广帮菜、京帮菜等等，不外乎其是。那么上海菜的特色是什么呢？

精确度量"经济实惠"

若去查传统菜谱，信奉本帮菜的老人一定会给你讲四个字，"浓油赤酱"；但若是去问今天的上海人，无论是1500万"老上海人"，还是改革开放40年来走进上海滩的1000多万"新上海人"，他们天天在家里、在各式食堂，或是叫外卖，顿顿吃的菜肴肯定不是"浓油赤酱"四个字能概括的。我就不止一次听人说："我天天吃家常菜，我还能不知道上海家常菜的特色吗？"但真正要听他细讲，他要么报一长串吃过的菜肴名，要么炫耀地说一下在饭店里吃到的名菜，实际上讲不出个所以然来。

要讲清楚上海家常菜的特征，首先要从上海人的生活观念说起。上海人过日子崇尚的是"实惠"二字：接人待物要实惠，天天必须准备的三餐饭也要实惠，还有人干脆就会说要"经济实惠"……家常菜是一家老少围桌食用的菜肴，是亲密的家庭成员才能在一起吃的饭。夫妻之间、老人小孩饭量的多少，喜欢吃些什么菜，做饭的人都能知根知底、了如指掌，故而在选购菜肴时，就会考虑到买多少量、荤素是否搭配、是否合适一家老少的口味，很少有浪费现象。

我强调"实惠"两个字，容易让人露出会心一笑，尤其是对上海人有偏见的人，恐怕会振振有词地说，上海人"小气""抠门""精明"云云，其实不然。我说的"经济实惠"四个字，包含了计算精确得当，以及充分发挥各类食材的本味和特色。读中小学时，我去同学家玩，会持家的奶奶和老外婆经常会问一句："回来吃夜（晚）饭伐?"不要小看这句话，如若不回家吃，老人就会少做一点饭，减少一点菜量，极力做到当日饭菜当日就吃完，让每顿饭有热饭、热菜和热汤端上桌，每顿饭做到没有剩饭、剩菜和剩汤。

可让人意会的"家的味道"

在崇尚实惠、讲究搭配，吃得一家人都满意的前提下，上海的家常菜同样会注重食材质量，让家人一坐上餐桌就能勾起食欲。上海地处长江口，东贴大海，濒近长江，市郊农村大地和江浙两省肥沃的土地相连，真正是"千河万泊鱼虾跃，百里平原谷蔬香"。除出产一年四季常见的不同荤素食材之外，长江三角洲平原上还有很多植物，诸如青蒿、枸杞、荷叶、玉兰花、草头，都能成为上海人餐桌上的美味佳肴。尤其是鲜嫩的草头上市以后，无论是"酒香草头"、"草头圈子"，都能成为家家户户老少叫好的菜肴。

至于几乎所有上海家庭都耳熟能详的"榨菜肉丝（肉圆）汤""咸菜黄鱼汤""番茄蛋汤""油面筋塞肉""百叶包""芋奶鸭块""冬笋扁尖肉片""油豆腐烧肉"……报出菜肴名的同时，上海人似乎就能闻到这些家常菜的香味。心灵手巧的上海家庭主妇们，当然还有一些善于烹饪的男同志，不但能把家常菜做得色香味俱佳，每一盘菜的形制还十分精巧，给人以赏心悦目之感。红要红的鲜艳，白烧清蒸的菜肴透出缕缕香气，葱花姜末的点缀更令人拍案称奇。如若有一盘菜做得不好看，负责主厨的家人会抱歉地说："今天炒菜时接了一个电话，走神了，菜炒得不好看，不过味道没有大变。"好像不是在做菜，而是在创作一件艺术品。

一年四季吃着家常菜的上海人，自然而然会形成一种口味，"妈妈的味道""童年的记忆""外婆做的老鸭汤"……在一天一天、一年一年的实践烹饪中，上海滩千千万万家庭一起形成了上海的家常菜，虽然口味不尽相同，但又具有共性的特征。

记得我去南美几国访问时，在墨西哥街头一家中餐馆里吃过一次晚餐，刚端上桌来三道菜时，我就吃出了上海家常菜的味道。请出餐厅经理一问，他就笑出声来，开口用上海话道："你们几位商量点什么菜时我就听出来了。怎么样，这几道菜还有上海味道吗？"
我们几位同行的客人，异口同声地夸起他的菜肴来，说他做的菜是
道地的上海家常菜。看来哪怕是上海的家常菜，都已经形成了独特
的风格和口味。

上海的"茶"

上海不产茶却好茶

之所以在茶上加一个引号，是想说上海这个地方不产茶。上海靠近海，近海的地方盛产海味，而茶叶属于山珍，故而基本不见山的上海不产茶。陆羽在《茶经》里写到："黔中生思州、播州、费州、夷州。……往往得之，其味极佳。"有一些上海人不服气，10多年前在佘山上试种了几亩茶园，选的还是良种。育成之后我得以品尝了一下，只能说不敢恭维。近年来，听说奉贤也想引进优质茶种培育。不是我泼冷水，奉贤更靠近海，种出茶来只能扬自己的短，是产不出好茶叶的。

上海不产茶，可上海又是中国最大的茶叶市场，光是百年以上的著名茶庄就有好几家。全中国所有的好茶叶都要运到上海来卖，故而上海人可以品鉴众多名茶，从而得出自己的结论和喜好。绿茶是哪里的最好？红茶是哪里的最醇？茶客们都有自己的心得感悟。

在上海滩要论茶，首推必然是龙井。"十大名茶"的评选经常进行，第二名的位置常有变化，一会儿是都匀毛尖，一会儿变成信阳毛尖，紧盯着其后的古丈矛尖也在拼命往前挤。但是龙井茶首屈一指的地位牢不可破，始终不曾动摇。我和品茗专家、嗜茶如命的老茶客、卖茶的商人，都曾探讨过为什么龙井的地位这么稳固，答案只有一个字，"香"。龙井茶泡好，飘逸出的那一股香气，其他茶超越不了，好龙井的那缕香则更为持久。

在上海，这种观念更加顽固。有的人只喝龙井，有的人也会在龙井之外再品鉴其他名茶，哪怕最佳的毛尖让他赞不绝口，到头来还是会补上一句"在香味上和龙井相比，略微还差一些"。这评价很像是喝到了好酒的品鉴师，脸上露出满意的笑容同时，仍会说一句："和茅台相比，它还差一点。"

茶中独爱龙井

上海人对龙井几乎迷信的态度，和龙井自上海开埠以来就进入上海有关。自清朝晚期至今，仗着杭州离上海比其他茶业产地近的优势，龙井茶一直有意无意地向一代代上海人宣传和灌输着它的美妙滋味。我还戴着红领巾时，就知道了龙井茶的美名。家中老人逢到春天来了，总会说一句："今年开春至今，还没喝上一口龙井呢！"龙井茶在上海就是这样深入人心。苏州洞庭西山、东山上的碧螺春，也受上海人欢迎，有的茶客甚至创造出自己独有的冲泡品鉴碧螺春的方式。但在深入人心上，碧螺春还是差龙井一点。

近年来，安吉白茶以不同于绿茶的滋味和品相，也在上海市场里广受欢迎，因此其他地方也纷纷推出了武汉白茶、西安白茶，倒把真正的福鼎白茶冷落在一边了。还有一款茶也是上海人情有独钟的，那就是黄山毛峰。黄山毛峰进入上海也有 100 多年历史了，海拔 1 000 米山上产出的黄山毛峰其茶味最佳。

正因为全中国 21 个产茶省都把茶品送进上海市场，故而上海人喝够了品种繁多的绿茶之后，又去喝铁观音、普洱茶、黑茶，尤其是红茶。这些年里争奇斗艳的红茶一入秋，就大踏步地迈进上海，只因上海人改良了英国人的下午茶喝法，到了冬季就偏好喝柠檬红茶，不但使得红茶在上海销得风生水起，还带动了柠檬的消费。

上海人爱喝茶，因此对茶叶的收藏产生了许多小窍门，甚至还有种种废茶叶利用的方式在民间传播，让人不禁惊叹。就让上海人良好的饮茶习俗，好好地传下去发扬光大吧。

上海的钢笔

笔有多种多样，毛笔、铅笔、中性笔都是日常用笔。我这一辈子都在写小说，也一辈子离不开手中的笔，故而我总想着要为笔写一篇文章，尤其是上海的笔。

我曾与"英雄"形影不离

自电脑进入我们的日常生活以来，作家们纷纷换"笔"了，很快融入了电脑写作的潮流。我一度也曾使用电脑写过两部小说，但不知道是我学艺不精，还是天生排斥电子产品，用电脑写作后，反而凭空平添了很多烦恼：一会儿"死机"了，一会儿写出的东西离奇消失了……于是我认定电脑和我无缘，便又自然而然回到了用笔写作的状态。

很多人对我表示惋惜，说电脑查找资料、储存材料方便，对于经常要修改稿子的写作人来说，改起稿子来也容易，而且不会出现手写稿不易辨认等问题，效率高，速度快。

但我决定不再使用电脑的原因，是我已经进入晚年，已经不必在写作上讲究效率。其实包括再版书，我这辈子已经出版了 160 多本书了，似乎写得也不算慢。再说，写作也不是一件追求速度和效率的活。我完全可以从容地进入写作状态，慢慢写我想在有生之年完成的作品。

固然有用羽毛笔、毛笔写作的年代，也有电脑写作的年代，而我是属于用钢笔写作年代的人。天天提起笔来写作，手上的这支笔就显得分外重要，我对笔的要求也越来越高，写起来流利、圆滑、出水均匀，不要有漏墨水现象是最好的。

记得中小学时代，也就是 20 世纪五六十年代，用的钢笔是一块钱上下的普通钢笔。那些年里写字不多，对笔不甚讲究。稍年长一些，就知道比普通钢笔好些的是三块钱左右的钛金笔，笔尖圆润一些，写起来比较舒服；最好的就是金笔，价格卖到六块多钱，班上如果有同学拿着金笔写作业，就是很讲究、很有面子、很稀罕的一件事。男女同学发现了，都会拿过笔来看，细细地辨认笔尖写着的含金量是多少，还会叫出声来："哇，含金量还是 14k 呢！"

以前国内钢笔常见的有华孚金笔、永生金笔、关勒铭金笔，还有英雄金笔。英雄金笔后来居上，最为出名。我想，大概是因为它有一个好名字吧。也有人说，比英雄金笔更好的是"外国来路货"的派克金笔。同学之间为此还发生争论，有的说英雄金笔好，有的则认为派克金笔好，说它的历史比英雄金笔还要悠久。

小学升到高年级时，我看过一部电影《英雄赶派克》，报纸上还登出新闻：英雄金笔经国家评定，10 项指标中有 4 项超过派克，

3 项持平，2 项不可比，1 项低于派克。当时给我的感觉就是，英雄和派克也差不多了吧！后来我到贵州插队落户当"知青"时，就带了一支英雄金笔，白天带在身上，晚上睡觉就放在枕头边，可以说是我形影不离的伙伴。

再后来，我和妻子谈恋爱了，她送了我一支派克金笔。在山乡岁月中，我最初写下的那些稿子，都是这两支笔写出来的。只可惜，英雄金笔在出工劳动时丢了，而那支妻子送我的派克金笔，也在 20 世纪 80 年代一次出访中不慎遗失，实在是令人遗憾。后来出访归来，途经上海时，我就到中百一店金笔柜台重新选购了一支英雄金笔。在我心目中，英雄金笔就是国内最好的笔。

今日钢笔成为馈赠"名品"

如今，金笔时常面临着严峻的挑战，备受欢迎的派克金笔也跌入了低谷。派克金笔 100 周年时，在南京西路恒隆广场举行了一次纪念活动，主办方邀请我及上海的一些文化人作为嘉宾，谈谈这一辈子用笔的感受。第四代派克也在现场，聊天时他和我谈及，在电脑时代，派克金笔该如何适应时代潮流、与时俱进的发展。我这才知道，原来问世 100 多年的名笔也在思考如何转型发展的问题。

参加完活动，我忍不住又跑去几家文具柜前看了看上海的笔。不看不知道，一看吓了一跳：很多柜台上陈列的，都是价格昂贵的金笔，如公爵、万宝龙、派克，一种品牌比一种品牌贵，最贵的竟然高达上万元，相比英雄金笔，价格高出一大截还不止。我问了几位营业员，他们说，现在买笔的个人很少，来购买笔的都是作为礼品送人的。

今年也是英雄金笔诞生 90 周年。1931 年，英雄金笔的前身华孚金笔厂在上海华德路宏源里 38 号（今长阳路 640 弄 38 号）的石库门房子里创立。历史虽然不如派克悠久，但在今天的中国，知名度一点也不逊色于派克。2006 年，上海复建了英雄集团有限公司，结合时尚和专业元素，不断地开发各种各样的礼品笔、纪念用笔、重大活动和节庆用笔。新中国成立 70 周年和中国共产党成立 100 周年，他们都设计开发了新颖、美观、大方且具有纪念和收藏意义的金笔。

有一次，我去浙江开会，收到两支金砖五国峰会官方唯一指定礼品笔，不仅美观大方，书写起来也十分流利滑爽。不知这钢笔是不是上海产品，但我由此获得启示，上海的钢笔也许也可以大有作为。愿我这个一辈子和笔为伴的书写者能够看到上海的钢笔一飞冲天，创造新的业绩和辉煌。

上海的桥

群龙横卧黄浦江

上海的桥，实在是一篇大文章。不说别的了，就讲改革开放以来，上海造了多少令世界瞩目的桥啊！

横卧江上成螺旋形上升的南浦大桥，是上海黄浦江上的第一座桥。继而，杨浦大桥、徐浦大桥、奉浦大桥、闵浦大桥，随着浦东、浦西的飞速发展，一座接一座耸立在"老上海人"、"新上海人"面前，耸立在到上海旅游的外省客人和老外们的面前。特别是市区中央成彩虹形的卢浦大桥，无论在白天眺望，还是在夜间观赏，它的秀丽姿态，都是一道令人喜悦和赞叹的景观。

记得 20 世纪 90 年代南浦大桥刚刚建成那几年，我不止一次陪同外国的作家，到桥上去观赏过它的雄姿，不无自傲地介绍过南浦大桥建造的不易。

今天，如果这一旅游项目仍旧保留着，恐怕客人们到了上海，光是看桥也看不过来了，黄浦江上的大桥，一座接着一座，真的是让匆匆来的过客目不暇接。

"高桥桥不高"

但是，偌大的上海滩，不仅仅有这些大桥、新桥，还有许许多多数也数不过来的老桥、旧桥、正在历史烟云中消失的桥。

万里长江口，千年高桥镇。在黄浦江和长江入海口附近的高桥，自古以来就流传这么一句俗谚：高桥桥不高。

什么意思呢？高桥镇虽名为高桥，但它并不以桥著名。高桥镇所有跨越河道的桥，实事求是地说，真的是不高的。今天的高桥人，大约都把这句俗谚忘记了吧。

在青浦区的金泽古镇上，也有一座座风格各异的桥，细细数一下，足有二十七八座之多。

我为啥用了一个模糊的数字呢？只因金泽古镇上，有一座桥是改革开放以后，和美国人一起造的新桥，风格和金泽古镇不一样的桥。其余的桥呢，都是带有历史痕迹的古桥。

我只举了高桥和金泽两个例子，足以说明曾被称作"滩"的上海，桥是数不过来的。

"叫桥不见桥"的八仙桥

随着时光的流逝,不知不觉消失在上海人视野里的桥,是不是该留下一点文字的记忆呢?

比如离我家很近的枫林桥,现在变成了枫林路。问一问枫林路上有一大把年龄的世居老人,他会给你花上一两个钟头,讲一讲枫林桥的来龙去脉。

在我的记忆中,上海类似枫林桥这样的在我们视野里消失的桥,少说还有六七座。例如比枫林桥还要出名的八仙桥,现在的上海老人讲起往事,就会说那是在今天延安东路、西藏南路附近一带,具体位置讲不清了。还有人杜撰说这里曾有过大名鼎鼎的八仙传说,其实八仙桥地名的来源,和法国殖民者有关。1860年,英法联军在北京郊区打了一场胜仗,史称"八里桥之战",上海法租界当局为纪念这次战役,就把当时属于法租界内的一条马路,定名为"八里桥街"。但是对于上海人来说,"八里桥之战"是一场败仗,故意将其叫作八仙桥街。在1900年至1914年的十几年中,八仙桥街附近确确实实建过几条跨浜跨泾的木桥,取名"八仙桥""南八仙桥""新八仙桥""北八仙桥"。1914年,随着市区的扩大,填浜筑路中竟把周泾、洋泾浜全填平了,变成了今天的西藏南路、延安东路,八仙桥一带的桥梁随之拆除。但八仙桥作为"叫桥不见桥"的地名,一直被沿用下来。

20世纪70年代,我去采访过严桥人民公社。20世纪初,花了

6 000 两银子建造的上海滩第二座水泥桥，叫严家桥（简称严桥）。随着浦东的建设步伐，严桥镇因人口的增加形成市镇，变成了居民区。严桥也仅剩一地名，而再不见桥了。

同样只有地名而再看不见桥梁的，还有金桥、提篮桥，延安东路、福建中路上的郑家木桥，洋泾浜上的洋泾桥和东新桥，今天陆家浜路、徐家汇路、肇周路、方斜路以及制造局路五条马路交汇点和周边地区统称的斜桥，等等。

桥梁命名大有学问

上海还有一些桥梁，从时间上推算，也属于颇有历史和故事的老桥，尽管后来改了新桥名，但上海人仍习惯称呼旧桥名。其中最典型的是老闸桥和新闸桥。

老闸桥，顾名思义是有闸的。其历史可以追溯到明代，因这座桥离我同学澄华家很近，我一直记得桥附近厦门路 7 号有一座金龙四大王庙。1962 年，老闸桥结束了近 400 年的木桥历史，重新建造钢筋混泥土曲拱桥，于 1968 年竣工通车，正式更名为"福建路桥"。1990 年，金龙四大王庙被拆除。但是居住在福建北路、北京东路口的居民们，仍习惯地称呼其为"老闸桥"。

新闸桥，现在叫"大统路桥"。建造历史晚于老闸桥 100 年。对今天的上海人来说，它也是一座老桥了，建造之初就称新闸桥，故而上海人仍称其为新闸桥，尽管地图上标的是大统路桥。

当然，在上海的古桥中，还有一些始终不曾改名的老桥，恒丰路桥就是这样的一座桥。100多年前是木桥，1987年改造成为四车道大桥，成为苏州河上最大桥梁，桥名仍然叫"恒丰路桥"。

桥梁的命名，是一件颇有文化意蕴的事情。古今中外都有这样的例子可寻。上海也不例外，最有代表性的，就是里虹桥、外虹桥、中虹桥。之所以要建造这三座桥，是因为下海浦附近的三条河流"沙洪""北沙洪""穿洪"汇流在一起，要通过"穿洪"的口子进入黄浦江。久而久之人们便把"洪"字改为"虹"字，虹口区最早的地名就是由此而来。以虹口港为段，今天的百老汇路附近，即是外虹口，在这一段河流上建的桥，就叫"外虹桥"。今天中青年人，都叫它"大名路桥"。长治路桥即是中虹桥；汉阳路桥系里虹桥。在重视地域文化的今天，虹口区居民逐渐把这一脉络理清晰了。

上海的桥，实在是一个说不尽、道不完的话题。文中提到的每一座桥，都有一段历史可以叙说，都有很多建桥人的故事可以挖掘。

上海的牙膏

牙膏进入中国不过百年

在以前一些描写偏僻闭塞乡村的小说中，一些农村里的孩子看到下乡的干部和"知青"刷牙，会十分好奇地问他们"这白色冒泡沫的东西是什么？甜的还是咸的？"看到这些描述，青年读者大概会觉得不可思议，这是不是作者故意猎奇，或者是夸大事实？毕竟对于今天的所有人来说，刷牙几乎是普遍的习惯。

1912 年，上海有一定经济条件的家庭刷牙蘸取的是牙粉，这一款牙粉叫"三星"牙粉。那么 1912 年之前，我们用什么来清洁口腔呢？老人们告诉我，用盐水漱口。

实际上，牙膏走进我们的生活刚刚 100 年。当时上海出现了第一支牙膏"三星"牙膏。牙膏一经推向市场就广受欢迎，随后小铁盒子上印有"福禄寿"三星的"三星"牙粉就逐渐被牙膏所取代。1931 年，比"三星"牙膏更洁齿爽口的"白玉"牙膏在上海问世，一下子名扬全国。1940 年，另一口味更具清爽气息的"留兰香"

牙膏推向市场，畅销全上海。这两款牙膏至今仍在市场上占有一定的份额，受到中、老年上海市民的欢迎。

　　讲到1940年，就必须得提一下从宁波镇海出来闯荡上海滩的年轻人方液仙。他怀揣着母亲支持他实业救国理想的1万元，在小小的亭子间里，发明出了"三星"牙粉、"三星"牙膏、"白玉"牙膏。在行销过程中，他又抓住民众的爱国热情，以中国人用中国货的理念，把他发明创造的牙粉、牙膏推向上海和全国市场。20世纪30年代，方液仙创立的中国化学工业社就已经从美国引进半自动牙膏灌装机，"三星"牙膏在国内市场上基本代替了各种进口牙膏。

　　方液仙的爱国之举最终遭致敌伪嫉恨，将他暗中绑架至"魔窟76号"毒打致死。可方液仙的发明仍然行销于市，20世纪40年代，"三星"牙膏远销泰国、新加坡、马来西亚、菲律宾和非洲等国家和地区，为上海牙膏挣来了名气。1976年，冷热酸甜都不怕的"上海防酸"牙膏问世，一时间受到全国的欢迎。这三款上海出产的牙膏，至今仍在上海和全国各地市场上占据一定的市场份额。

消失又出现的"美加净"牙膏

　　我还想说的是我和上海牙膏的关系。中小学时代，我从来没有留意过家中的牙膏。后来要离开上海到贵州山乡插队落户，学校动员同学们带足日常生活用品。听来自修文县接我们上海"知青"的贵州干部说，我们落户的村在三县交界之处，较为偏僻，离有供销社的公社所在地十几里地，日常用品最好带足，因为供销社里的品种很少，即使有，也时常缺货。于是，我便静坐在椅子上，认真想一遍，每天从床上起来做的第一件事是什么。这么一想，就想到了牙膏，于是赶紧出门去买来四支"中华"牙膏。

不料一位比我大几岁、当时已在上海就业的朋友对我们说："你们要一辈子扎根农村，四支牙膏怎么够？"当晚就送来两支大号的"美加净"牙膏。他介绍说，这是推出没几年的新产品，用过的人都说好。"美加净"牙膏是那个年代的高档品，一支价格比普通牙膏贵一倍。到了乡下，我拿出大号"美加净"牙膏使用时，其他"知青"伙伴纷纷羡慕地说："这可是高级货。"

成了作家以后，只要回上海改稿和探亲，往贵州带东西时，我总习惯性地买上几支"美加净"牙膏。不料当我调回上海工作以后，市场上的"美加净"牙膏就逐渐减少了，后来听说是因为"美加净"牙膏被外商收购了。我就想不通，为什么要把一只名声、质量都很好的牙膏卖给外商呢？碰到日化企业的人，我提了这个问题。他们告诉我："外商收购时说要和我们合资，进一步提高质量，把'美加净'做得更好。"

结果，"美加净"牙膏在上海消失了。这又是怎么回事呢？我询问了有关部门。有关部门告诉我："外商将品牌买去之后就将其冷冻了，既不说合作研究开发，也不说提高质量，更没有生产。"几乎是与此同时，"高露洁"、"舒适达"等洋品牌大规模进入中国市场，几乎占据了上海所有的牙膏市场。这其中的玄机，明眼人一眼便能看透。

朋友见我忿忿不平，便劝我："既然有更好的洋品牌进来了，你就刷刷'高露洁'吧！"其实，这哪里是我个人刷牙这一生活习惯问题。以前还有方液仙这样的实业家，到了今天，把一个好端端的品牌卖出去，难道是轻飘飘的一句"付学费"就能搪塞过去的事吗？

也许是我的念想给人留下了印象，过了些年，有人特意来告诉我，有一位有见识的企业家，斥巨资将"美加净"牙膏品牌买了回来。

听后，我不由得长叹一口气："可惜的是，众多的洋品牌日用品、化妆品已经大踏步地进入了中国市场，并且占据了颇有口碑的一席之地。"不过，上海的牙膏市场上终于又出现了"美加净"牙膏，这是一件令人高兴的事。

由于插队落户时我的牙齿受到了损伤，故而一辈子对牙膏的选择都非常在意。在《上海的笔》那篇小文中，我说过钢笔是我天天在使用的工具，拆开来就是那几样东西，为什么国产品牌只能卖100多元，而洋品牌的钢笔就要卖到数千元甚至上万元呢？牙膏也是如此，明明诞生已有100多年的上海牙膏更懂得中国人的牙齿、刷牙方式和口味。

前不久碰到云南白药牙膏企业的人，他们告诉我，他们的利税总额达到了105亿元，比"美加净"牙膏的利税还要多，可见"美加净"要走的路还很长。想来通过不断的努力，上海牙膏将来一定会交出一份出色的答卷。

上海的门牌号

消失的门牌号

友人约我去虹口区的某家茶店喝茶。从我居住的徐汇区前往喝茶的地方，要换乘两次地铁，虽然有些远，但我还是去了。出了地铁口，我便按照自小养成的习惯，想按照路边的门牌号码找到那个地方。

自小家中的大人，都对自家的小孩说，在上海市区是不容易走丢的。迷路了，只要记住自己家居住在什么地方，例如什么路、什么弄、几号，就能走回自己家。再不济，跟马路上的警察说，警察也会根据小孩报出的地址，把人送回家。正因如此，上海所有的家长都会对小孩做一门功课，那就是让孩子从小记住自己住的地方，以至于很多上海孩子在牙牙学语的阶段，除了会叫爸爸妈妈，紧接着就能报出自家的住址。

20世纪80年代，我工作的省城里有人被派到上海出差，他们之前没来过上海，心里有些担忧，便找到我打听："上海那么大，要去找的单位又不是很有名，怕很难找的到吧？"我总是非常有把握地告诉他们："放心大胆地出差吧，上海这个地方，多么默默无名的单位和部门，只要有个具体地址，也就是什么路什么号，就都能找得到。"

这样的便利，不得不归功于上海城市建设的规范有序。无论是路名，还是里弄的门牌号，从东到西、从北往南，都有一定的规矩，继而形成规律，方便了生活于这座城市中的一代又一代人。我始终坚信，我的这一套老经验，是永远不会过时的。

但是这一次，我的老经验失灵了。

照着友人给的地址，需要出了地铁口便向西走，因地界生疏，我一时分不清东南西北，便想根据门牌号上的小字辨清方向。地铁附近全是崭新的高楼大厦，但不知什么原因，所有的大楼上都没有门牌号。建造大楼的设计师、施工方和城市管理部门仿佛约好了似的，都没想到给一幢幢气派堂皇的高楼立个门牌号。

我相信每幢大楼必定是有门牌号的，不过费事一点，必须走到大楼的正门口去罢了。等我来到十字路口，远远地望去，每幢大楼都设有台阶、环形车道，车道上不时有小车进出，井然有序；站立着保安的旋转门里外不时有人进出，一派热闹。但唯独找不到的，就是门牌号。

小小门牌关系民生

辨清了大方向后，我一边往前走，一边寻找门牌号，一边不由得怀念起老早以前，上海马路上一家家店面几乎在相同位置设立的小小门牌号。

门牌号确实是方便市民的一个大举措，我决定要为上海的门牌号写一篇小文，于是，我去淮海中路沿着人行道走了一趟，又约几位老同学沿新修的南北苏州河路走了一遍，之后又去"南京路步行街"走了一圈……这才发现，原来上海忽视门牌号的现象，居然已经不是个别现象了。

我不由得要问一句：小小的门牌号，落实起来那么难吗？是嫌设一块醒目的门牌号难看吗？有人说，你是个小说家，不要管这个闲事。也有人说，向有关部门反映下就好了。

当人大代表 30 年，和民生有关的建议和意见我也提过几条。有的建议当即采纳整改了，有的意见提出来，落实有难度，有关部门还特意派人来给我说清。记得有次，一个处长来办公室和我说："照你的意见办，我们一年要多开支几百万，预算中没有设立这一项。"我坚持说："上海这么大一个城市，关系每个市民的这么件小事，几百万会拿不出来？不改也可以，我是一个文人，明年我还会说，我也只能反复地说，不断地说而已。"处长只得把公文合起来，说："我们回去再商量。"后来，第二年就整改了。

现在我不当人大代表了，仍然怀念上海的门牌号头，希望这个小小的建议同样有个好的结果。

苏州河更亲了

越洗越脏的苏州河水

一天，友人来家中小坐，见我在稿纸上写下这个醒目的小文题目，便善意地提醒道："你这是要写苏州河更'清'了吧！确实，这些年来，苏州河经过动大手术般的治理，比过去清澈多了。"

我微笑着向他点头，感谢他的提醒。不过，我要写的确是"苏州河更亲"了。

我对苏州河是有感情的。可能是从小听到了很多关于苏州的故事，当时对从没有去过的苏州充满了向往，我觉得上海最美的河流名字便是苏州河。至于流贯市区的这条河为什么不叫上海河，而称作苏州河，我却从没有想过。

只可惜这条河太脏了。弄堂里喜欢游泳的小伙子从苏州河游回来，立马拿一根管子接自来水往自己的身上使劲地冲，一边冲还一边说："太脏了，太脏了！没去上大学前，我跳进苏州河游泳，回来抹干身子就能穿衣裳。现在脏成了这样，再不能下水了。"

　　他说的是实话。小时候，年年夏天，苏州河里都有人下去游泳，一年四季，总还有人坐在岸边垂钓呢！可见，苏州河水在那个年代还算澄净的。

　　但到我读中学的时候，苏州河的河水已有一股腥臭味。每到变天时节，这股腥臭味就会在河面上浮起弥散。水质也变得黏稠污秽，尤其是在桥墩边的角落里，简直是不堪入目。

越唱越苦的船家小调

　　不过我还是会习惯性地走近苏州河边，有时候站在岸边，有时候走上桥头，朝着河流两边眺望。我在 20 多年前出版的《来世人生》中写道："每当黄昏和清晨，只要空闲，我总是走上五分钟路，到苏州河边去看船民们的生活。对我来说，那完全是另一个世界的生活。看得出船民们是贫困的，他们在小船上煮饭，擦舱板，喝水。即便坐在乌篷下喝酒哼小调，他们小桌上的下酒菜也是极简单的。"

　　回家和母亲说起这一场景，她往往专注地听完，只说一个字："苦"。

　　被完全不同于城市生活的形态所吸引，我仍然喜欢到苏州河畔去。中学里有一个同学，他家就在苏州河边。在当"逍遥派"的日子里，我们几个同学，差不多天天晚饭后都到他家去聊天，议论着社会上的种种人和事。当我坐在藤椅上时，我愕然发现，这位同学家的阳台又大又宽敞，几乎连接着二三十米的苏州河岸。

回家路上，另一个同学悄悄地告诉我："聊天时你千万别讲到他家的阳台大。他们家啊，在 1949 年之前，是这一带远近闻名的'粪霸'。周围弄堂里的粪车，装满了后通通运到苏州河边的'粪码头'上来，而后倾倒进停泊在码头边的粪船上，最后再运到江浙两省的农村里去。"

哇，原来是这样！了解情况的同学更提醒说："看来我们去乘凉的阳台，就是当年的'粪码头'。"

从那以后，我就很少再到这位同学家去了。

徐匡迪：苏州河要能钓起食用鱼

20 世纪 80 年代，苏州河的污染发展到了登峰造极的地步。记得是个秋冬时节，我从贵州回上海来探亲，看到家中一长排窗户紧闭，习惯性地打开窗户通风透气。瞬间，从苏州河面上飘散过来的腥臭空气扑面而来，急得母亲连声催我："快关窗户！"又说道："苏州河的污染已经影响到河两岸的空气质量，周围弄堂里的老百姓怨声载道，纷纷呼吁赶快治理呢。"

是啊，自从 20 世纪第二个 10 年开始，第一次世界大战让中国民族工商业获得喘息的机会，国际游资看好上海这块空地，纷纷投资上海的工业。光是苏州河两岸，就开设了 7 000 多家大大小小的工厂。

在七八十年的时间里，由于片面地追求产出和利润，所有工厂的废水、废渣、废料通通往苏州河河道内倾倒。人们想当然地以为，每年要发的大水会把废物冲走，从而忽视了污染危害的严重性。以至于苏州河也像塞纳河、泰晤士河一样，重蹈了欧洲河流工业污染的覆辙。

90 年代中后期开始，苏州河的污水治理终于提上了议事日程。当苏州河污染治理总指挥把从苏州河河床挖出的淤泥加工出来的烟灰缸、笔架、砚台带到市人代会上，向市人民代表、市政协委员展示时，在场的人争相围观，都觉得苏州河有救了。

时任市长徐匡迪到人大常委会上汇报工作时，用兴奋的语气宣告："经过初期治理，苏州河基本上消除了恶臭。"会场里响起了热烈的掌声。随后，他又向委员们展示带进会场的敞口瓶子，指着澄净的瓶水里游弋的几条小鱼说："治污指挥部把苏州河里抓到的小鱼送进我的办公室里时，特地向我申明，苏州河里又重现小鱼了。我们的目标是，从苏州河里又能钓起人民食用的鱼！"

这当然是令人欢欣鼓舞的目标。

抚今追昔，苏州河更亲了

又是 20 年过去了，苏州河市区段已然成为赏心悦目的景观河道。无论是微风拂煦的清晨，还是霓虹灯闪烁的夜晚，苏州河的两岸已成为上海人喜欢徜徉于其间的大道。每个路段上的人们都能在景观道上找到自己放松心情的一角。

　　每当我路过当年老房子附近的苏河湾，我总会想起，上海开埠之初，因为城市的规模还不完善，临到周末，忙忙碌碌的上海人总会坐上小船和火轮，沿着吴淞江赶到苏州去逛街游乐，满足口福。故而，通往苏州去的吴淞江，习惯地被上海人称作"苏州河"。市区里的这一河段，渐渐地也没人叫吴淞江了，苏州河的名声却越叫越响亮了。到如今，上海的娱乐场所、食肆酒楼之繁华，早已大大超过了苏州，但苏州河的名称，却永远地留在了上海。

　　抚今追昔，是不是可以说"苏州河更亲了"？

黄浦江更近了

童年去看黄浦江：最诱人的是外滩高楼群

小时候，黄浦江对于居住在永嘉路弄堂里的我来说，十分遥远。

记得是小学三年级的时候，我费了老大的劲儿，才想明白从永嘉路走到外滩去，该选择走哪条马路。大人们说，沿着复兴路和淮海路，不转弯地朝着东面去，走到头就能看见黄浦江了。我不相信，我记得母亲带着我们去外滩的时候，是坐上车拐了几个弯才到达江边的。

那些年的黄浦江，没有建造起堤坝，江水和马路之间，就用铁链条作为分界线，脱下鞋子，就能伸出脚去试探水温。

黄浦江吸引我的，不是江水，而是外滩的景观，现在被称之为"世界建筑博览会"的外滩高楼群，宏伟壮阔，有一股令人神往的气势。站在外滩的马路上，我总能观望好久，想象着住在楼群里的人怎么过日子；吸引到我的还有黄浦江面上的大轮船，偌大的轮船从江面上驶过时，我总要想象这些轮船会开到哪里去？

　　那些问题浮现在我的脑子里，我又想不明白。但我会想：哦，黄浦江是激发童年的我想象的地方。可惜母亲和弄堂里的高中生带我到外滩去的时候，每次呆不多久，就说走了走了，可以回家了。

少年去看黄浦江：高高的堤坝遮挡了视线

　　到了小学三年级，我下决心要独自到外滩去看黄浦江，要把黄浦江看个够。故而去之前，我先要选好走哪条路。弄堂里的高中生们说，路选准了，40 分钟就能走到。我是小学生，步子小，走得比他们慢，一个小时足够了吧。

　　这是一个不上课的下午，吃过午饭，像往常离家出去玩一样，我装作若无其事地出了门，走出弄堂，我就朝着目的地疾步而去。

　　我选了一条最不容易迷路的线路，那个年头的永嘉路、陕西南路，都是僻静的马路，汽车很少，自行车也不多。我走得很快，从永嘉路拐到陕西南路，穿过复兴中路、淮海中路、延安中路等几条大马路，直奔南京路而去。

　　南京路上熙熙攘攘的人流就热闹了，橱窗里可看的东西很多，但没怎么吸引我。我兜里一个子儿都没有，看也是白看啊！看见喜欢的东西买不起，不如不看。再说了，我今天的主要任务是去外滩看黄浦江。

　　大人们总说"十里洋场"，讲的就是南京路总共有 10 里路长。

今天我是从陕西南路拐进来的，还不到 10 里地，可为啥我走着走着，觉得这 10 里地那么长呢？是的，平时跟着大人们到外滩，总要坐一截路的车，今天我完全是靠步行。这么想着的时候，两条腿也不争气地觉得累了，走得不是那么利索了，看见马路上驶过的电车一掠而过，我心里好不羡慕。

这个时候，我由衷地觉得，黄浦江离得我好远。

当我终于精疲力尽地走到南京东路外滩时，呈现在我眼前的，是一幅令我大失所望的画面。我原先看到的铁链条石墩和不时缓缓地漫上岸的黄浦江水不见了，江边筑起了一道厚实的、高高的堤坝。过了马路，挨近了堤岸，我必须跳起来，才能看一眼转瞬即逝的黄浦江。我毕竟只有 10 岁，个子矮小，视线被堤坝挡住了。好好地把黄浦江两岸看个够的愿望，实现不了啦。

我呆痴痴地靠近堤坝上，睁大着双眼，颓丧而又疲惫地望着外滩耸天的高楼，想到还要走好长好长的路回家，真不知要走到何时。

外滩海关大楼的钟鸣响了，我抬头一看，已经下午三点了。我竟然走了两个多小时！

而今再看黄浦江：滨江漫道引发无限遐想

又过了 10 年，我前往离上海整整 5 000 里路的贵州山乡插队落户。那个村寨山也遥远，水也遥远，弯弯拐拐的山路自然更让人感觉十分遥远。黄浦江离我就显得更远了。

不过，不仅仅是我，和我一起插队落户的伙伴们，平时交谈起来，总会不由自主地讲到同一个梦境，梦见上海的灯光，梦见黄浦江。

可见，故乡的黄浦江虽然离得远，还是留在游子们的心上。

人到中年，回归上海之后，我去考察过黄浦江的源头，我一次次地来到浦江第一湾的吴泾，还多次夜游浦江，包括去往吴淞江的夜游、环绕市中心璀璨灯光秀的夜游。至于杨浦区的黄浦江、南市（今黄浦区）的黄浦江、西渡的黄浦江，我更是看过不止一遍。尤其是近年来，上海人把黄浦江两岸的滨江道路全部贯通了，走近黄浦江的人就更多了。长达50多公里的滨江漫道，没有一个上海人能够从头到尾走完的。

或许是想到了这一点吧，浦东滨江一侧适时地修建了供游人们休憩的望江驿。在水晶玻璃的望江驿中，老少游人、对对情侣、远方来客、三口之家，走累了都可以进去坐一坐，喝一杯茶，品一杯咖啡，眺望一下江景，翻一翻杂志和书籍。即使一个人来，在里头发一阵子呆，也是一种不错的休息。我的家就居住在徐汇滨江附近，写作累了，眼睛需要调节了，我总会去滨江漫道上走一走，看一看，沿着黄浦江西一直望到目力所及的远方。每当这时候，我就回想起60年前自说自话走到外滩去的情形，自然会感到：黄浦江离我更近了。

上海的酒

上海有酒，却没有名酒

有一回，和几位老朋友品茗聊天。由茶叶的品种谈到了酒，于是便有了这篇小文。

这几位朋友，都是小时候在弄堂里一起玩耍长大的。相互之间知根知底，了解脾气性情，论年成来说，确实是老朋友了。随着年龄的增长，还可以说都是"老上海"了。但是这些朋友，在和我一辈子的交往之中，有过一段相当长的时间，互相之间是疏离的。长大之后，职业不一样。他们中有的是工人，有的是基层干部，有的是退伍之后成为厂医，有的是进出口公司的外贸员，有的则是企业的工会干部。无论干的是什么职业，他们都喜欢喝一点酒，节假日或家里有啥大小喜事，都会找理由聚一聚，也必然要喝一点酒。

而我到贵州插队 10 年，又在贵州省作家协会工作了 11 年之后，才调回上海。这期间和他们接触不多。回到上海，刚和他们逐渐地联系上，却因都是上有老、下有小，还有一份忙碌的本职工作，也不可能接触很多。最主要的还是因为老弄堂动迁了，他们都搬到了上海的东南西北各个地方，连在弄堂里碰到点个头打招呼、站停下来聊几句的机会也没有了。

但正是从小一起长大的伙伴，相互之间的情况还是知晓的。稍久一些没有对方的消息，就会打听一下。好在近年来的通讯越来越发达，联系始终保持着。

近几年，和这些老朋友的联络频繁起来，时常约在一起喝茶、聊天，逢年过节仍聚一聚。正是由于这么一层年代久远却又没有根本的利害冲突，不在同一单位却又从小知根知底，或在人群中听见某个熟悉的声音，或在马路上不期而遇，就会倍感亲热。

就是在这么一种纯粹的品茗时，聊到了酒，几乎涵盖了所有上海人对酒的看法和情感。

有一个共同的感觉是，上海有酒，却没有名酒。

对绍兴黄酒情有独钟

上海是一个庞大的酒市场，可以说全世界所有的酒，上海都能见到，也有机会品鉴到。但我们这一群伙伴，又一致认为，上海作为一个偌大的现代化大都市，却没有一款令人信服的名酒。看见的名酒都来自外省、外国。

在我们的童年时代，上海的很多弄堂口、马路上，甚至弄堂深处，都能看到一家家小酒馆，专门供应来自浙江绍兴的黄酒。而这些小酒馆的主人，本身就是道道地地的绍兴人。加饭、花雕、女儿红、特加饭，上海人对绍兴黄酒的熟悉程度，几乎可以堪比浙江人。只因上海是全国黄酒最大的市场。有一大批"老上海"，对绍兴黄酒情有独钟。特别是阳澄湖大闸蟹上市节令，吃鲜美无比的大闸蟹，品黄酒，被不少上海人视之为绝配，津津乐道。但是在我们记忆中的那些小酒馆里，人们更多的是以茴香豆、发芽豆、豆腐干、酒氽黄豆、鸡翅膀、鸡鸭脚爪、鸭肫肝为下酒菜。

从 20 世纪 50 年代末期开始，这样飘散着黄酒特有的香味，又是上海街头和弄堂一景的小酒馆，一家一家关闭了，小酒馆门口和墙边堆叠起来的一只只酒缸、酒甏，逐渐地从我们的视线里消失了。到了 60 年代中期之后，遍布上海滩的酒馆，几乎已经绝迹。我们这些在弄堂里玩耍的少年，也长大了。回想起幼时，经常在过年时把鞭炮丢进酒缸、酒甏，躲在一边去捂着耳朵倾听那种特别地作响，还会自嘲说，那是最为淘气和不懂事的日子。

七宝大曲"凶"的难以入口

除了对于黄酒的一份记忆，进入上海人家庭的，就是更为大众化和普遍的啤酒了。每年夏季，可以说是啤酒的旺季。很多普通上海人家，买起啤酒来都是一箱箱计量的。散落在全市城区各个角落的烟纸店，除了出售瓶装啤酒，还卖零拷啤酒。所谓零拷啤酒，就是你带着瓶子去，店家直接往你的瓶子里灌啤酒。当然价格要比瓶装啤酒便宜些。前面提到的那些街头、弄堂口消失了的小酒馆，往往变成了便民烟纸店。在这些烟纸店里，都有零拷啤酒出售。

上海也有嗜酒人士认为啤酒不过是饮料，黄酒度数太低，他们喜欢喝白酒。上海人讲到白酒，习惯地称之为"高粱酒"。一提高粱酒，人们就会说度数高，呛喉咙，往往还会用一个字形容："凶"。很多人在酒桌上咪了一小口白酒，便连连摆着手道："忒凶、忒凶，我不能喝，喝不下去。"

上海人对白酒的记忆中，必然会提及"七宝大曲"。那是度数最高的白酒了，有65°。记得一个盛夏之夜，弄堂里的伙伴聊天聊到兴头上，觉得喝啤酒不够来劲儿了。不知哪一个提议，要喝就喝爽快，去买一瓶白酒来，喝到带一点醉意了，就回家去睡觉。当即你二角，他五角，凑够了钱，去星火日夜商店里买来一瓶"七宝大曲"。众人看得分明，这瓶酒标明了是高度白酒：65°（后面规范为（60°）。

几个伙伴当即把一瓶酒悉数倒进几只杯子，说什么时候喝光，就什么时候"收摊"，回家睡觉。

我不会喝酒，只敢拿筷子在酒杯里蘸了下尝一尝。当即感到一股火辣辣的味道直刺喉咙，再不敢品一下了。

多少年之后，我结识了黄酒协会会长毛照显老先生，向他请教，七宝产的白酒，为啥如此之"凶"？他坦率地告诉我，50年代末期，他正是七宝酒厂厂长。"七宝大曲"这款酒，发酵时除了使用高粱作为原料，还加进了番薯，为的是节约粮食。因而酒液不但度数高，还"凶"得难以入口。不料恰恰是这一点，被一些嗜酒的人士，认为够刺激，变成了"七宝大曲"的特点。在喜欢品鉴高度酒的人士中赢得口碑。"七宝大曲"因而名声大震。

到了八九十年代，上海奉贤推出过一款"神仙大曲"，一度口口相传，有浓香酒特点，被誉为"小茅台"，只可惜纷纷扬扬传说了一阵，如今已风光不再。

既提及上海的酒，不能不说一下上海崇明岛上的老白酒。乳白色、原纯汁、低酒精、半透明，是纯大米作为原料，小曲发酵，清新的口味深受崇明及周边老百姓喜欢。

上海应该有自己的名酒

综上所述，上海有酒，却没有驰名中国和世界的名酒。由于酿酒所需要的水源、粮食、土壤、空气诸方面条件，上海都不具备得天独厚的优势，故而只能把心思用在拓展市场这一块上。10多年前，我写过一篇《上海因酒而来》的小文，登在《解放日报》上，文中提及的"上海务"，就是专门为市场交易收税而设立的机构。

世纪之交，一批雄心勃勃的黄酒业人士，鉴于上海黄酒的日渐凋零，置死地而后生，作了深入的市场调研，把几近沦为料酒的上海黄酒，调整使之迎合上海大众的品鉴口味，先后推出了"和酒"和"石库门"系列，一时风靡整个上海滩，夺取了上海黄酒很大一块市场，甚至惊动了黄酒业的"老大"绍兴黄酒，也跟着推出了好几款新品种来与"和酒""石库门"抗衡。

近些年来，"和酒"和"石库门"系列，又呈现回稳态势，势头不如初登市场时的锋芒毕露了。

那么，上海的酒，其出路何在呢？

作为一座特大型的世界性大都市，上海应该有自己的名酒，有犹如城市标记式的饮品。推陈出新，结合传统和当代酒类与饮料市场，走低度化、爽口型，且又具有色清香醇香气特色的新品之路，不失为一种思路。

眷恋上海的味道

最恋乡的上海人

有一年年底到兰州去，飞机即将抵达兰州上空时，邻座一位乘客道："总算又可以吃到正宗的兰州拉面了，想想也是一种享受。"

另一位乘客和他搭讪，才知道这人在上海工作几年，许久没回兰州了。搭讪的乘客不解地问道："上海不也有兰州拉面吗？招牌上大大的字，都写着'正宗'两字呀。"

"哎呀，省省了！"不料，这位兰州人说了一句蛮地道的上海话，"我都去尝过，和兰州的正宗传统拉面，味道差远了。"

我对这位兰州人思念兰州拉面的心情是理解的。谁不眷恋故乡，尤其是家乡儿时的味道啊！这就像是昆明人总会讲起过桥米线，扬州人难忘富春包子，广东人对早茶津津乐道，贵阳人思念肠旺面，封城时不能回武汉的汉阳人馋热干面一样，很多人都有这种感情。

记得有一回，贵州省作协的一位同事对我说："哪儿的人都会思念家乡，说自己的故乡好，可哪里的人都比不上你们上海人眷恋繁华大都市的那股劲儿。说是想念家乡，热爱家乡，实质上还是爱慕大上海的繁荣吧？你们上海人的住处，过去是有名的逼仄狭小，现在也不比内地省城里住得宽敞舒适，一说就是'螺蛳壳里做道场'。真想不通，你们上海人为啥使出浑身的劲儿要调回去？知识分子是这样，毕业生是这样，普通职工也是这样。就连当上了干部、生活工作一切都称心满意的人，也还是这样。我真是搞不懂了，上海有什么魔力，吸引得所有的上海人往那里挤？"

他最后那句话，说的就是我的情形，我是听得出来的。

是的，上海是不像兰州那些地方，讲不出有什么出名的早点。说起早点，无非就是"四大金刚"：最便宜的大饼、油条、豆浆、粢饭，顶多再加一碗阳春面。

但上海还是有它独特的、令人想念的味道。我哥哥一辈子都在大桥局工作，全国各地奔波，一年也回不了几次家。他回上海探亲前就提醒我母亲，买菜时一定要买咸菜。问他为什么，他说："上海咸菜的那股鲜味，外地吃不到。"我姐姐一辈子生活在南京，南京也是一个各式风味小吃荟萃的地方，但她到了上海，仍要去吃上海的各式小吃。她也说："上海小吃的那种味道，南京吃不着。"

浓得化不开的"上海香"

记得有一部老电影，解放军排长讲了一句台词："南京路上的风都是香的!"结果受到领导的批评,说他被资产阶级的香风毒雾熏昏了头脑。当时看电影时,很多观众都在笑。一般观众都理解为,这个排长可能是在香味浓郁的食品店边站岗;而上海观众的笑呢,则是会心一笑。

在许多上海人的心目中,上海的风确实是香的。这香,不是指的是奶油蛋糕的香,更不是琳琅满目的化妆品柜台弥漫出来的香味。这香,是上海人对于上海温润和煦的空气、对于上海特殊的都市气息、对于上海从过去的弄堂到如今的小区弥散出来的生活氛围的一种感受。

想回上海的上海人,怀念的就是这样一种发自肺腑的感觉。我不止一次听到在外地工作的上海人回到上海,走出机舱、下火车时感慨万千地道出一句话:又踏上上海的土地了!每次听到这种情不自禁的吐露,我就会不由得会心一笑。尽管我不认识那位同行者,但我在外地工作时,无论何时回到上海,都会在内心对自己这么说。

当年插队落户在贵州山乡多雾多雨的村寨,只要是雨后的早晨,或是在休息天的黎明,我常会梦见人民广场上的灯光。我曾经为此感到疑惑,这难道是因为我在上海的家离人民广场比较近的缘故吗?

后来参加老"知青"的聚会活动时,从黑龙江、内蒙古、云南等全国各地回来的伙伴们的嘴里,我听到了同样的话。原来,不论是在水库工地的工棚里,或是在连队的宿舍里,还是在农场搭建的毡棚子里,只要是从上海走出去的男女"知青",都会在梦里梦到过高耸的国际饭店，梦到过外滩，梦到过上海马路上洪水般漫溢过来的自行车车流。看来，这是 120 万上海"知青"共同的家乡情结。有着这么浓的化不开的情结，他们对上海的眷恋怎么能不持久不热烈呢？

寻觅青春时代的老味道

前不久，我们中学的六七位老同学聚会，打算重温青春时代的老味道，便将聚会定在南京西路上的"功德林"。约的是晚上六点整，结果大家不到五点半时就都到了。

见状，彼此不由得相视一笑。一位同学举起手中的塑料袋说："我住的最远，难得到市中心来。所以特地到静安宾馆的蛋糕房买点'拿破仑'尝尝。"

"拿破仑"是静安宾馆一道闻名上海的西点，意思是一拿就破，一碰就会碎，和那位皇帝倒是没多大关系。它的味道，很多小孩吃了还想吃，在静安宾馆宴请时，最后一道点心是少不了它的。

无独有偶，另一位同学说他从浦东赶过来，为的是先去淮海中路"老大昌"转一转，买两只牛油蛋糕。他说："吃来吃去，牛油蛋糕还是得买'老大昌'的，其他地方根本买不到。"

第三位同学则懊恼地说："我听说约在国际饭店旁的'功德林'，特意早点来，想买两包蝴蝶酥回去。结果五点赶到国际饭店，就看见那个窗口排了几十号人。店里说了，一个钟头都排不到。我就只好上来了，成了第一个到场的人。"

　　第四位同学也带了任务出来，说是想多走几步，到"绿杨邨"去买点菜包，但却不无遗憾地感慨道："哪晓得店员告诉我，不到四点就卖完了，您明天请早吧。毕竟'绿杨邨'的菜包，可是呱呱叫啊！"

　　其实上海的名点，岂止我同学想买的这几种。如果仅举这些来说明上海人对城市的眷恋，未免会让人觉得上海人的格调太低了。实际上，上海值得眷恋的理由太多了，而且有不同层次，只是无法用言语一一道尽。但其中的滋味，或可以细细体会。

黄芽菜烂糊肉丝

家喻户晓的一道菜

黄芽菜烂糊肉丝是一道普普通通的上海家常菜，这道菜并不稀罕，也没有多名贵，只要是上海人，家家户户都吃过。可它又是一道名菜，比起饭店里昂贵的菜肴，黄芽菜烂糊肉丝的知名度要高得多。

20 世纪 60 年代初到 80 年代，只要时令进入晚秋初冬，黄芽菜烂糊肉丝就逐渐成为许多上海人家中的看家菜。当时肉食要凭票购买，一户人家每人每月供应半斤肉，肉票是颇为紧俏的物品。过惯细水长流日子的上海人，用二三两肉切成细细的肉丝，加少许油，在铁锅里煸一煸，再把黄芽菜洗净切好，尽数放进锅里炒一下，遂而将肉丝和黄芽菜全部放进砂锅里煮。三四口人之家，用的是小砂锅，六七八口人甚至更多的，就用大砂锅，或者特大号砂锅。

黄芽菜数量大，水分足，等煮开以后略微洒点水，然后放进事先勾兑好的菱粉。大火煮开以后，黄芽菜和肉丝的香味就弥散开来。煮到透熟，砂锅"笃笃笃"发响，就连同砂锅一起端上桌来，放在桌子中央，揭开砂锅盖，会掌握火候的主妇还让砂锅内的黄芽菜烂糊肉丝仍在"笃笃笃"响着。说声"超热"，一桌的人就不约而同地把筷子伸向砂锅。

之所以吃的这么隆重，为的是有仪式感。有人不禁自嘲：还是穷百姓有穷讲究。

不复以往的滋味

我对黄芽菜烂糊肉丝这道菜情有独钟，是和青少年时期的那段岁月有关。试想一下，从晚秋到来年春天，经常吃着这道家常菜，怎会不对它产生感情。

由此我也不禁产生了疑问：为什么上海人要叫它黄芽菜？在北方，这种菜统称为大白菜。后来我明白了，因为包裹在中心的菜叶子是黄色的，类似于黄芽，虽然不多，但那冒着黄芽的部分最嫩也最好吃。尽管现在崇明大白菜中间的部分是碧绿色的，但上海人依旧按照以前的称呼，管它叫黄芽菜。

后来我去北方的次数多了，尤其是在北方过了几次冬天后，才知道原来整个华北平原都是盛产大白菜的地域。只是在上海的菜市场，天津大白菜比北方其他地区的大白菜要更出名一些。有人说，这是因为天津大白菜吃起来要更甜一些，味道也要好些。还有人对我说，近些年行销于市场的娃娃菜，也归属于大白菜之列，只是更鲜嫩，更好吃，属于大白菜中的极品。

　　流传千古的文学家苏东坡曾写诗赞美大白菜"白菘类羔豚，冒土出蹯掌"。齐白石也常画大白菜，还称呼大白菜为"百菜之王"。因为齐白石带了头，之后很多国画家都纷纷效仿，画出了比白菜价格贵得多的白菜小猫、白菜蜻蜓、白菜大葱、白菜萝卜，在画展上尽数展示。

　　遗憾的是现在再吃这道菜，无论是怎么细品，都吃不出当年的滋味了。品茶时我就此事请教几位老友，他们你一言我一语地给我分析，有人说现在的猪肉不是当年的猪肉了，现在的土壤也不是当年的土壤了；有人说现在自己的嘴也吃刁了，不是当年的那张嘴了……话题越扯越远，远的不着边际。可我仍旧怀念当年黄芽菜烂糊肉丝的滋味和那种其乐融融的氛围。

徐汇滨江新景观

徐汇滨江，上海滩的一个新地标、一处新景观。

每当天色晴好的午后三四点钟，我会在完成一天的创作后，来到这儿放松心情，眺望浦江对岸的景色。看着远处卢浦大桥的雄姿，望着桥面上穿梭不停的大小车辆，瞧着江边缓缓航行的大小轮船，我沿着江畔，一路散步而行。

江边步道上，不时走过各个年龄段的路人。有匆匆而行者，但大多数还是像我这样来散步的老人。成双成对的老人多一些，也有踽踽独行的女人和男人。从他们的步态、脸色、眼神，都能看出他们是来享受这休闲时光的。步道边的座椅上，也有走累了的老人在休憩。周六、周日的时候，这些座椅更多是被一些年轻夫妇占据着，他们前方的地上摊放着一些蛋糕和饮料，有的身旁停放着童车，有的还撑开了遮阳伞。只需用目光寻找，总能在他们身旁草地上，看到随他们来玩耍的孩子。时不时地，娃娃们会发出阵阵欢叫声。体形巨大的轮船从江面上驶过时，人们的目光会情不自禁的被吸引过去，构成了一幅和谐美好的画面。

这些年来，我亲眼见到徐汇滨江逐渐发生变化，变得越来越让人喜爱。不知不觉中，徐汇滨江已成为附近市民们的休闲之地。每当在江边散步，享受着春风和秋风拂面而来的美好感觉时，我不由得庆幸，我是徐汇滨江这一新地标的亲历者。记得规划这片新景观时，我还曾随着当时人民代表视察的脚步，登上附近高楼，听过这里的介绍。

相伴上海 70 多年，青少年时期走进人民广场、文化广场、外滩，总会听到老一辈的上海人讲述上海滩逐渐演变的历史：原来的老城隍庙是什么样子，新城隍庙的香火又是怎样逐渐兴旺；荒僻的李家坟场是从什么时候开始变成外滩的；跑马场、跑狗场怎么变成了人民广场、文化广场……故事很好听，可都不是我亲历的。但徐汇滨江的变化却是我亲眼所见，亲身经历的。就如同小时候，我看着一长片臭水浜，变成了如今绿树浓荫、行人如织的肇嘉浜路。

改革开放 40 多年里，上海高楼进一步地"长高"，上海马路也逐渐"变宽"，城市风貌的变化，让不少"老上海人"都不认识上海了。每当在浦东的高楼或浦西的大厦之巅，朝着远处眺望，烟云迷蒙之中，远远近近、高低错落的一万多幢高层建筑，让人永远也数不清楚。要在这片"钢铁森林"里寻找徐汇滨江的方位，几乎是徒劳的。

这就是我自小生活的都市上海。

这就是我曾经几乎走过每一条马路的徐汇区。

这就是小时候的滨江码头货栈演变而来的徐汇滨江。

我们习惯把上海和纽约、东京、巴黎、伦敦相比。但我心里明白，上海有很多东西是纽约、东京、巴黎、伦敦等大城市所没有的。上海的烟火气不同于"雾都"伦敦的生活气息，不但不同于今天的伦敦景象，更不同于狄更斯笔下的伦敦；上海的黄浦江和苏州河同样不同于塞纳河与泰晤士河上的风光。在他乡的河畔散步，绝不会像我在徐汇滨江散步这样踏实和安然。因为这是故乡的土地，这是祖国的上海。

徐汇滨江一派安然祥和的情景，总会让我想起近些年来世界上兴起的一种生活态度，谓之"慢生活"。

"慢生活"鼓吹的是对待世上一切人和事，都采取一种"慢"的态度。说话要慢，走路要慢，做事要慢……和我们曾经信奉"多做事，从来急"的态度截然相反。我觉得，像我这样经常来徐汇滨江散步的老年群体，已在人世间度过了一个甲子有余，是时候该把生活和节奏放慢下来，尽情享受人生晚年的安闲和舒适了。

从这个意义上来说，徐汇滨江新景观就更凸显出它的现代性和当代性。沿着滨江步道，可以游览整条黄浦江江畔。当然，不仅仅只有徐汇滨江，还有南市滨江以及老外滩整修一新的外滩源和北外滩。浦东浦西的滨江之地，都像徐汇滨江一样，有了焕然一新的面貌。

朋友们，空闲时也到徐汇滨江散散步吧，说不定我们还能相遇呢？

话说徐家汇和卢家湾

徐家汇是"徐家坟山"前河流交汇处

徐汇中学位于徐家汇核心地域，是我曾就读过的母校之一。在这里读书，我自然就对徐家汇多了一分了解。

记得那时班上有一个姓徐的同学，他时常说，他家世世代代居住在徐家汇，是徐阁老的后代。所谓徐阁老，就是名人徐光启。离开学校不到一站路，有徐光启的墓地。看到徐姓同学脸上显露出不无自得的表情，总有其他同学调侃他："徐光启在明朝当大官，有啥了不起？不过是封建时代的官僚罢了，他是为盘剥老百姓的皇帝服务的。"

不怪同学这么说他，那时候，"千万不要忘记阶级斗争"的口号喊得震天响，凡事都要讲阶级立场和家庭出身。也有同学为徐同学的老祖宗说话："封建时代大官多了，为什么徐光启的墓地还留着，并尊称他为'阁老'，足见这人不是一般的大官。"有人去图书馆查了古书后说："徐光启在明朝末年当过礼部尚书、东阁大学士，几乎达到丞相级别了，还是了不起的。"徐同学这才觉得扳回了一点面子。

因为他家祖祖辈辈居住在学校旁边的徐镇老街上，天天在这条"弹硌路"上走，他对徐镇老街上的所有店铺都很熟悉。那些年里，社会上兴起"移风易俗"的运动，提倡人死了应该火葬，我们童年时代司空见惯了的棺材已经看不见了。但徐同学对我说："老街上还有。"放学以后，他就带我去看。因校门在徐镇老街东侧进口，我们平时不往徐镇老街的深处去。我跟着他走了差不多有一里地，他带着我进了一栋屋檐深长的"绞圈房子"里，果然见到了棺材铺子。我那天算是开了眼界，看见了各式各样的棺材。有一口棺材板的厚度，足有一尺，徐同学还告诉我，社会上提倡火葬，但是他们家族里有不少老人，仍然迷信土葬，还认为棺材板要越厚越好。

见我喜欢听他讲徐镇老街上的轶事，徐同学还给我讲了很多从没听说过的事儿："因为徐光启葬在这里，所以徐氏后人死了之后，都喜欢埋在徐光启墓地附近，故而这一带还被称为'徐家坟山'。徐家汇，其实就是两条河流在徐氏坟地交汇的地方。"我不解，打断他的话，问："哪来的河流？徐家汇现在都是马路嘛。"

他用一个手势截住我的话，说我是"洋盘"。"洋盘"是沪语，就是"连这都不懂"的意思。他振振有词地告诉我："肇嘉浜曾经是流经上海县城最大的河流，还有一条河就是现在只剩半截的蒲汇塘，两条河在这里相交。"说到这儿，他指着我脚下的地面问，"这下你明白了吗？上海的马路越修越多，就把河道填没了。"

我接着追问："徐家汇是这样，那么肇嘉浜路东头的卢家湾，也应这么解释啰?"

卢家湾以前曾叫作"芦家湾"

　　在上海话里,汇和湾几乎是一个音。

　　"不是!"徐同学朝我摆摆手,他一面要我看徐镇老街上那些店堂光线阴暗的铺子,那是些弹棉花铺、大饼店、竹器行、洋桶楼,一面告诉我,"卢家湾不是卢家集聚的地方,而是芦浦河转弯和肇嘉浜相交的河湾。过去的'老上海人',把河道凸出的地方称为'嘴',陆家嘴就是黄浦江凸出的一块地方;而河道凹进去的地方,就称为'湾'。芦浦河打个转弯,和肇嘉浜汇拢在一起,就叫芦浦湾。叫着叫着,芦浦湾就被叫成了卢家湾。1949 年之前,那一片区域,还是正规的'芦家湾区'呢。直到我们小时候,芦湾区才被正式改称'卢湾区'。你想到卢湾区去寻找姓卢的人,那多半会失望的。"

　　徐同学顺便把他从祖父那里听来的一件事,也告诉了我。徐家汇以前也和卢家湾一样,是一处分界线。肇嘉浜的北侧,曾经隶属于法租界,那一片房屋整齐,弄堂干净,还有不少小别墅、联排别墅和上海人称为"花园洋房"的高档别墅。特别是到了复兴路、淮海路上,咖啡厅、蛋糕房、雅致讲究的饭店就更多了。而跨过肇嘉浜到了南侧,则是矮平房、"滚地龙",上海人叫作"草棚棚"的贫民窟。因为各种原因逃难来上海求生存的外地人,最多的是江浙两省乡下来的贫苦农民，尤其是安徽、苏北遭灾的穷人，在偌大的上海举目无亲，只能栖身在这一片又脏又乱的地方，权当晚上有个遮风挡雨处。而到了白天，就过桥来到肇家浜北侧，出卖苦力。桥南的人到桥北去，称之为"到法国去"。

20 世纪 70 年代中期，出版社让我从插队落户的贵州山乡到上海来修改长篇小说稿子，住在卢家湾旁边的上海科学技术出版社作者宿舍里。天天夜里，我都在附近散步，把卢家湾附近转了个遍。此时再没人讲路北侧是"法国"了，而修整成马路的路南一侧，更无贫民窟的痕迹。如今，这里已经被成群的高楼所淹没，用上海人的眼光来看，是地地道道的市中心。

哦，徐家汇和卢家湾，上海滩的两个老地名，有着多少往事可追寻啊。

上海的房子

80 多年前的第一高楼

在贵州工作的 21 年时间里，无论是在乡村里当"知青"，还是调进省城贵阳市中心的省作家协会，贵州人和我提起上海，总要说一句话："你们上海好啊！都是高楼大厦。"确实，在那些年里，贵阳市区最高的楼房就是邮电大楼，还不到 10 层，绝大多数楼房都是三四层的，和上海外滩地区真的无法比。改革开放之前，光是外滩地区 10 层以上的高楼，就超过 100 幢了。那巍峨高耸的楼群在电影、画报、报纸上一登再登，给人的印象就仿佛上海是个由高楼大厦组成的城市。

几乎在半个多世纪的时间段里，南京西路、黄河路口的国际饭店，始终是上海人的骄傲。我可以武断地说一句，只要离开上海去内地工作过的上海人，无论是 110 多万知识青年，数十万的内迁职工，去往较近的"小三线"职工，还是去往较远的"大三线"职工，凡是对外地人介绍上海来，必然会讲起国际饭店。说它是上海乃至远东地区第一高楼，说它足有 24 层楼高，说每年冬天都会有人因为仰起脸来瞅国际饭店顶楼，被风吹落头上的帽子，说国际饭店的房间多么豪华，装修多么漂亮，在 14 楼上的孔雀厅举办舞会，在阳台上俯瞰整条南京路，那种感觉啊……

我就不止一次听到上海"知青"们对老乡介绍起国际饭店的那种炫耀口吻。

我因自小居住在离国际饭店不到五分钟路程的弄堂里，从小也听弄堂里的老人讲起国际饭店的非同寻常之处，尤其是一个年老的建筑包工头，说国际饭店是 20 世纪 30 年代金城、盐业、中南、大陆四大银行筹资建造的，筹建时就说要能代表上海水平，故而请了当时上海滩颇为有名的设计师邬达克设计。更值得提一笔的是，当时建筑行业陶桂记的主人说服了业主，把原本力主采用进口材料的主张，改为一至三层用中国青岛崂山黑色花岗岩抛光作外墙贴面，四层至 22 层采用上海泰山砖厂产的咖啡色釉面砖作贴面，不但大大降低了成本，还凝重坚固，经久耐用。

那是 80 多年前上海产的建筑材料。直到如今，国际饭店仍以它的独特风格耸立在南京路上。我真搞不懂，现在讲到高档建材，为啥总要用进口的？国内的质量也很好嘛。

还有一个细节，给我的印象也极深。国际饭店的质量这么好，除了精心选材，在砌墙时，是用糯米熬煮成浆拌的料，故而从建成至今，始终以一种凝重、敦实、庄严的形象展示在人们面前。

中西合璧石库门

和国际饭店相比，上海人更熟悉的是他们居住的房子。而在我们这一代的记忆中，有相当多的上海人都居住在石库门房子里。

石库门，总体上来讲分老式里弄和新式里弄两种。"老里"即老式石库门，也称旧里；"新里"系新式石库门房子，也叫新式里弄房子。新旧最大的分野，是看有没有安装卫生设备。有卫生设备的较为高档，煤气管道也及时铺设到位，上海人所谓的"煤卫齐全"的房子，即为新式石库门房子。反之，老式石库门房子，就是没有安装卫生设备，也无煤气的。从时间上来说，老式石库门房子建造得早一点，新式石库门要晚一点。

不论新老，石库门房子总体上是联排式里弄房子，一条大弄堂走进去，按照号头排进去，一排一排之间还有支弄。上海城市里习惯说的"几弄几号"，就是因这么一种居住方式而来。

石库门房子可供多种多样的家庭选择，分为一进二进三进几种格式，上海人称之为"三上三下""两上两下"和"一上一下"。人口少的家庭，往往选择"一上一下"的格式居住；几代同堂的家庭进入上海，会选择"三上三下"的石库门。如果"三上三下"还配有煤卫，那么这户人家的条件，必然是甚好的了，家境厚实，既有客堂间，还有厢房、亭子间、三层阁、楼下天井、厢房。因为是"三上三下"，厢房必然是东西厢房的，后面还有灶间（即亭子间下面那一间），讲究一点的人家，除了前天井，还有后天井。那就是真正的"一门关塞",自成一个乐惠的小天地了。

需要说明的是,在相当长一段时间里,上海市区住房紧张曾经是整整一代人的烦心事。即使是条件上乘的大家庭。子女们逐渐长大,结婚成家生小孩,厢房要分隔,客堂当卧室,亭子间当新房,三层阁还能给一个儿子,成了上海市区弄堂生活的常态。而有此条件的,会引来不少羡慕的目光。很多家庭,因无房可隔,无房可分,只能无可奈何地等待……

改革开放的大潮,逐渐解决了困惑上海几代人的住房紧张状况。

讲究的"绞圈房子"

石库门讲得太多了,造成一种印象,仿佛上海人都住在石库门式房子里。其实不然,在石库门房子之前,即老式石库门房子出现之前,上海人都居住在一种叫"绞圈房子"的平房之中。"绞"读音告,真正的"老上海人",会对这种房子留有印象。

虽是平房,造得讲究的"绞圈房子",同样通透高敞。老浦东的土地上,有过一首民谣:"三间房屋高大,屋里人口不多,吃陈米、斫陈柴……"形容的就是绞圈房子的一种格局。

从源头上说,绞圈房子起源于中国古代的四合院。但又和四合院大不同,它适应了上海周边地区的气候、生活习惯,在形制上有了多种改变。我小时候,在有些同学家,还见识过这种房子的里外格局，记忆中只感到绞圈房子同样适宜于大家庭居住，天井里有打水的井，屋檐很长，下雨的时候，小朋友还能在屋檐下的走廊里做作业。

可惜的是，今天的上海城乡，已经很难再见到这类一二百年前的上海人普遍居住的老房子了。

近年来莘庄有位作家褚半农，因为曾在褚家浜乡村的绞圈房子中居住了半辈子，情有独钟，潜心研究考察，写了一本《话说绞圈房子》的书，有兴趣的读者不妨找来一阅。

就像半个多世纪前讲起上海的房子，上海人必谈国际饭店，今天讲起上海的房子，近2500万在上海居住的人都会自豪地讲到金茂大厦、环球金融中心、上海中心，新老浦东人习惯地把这三幢百层高楼称之为"三件套"。有闲暇的日子，无论是生活在浦江两岸的上海人，还是数以千计的海内外游客，只要登上"三件套"，俯视上海东西南北的景色，你都会看到，高耸入云的楼群如同森林一般出现在眼前，当年不过百多幢的10层以上大楼，现在已达到了数也数不清的万幢以上。那蔚然成片的景色，一定会让你唏嘘不已，感慨万千，并引出无数的遐思。

"新上海人"二三事

一辆小三轮引发的议论

前不久，小区里出现了一辆车子，模样有些怪异，男女老少都没见过，于是纷纷议论："你看它那怪样子，既不是自行车，也不是助动车，这是啥车子？""怪不要说了，你看车子前头拿棉袍样的门帘遮着不算，后面还有块塑料布挡着车子。骑着往前走，塑料布被风吹起来，啪嗒啪嗒响。这是哪家的车子啊？从来没见过从我们的小区里骑出去。""嗨，你们不知道啊，这怪模怪样的车子是接送小孩上学的交通工具，每次回来停靠在楼底下，都要占好大一块地方。"

有经常在全国各地出差的业主见了，笑着对大家说："你们不要大惊小怪，这种车子叫小三轮，外地中小城市家中很普遍的。去住家附近的超市、菜市场购物，骑上就能走。只不过车主把这辆车子改造了一下，添了车棚接送小孩。这肯定是搬进我们楼里的新住户家中的。"

停车处多出一辆接送小孩的改装车，确实也不妨碍居民们什么事情。但是刮风天、落雨天，碰到这辆小三轮从身边骑过去，小区里的人们总要发出几声议论。很快大家就知道了，车主是小区高层13楼的"新上海人"。

"新上海人"带来新上海话

所谓"新上海人"，就是改革开放40年来，在上海滩这个地方长期居住的外地人。"新上海人"这四个字，一旦说出来，似乎总有种特殊的意味，这点内涵不是"老上海人"无法心领神会。有一些"老上海人"用平和的语气说出来这四个字，内中隐含着的那点味道，也总不易让人察觉。

"新上海人"目前已是上海人的主要组成部分。近1000万人的"新上海人"是上海滩最具活力、最为朝气蓬勃、最具潜力并富有创新精神的群体，一大批后起之秀从中脱颖而出，快速成长。不少人在融入上海都市时尚的同时，还能讲一口流利的上海话。

上海话也随着"新上海人"的到来不断发生着变化。前不久，中学里的老同学给我传过来一个拍摄于1919年前后的纪录片，内容是当时上海小学生上课的情形。老同学让我仔细听听，100年前女老师给小学生讲的上海闲话能不能听懂，还说是标准的上海话。我认认真真地听了30遍才勉强听懂了个大概，老师是要求小学生上课时把双手背在身后，身子挺直，眼睛要盯着老师讲课时的手势和板书，不准交头接耳、不准开小差，耳朵要认真听老师的每一句话。如果没听懂，要举手才能提问；如果违反了课堂纪律，要罚打手心，还要罚站墙角。

但是我实事求是地说，女老师口齿清晰吐出的话，我只听懂了60%，还有40%的上海话，我仍然没听明白。所谓方言，虽然是地方特色的组成部分，但也不是一成不变。随着时光流逝和历史演变，不仅城市的景观在变，建筑在变，风情俚俗在变，我们每天在讲的话，其口音、用法与发声都在变。今天的上海话是由本地话、吴侬语、浙江话、苏北话甚至闽南语、粤语融汇交流后而形成的。1 000万"新上海人"的融入，必然也会带来全国各地的语言特色，给传统的上海话注入活力和新意。如小时候的"压十棒砰砰响"一类的上海话已逐渐从人们生活中淡出和消失，而年轻一代讲的许多新上海话，我非得细问一遍才能听懂。

消失的小三轮

小三轮在小区里出现了一段时间后，突然有一天就消失了。发现它悄无声息地不见了后，我便问了一下门口的保安。保安也是个"老上海"，把我拉到后面的休息室，关上门小声告诉我，有天傍晚，小三轮的主人下楼来倒垃圾，发现小三轮不见了，急忙来问保安。保安把他带到高层大楼的背后告诉他，上头来人检查小区卫生，认为这辆小三轮有碍观感，让推到大楼后面去。车主看到小三轮完好无损，便没有再说什么。

又有一次，小三轮不知被谁推倒在地，三个轮子朝天。车主又来找保安，问是谁故意把他车掀翻的。保安说没看见，不知道。看着车主一脸狐疑的神情，保安好心提醒他："整个小区里有多少人家要接送小孩，你看哪家用你这种小三轮的？上头说了，如果全上海的人都用这种小三轮接送小孩，也会影响上海的市容市貌。"车主听了，沉吟着离去，没吵也没闹。

后来有一天，小三轮从小区里消失了，换成了一辆崭新的电瓶车，车主依旧每天接送两个孩子，一个坐前头，一个坐后头。电瓶车和楼内所有业主的电瓶车、摩托车一起停在车库里，再也没有听说关于小三轮如何的流言了。

之后，小区里倒是传开了一些新的议论。两个孩子的父亲是个"新上海人"，科创板块上市公司的技术骨干，早出晚归，十分忙碌。他娶了一个上海姑娘，是个教师，同样很忙，因此孩子接送一直是交给孩子爷爷的。

以第三者的身份目睹和听说了这件琐碎小事的始末，我默默地沉思了很久。我总觉得，"新上海人"在融入大上海的过程中，其实是两种文化与生活方式的磨合，其间的酸甜苦辣，如人饮水，冷暖自知。然而无论是宽容还是理解，最终都需要积极地融入这座城市的传统与文明。我身边这样的小故事一定还会有很多，不是吗？

也谈杜月笙

各省都有"灵魂人物"

几次去山西采风，总要和当地作家们坐在车上谈天说地，讲一点当地的民俗风情和人物故事，说着说着就会讲到曾经统治山西的大人物：阎锡山。讨论的往往不是他的政治立场和军事能力，更多是关于他的奇闻轶事，给我留下了深刻印象。至今还有不少山西人对他津津乐道，似乎并不恨这个最终逃去台湾地区的军阀，反而对他颇为欣赏，认为他是个人物。

同样的现象，贵州也有。上世纪 80 年代，我在贵州省文联的《山花》编辑部任职。闲暇时候，和编辑部、文联机关的一些老职工聊天，讲到贵州掌故，几乎所有人都会提起周西成。一谈到他，省文联机关各协会的艺术家们一改平时斯文形象，眼睛不由自主瞪得老大，眉飞色舞地讲道："贵阳市中心最热闹的喷水池，原先叫铜像台，塑的就是周西成。新中国成立后，铜像让人掀翻了，贵州人悄悄地把铜像转移到黔灵公园山麓的一个僻静处，竟然没受到追究，至今仍在。"

有一次去到周西成的家乡桐梓县，当时正是晚饭时间，一到餐馆我就被告知，这是周西成吃过饭的地方。在县里住了三天，从县城到村寨，从祠堂到周西成住处、办公场所，到处都是他的故地。临走时，县里的文人朋友还送给我好几本有关周西成的故事集。

我和贵州结缘 53 年了，只觉得没有第二个人像周西成这样为贵州人所感兴趣。他们讲述周西成时，讲的也是他如何不费一兵一卒，用旁敲侧击之法，就将盘踞贵州山中几百年的土匪剿灭的故事。讲得人心潮澎湃，听得人目瞪口呆，不得不佩服周西成其人。贵州人还不无自得地对我说："纵览中华大地，不是每一个省都有周西成这样的人物。"我心想，我们上海不也有这样的人物吗？杜月笙就是。

口口相传的人物故事

我听说杜月笙这个人还是刚读小学一年级时。放暑假了，乘凉时坐在大人们身边，听他们谈《山海经》。谈着谈着，不知怎么就讲起了杜月笙。他 13 岁到上海十六铺码头旁的水果行里学做生意，天天练习削烂生梨，最后练成一个绝招，就是削梨。一只梨拿到他手上，只需片刻工夫，他就能把这只梨削得干干净净，削下来的梨皮一提起来就是一整条，中间一点都不会断。我当时觉得很好玩，家中吃梨时，我就主动要求削皮，但是小心翼翼地试了又试，往往没削多长就断了。要像杜月笙那样，估计我这一辈子也做不到。

其实，老百姓们谈论的名人轶事，往往都是像杜月笙削梨一样的趣事，他的功过成就，反而不是谈论重点。他们不讲杜月笙的发迹史，只讲他如何从一名黄金荣的门生起家，没多久就让黄金荣"退归林下"，自己取而代之，且用的是"上台面"的办法。世人连连称赞他是个人物，弄堂里俗语说就叫"是模子"。

上海浦东新区的高桥镇上设有"叶辛高桥书房"，所以近几年我常到高桥去。和当代高桥人一交谈，自然而然就会讲到出生于高桥镇（原属江苏省川沙厅）的杜月笙。我发现这些比我年轻得多的中青年讲起杜月笙来，同样是如数家珍。其对杜月笙故事的熟悉程度，就好像这位曾经的上海滩大亨是他们的亲戚朋友或邻居，一点也没有陌生之感。

1931年6月8日至10日，占地50亩的杜家祠堂落成大典上，蒋介石亲送一方"孝思不匮"的牌匾，北洋军阀各个派系的重要头目徐世昌、曹锟、段祺瑞、吴佩孚、张宗昌等人也送了匾。时任国民政府监察院长于右任、司法院长王宠惠，还有外交部长、淞沪警备司令、上海市长等要人出席活动，任活动总理的虞洽卿、黄金荣、王晓籁亲自安排现场事宜。同样是"上海滩三大亨"之一的张啸林，只不过任个活动协理。

6月9日上午，仪仗队从杜公馆出发，经过恺自迩路（今金陵中路）、公馆马路（今金陵东路）、老西门，再由小东门大街（今方浜东路）直至金利源码头登轮。队伍长达数里，一路吹吹打打，热闹非凡。马队之后，是法捕、华捕，还有警备司令部、公安局、海军司令部、陆军第五师军乐队及法租界总领事、领事，法捕房总巡官，日本总领事，日军驻上海司令阪西等人。每天酒席都在千桌之上，可谓盛况空前。当时日夜连开六台堂会，京剧名家全被请来演出，杜月笙本人还和他们合影留念。这些名伶跷着二郎腿坐在椅子上，作为主人的杜月笙站在他们身后。现在这张照片不仅在高桥能看到，市中心几个带有"杜公馆"名称的餐馆大厅里面都有悬挂。

1951年，杜月笙于香港病故。临终之际，他把别人写给自己的一整箱欠债借条全都付之一炬，并不留给自己的子女。联想到他在高桥家乡赈济慈善事业、修桥筑路、改善文化卫生的做法，今天高桥人如此热衷地谈论他，不是没有缘由的。

至于他们为什么能把几十年前的杜月笙讲得如此生动有趣，靠的正是心领神会，口口相传。往深处想，我们小时候阅读过的《说唐》《说岳》《隋唐演义》《三侠五义》《七侠五义》等等一些书籍，无不带有此类口述痕迹。已经成为四大名著的《水浒》《三国演义》等，其中的人物和故事，也都带有历朝历代传说完善的过程。想来弄堂文化、市井文化、街谈巷议里口口相传的人物和事件，是不是都是这样传播下来的呢？

收藏也是志向

　　我的同时代人吴少华，在上海可以称得上是一个大名人。说他是大名人，是因为他和上海的收藏紧紧联系在一起。

　　我在一次文化活动中认识他时，他是上海收藏协会的会长。一同参会的人告诉我，他在管理协会业务、组织协会展览同时，还推出一个又一个"大王"：钟表收藏大王、折扇收藏大王、紫砂壶收藏大王、红木收藏大王……"大王"两个字既不是职称，也不是职务，但在收藏界受人尊敬，令人感兴趣，愿意和他交流。一个"筷子大王"价值多少不好评判，但是参观了解他的藏品后，仍会开拓眼界，知道许多以前不曾知晓的有关筷子的知识。

　　我不搞收藏，但我对收藏感兴趣。每一件珍贵的藏品，里面都有故事，这些故事令我这个小说家着迷。比如说扇子，一把扇子能值多少钱呢？再用名贵材料制成的扇子，用金钱去衡量，也是能算出价值来的。但如果有名人在扇面上提了字、绘了画，并签下了他的名字，就让人觉得珍贵了；如果这把扇子还有故事，这故事又同历史人物、同某一历史事件有关系，那么这把扇子就成了藏品。从这个意义上来说，一个藏家一辈子能拥有几件这样的藏品，意义就非同一般了。

　　自古以来，社会上流传着一种说法：玩物丧志。我们小时候经常被家长老师教导，不要沉浸和迷醉于某一样物品。比如很多男孩子喜欢过的蟋蟀盒，收藏火花、邮票、香烟牌子，以及从早到晚和人对弈下棋，这一类行为往往被称为"玩物丧志"。因为学习成绩下降，一位同学的父亲甚至把孩子藏在天井里的蟋蟀盒砸了个稀巴烂，害得这位同学哭了半天。

　　殊不知，收藏不仅是一种喜好、一种兴趣和一种独特的眼光，收藏还是一种情绪、一种品格、一种精神追求和一种志向。例如折扇收藏家黄国栋，他曾经是杜月笙的账房先生。他一生经手过多少钱财，见过多少世面，交往过多少名人雅士，经受过多少波折，但他依旧视财富如流水，把一切当作过眼云烟。但他唯独放不下的，是他收藏的264把扇子。

　　这一把把名人们看来普普通通的扇子上，留下了无数达官贵人、文人雅士的题字，和大家寥寥数笔的绘画。恐怕在"文化大革命"抄家时，谁都不会对这种扇子感兴趣。可能也正是因为如此，这批扇子才得以保存下来。如今展开细细观赏，人们便会不由自主地赞叹：这是一批无价之宝。

　　对于黄国栋来讲，收藏不仅仅是一种爱好，更是他的精神寄托以及志向。有了这一志向，他的心灵得以慰藉，故而风雨人生，云去雾来，他都能够坦然应对。这对于一个人来说该多么重要啊！且不说有些收藏协会在地震、洪涝灾害发生以及扶贫救助弱势群体时，经常将拍卖所得捐献出去，这就更有意义了。

　　近期听说上海收藏协会换届了，比吴少华年轻的张坚担任了会长。吴少华退下来后，整理了他在报刊发表的文章，又新写了一些和藏品、藏家、藏界有关的趣闻轶事，打算出一本书，并邀请我写个序。饶有兴趣地读完了他朴实的文字，我更加确认了收藏也是志向，于是欣然写下了这篇小文。

动物园与植物园

 动物园和植物园虽然不在一个方向，但在我看来，两者联系非常密切。因为过去的上海人，被问及如何到这两个地方去，往往都会说："到植物园去，得坐 56 路公共汽车；而到动物园去呢，要坐 57 路公共汽车。"我们这一代人几乎都知道，57 路公共汽车的起点站在静安寺，56 路公共汽车的起点站则在徐家汇。相当长的一段时间里，这两处不仅仅是闹市区，还是很多公共汽车和电车的换乘点。

动物园旧称西郊公园

 西郊公园更名为上海动物园，是 1980 年元旦的事。直到如今，很多老上海讲起动物园，仍习惯称其为西郊公园。那么西郊公园又是何时开放的呢？

 现在紧挨着市区，房价开盘要标价到 10 万元一平米的西郊，从静安寺坐上拥挤不堪的 57 路公共汽车，到西郊公园大门口，总共只有 7.5 公里，用司机的话来说就是"一脚就到了的地方"。然而 120 年前，那里还是河溪弯弯、芳草绿荫的江南水乡美景地。

赚够了钱的殖民者，不但要在上海滩建高楼、在租界建别墅，也需要休闲娱乐的场所。于是他们选中了西郊这块地方，于 1900 年开始拟建高尔夫球场。1904 年，经过三年多筹建的"虹桥高尔夫球场"就挂了牌，正式成为这帮人休憩娱乐之地。

1954 年在原址上建起的西郊公园，面积增大到了 1 050 亩。自开办以来，就成为上海市民蜂拥而至的一个既能游玩嬉戏、又能增长见识的游览地。佳木葱茏、花儿朵朵的园林里，汇总栖息着 300 多种珍禽异兽。游览过的市民们回到弄堂里，眉飞色舞地争相说着景色美丽的天鹅湖、别处也见不到的"四不像"、远方来的大象、"国宝"大熊猫……养金鱼的朋友还会由衷地佩服道："到底是政府办的公园，里面有那么多品种的金鱼!"尤其是儿童，去了一趟还嫌不够，还要闹着多去几次。家长则把去西郊公园当作激励孩子的手段："你这一次要是考得好，我就带你到西郊公园去。"

当年去一趟西郊公园累得够呛

去一趟西郊公园实在是太不容易了。不冷不热，最好是阳光明媚的日子，首先得从市区各处赶到静安寺。杨浦区、虹口区等离静安寺较远的地方，光是到静安寺就得一个多钟头。等到了 57 路公交车站，就会发现排队等车的队伍，少说也要沿着人行道拐两三个弯。几分钟来一辆车，乘客们依次上车，总得把车厢塞得满满当当，公交车才开出站去。

从小学到中学，这队伍我排过不止一次。半小时能上车算是快的，基本上每次都要排上一个小时左右。来的车也分两种，每站都停的叫"站站停"；只停几站的先是叫"跳站车"，后来统一叫成"大站车"。等上了车，还要像沙丁鱼罐头似的挤在车厢里。到了终点站，也就是西郊公园大门口的对面，一下车，大家就得冲锋打仗般冲向售票口。这时售票口不是排着长队，就是挤成一堆，买几张票还要等不少时间。

买好票进了公园，一个个景点走过来，人们从大象表演到鸟雀和花式繁多的金鱼，都想要看周全。到了午饭时间，自带了点心盒饭的游客聚在一起吃，没带饭的花三角五分钱去公园餐厅里买一份盖浇饭，味道也十分美味。吃饭时，人们还要互相打听："猴山的猴子表演看了没有？海狮顶球、海豹潜水看到了吗？"

没有看过的，吃完饭后就去补课，把上午没看到的动物尽量看完，也得抓紧时间。因为最晚三点钟，就得在公园门口集合，毕竟回去还得排队呢。到家后，所有人都像瘫倒了般，坐下来就不想动了。只要是上海人，几乎家家户户都有过这样的经历和体会。

曾以盆景著称的上海植物园

植物园和动物园的情况差不多，只不过 56 路公共汽车是在徐家汇发车。到西郊公园是看动物，到植物园则是看花卉和盆景。

　　上海植物园到了改革开放前夕才正式对外开放，比动物园开放要晚 24 年。以前这地方叫龙华苗圃，以盆景园著称，面积和动物园差不多大。自向大众开放以来，盆景一直是植物园的主要部分。千姿百态的树桩盆景、以小见大的微型盆景、名山胜水尽在盆中的山水灵动盆景、异彩纷呈全国各地风格的盆景……让喜欢盆景的游客往往能在盆景园逗留一整天。

　　近十几年来，上海人对花卉的兴趣越来越浓，进植物园就是为了来看美不胜收的花卉的，对植物园里的盆景自然是一掠而过。园内每年按季节举办梅花、樱花、梨花、桃花等花展、花卉节，人们往往会在双休日和节日期间涌进园内，一睹为快。

　　春天樱花节期间，我也入园参观了，人流盛况比之当年去动物园游玩也有过之而无不及。看来植物园和动物园，真的成了上海市民生活中的一个重要组成部分。

高桥的糕点

15年前，我和上海社会科学院文学所的同仁们去浦东新区高桥镇开会，会议休息时畅游镇上老街，结合童年和中学时代的感受，为镇上留下了一幅字：

"万里长江口，千年高桥镇。"

由此我和高桥结下了缘，几乎年年都要去高桥镇上走一走，看一看。尤其在几年前，应镇上要求成立了"叶辛高桥书房"，我去的次数就更频繁了。

之前去高桥参加活动，欣闻镇上要重振高桥"四大名点"的雄风，不由得想起小时候品尝到高桥糕点时的喜悦，对于高桥糕点的记忆，也一一浮上心头。

上海偌大的食品市场，光是有名的糕点就有好几百种之多。以风格品相而言，就有声名远扬的广式糕点、苏扬式糕点、宁式糕点、闽式糕点、潮式糕点、京式糕点、清真式糕点以及花样繁多的西式糕点，每一类糕点中的名优品种更是数不胜数。青少年们特别喜欢的西式糕点就分成法式的、德式的、英式的、俄式的、美式的等等。著名的糕点厂家，老上海人几乎张口就能报出几家：老大昌、喜来临、哈尔滨食品厂、凯司令……

高桥镇上出产的糕点，竟能在几百种上海糕点里挣得一席之地，现在还要重振雄风，凭的是什么？

凭的就是高桥糕点悠久的历史。相传明朝时，清浦镇（今高桥镇东侧）上，每逢庙会，老街两旁就摆满了饼摊，这些饼的馅料各有不同，但有一个共同点，那就是都使用油酥塌饼的面饼皮。待做出饼来，层层松脆，满口喷香，乡亲们习惯称其为"千层饼"，俗称"松饼"。

在我小时候，弄堂斜对面的食品店里就有高桥松饼，既便宜又好吃。家里老人告诉我，这些松饼都产自高桥。镇上为制作松饼，专门成立了食品公司，在高桥镇的东街、北街和海滨浴场开设了分店，还把最受欢迎的分店开到了四马路（今福州路）上。每到春节时，供应松饼的店里，会专门在大红纸上写上醒目的粗体字"高桥名点到了"。除了松饼，还售有薄脆、小小的"一捏酥"，以及几乎每户人家都喜欢买的特色猪油松糕，作为年夜饭的点心，最受小辈们欢迎。

这一次，高桥镇提出重振"四大名点"雄风，正是这四种糕点。镇上一一给我介绍：薄脆是孩子们最喜欢的，原料选用新鲜的鸡蛋、精白面粉，加上猪油、黑芝麻和白芝麻搅拌而成，诀窍是滴水不掺，烘焙出来薄如纸张，一粒粒芝麻两面都看得清清楚楚，既松又香。500克薄脆，细数有180片之多；"一捏酥"，顾名思义是用手指捏出指型的酥，松如雪花，入口即化，少了牙的老人和没长齐牙齿的幼童都可食用；松糕中间拌了豆沙，料足甜肥，咀嚼起来软而糯。现在松糕在甜度上做了改良，猪油放得少了，还增加了瓜仁果料，同样具有江南水乡的风味和特征。

"四大名点"中最为著名的松饼，仍是高桥镇乡亲们的馈赠亲友的佳品。上次我带回一盒请邻居品尝，邻居惊喜地说："在市区，可是好久没见过这老品牌了。"显得分外高兴。

大约是听到了类似的呼声，我在想，古镇高桥把"四大名点"重新包装推向市场时，像当年那样走进上海市区千家万户，一定还会广受欢迎的吧。

过日子的上海人

家常里短的弄堂岁月

老邻居给我打来一个电话，告诉我说鸿庆里、鸿福里都要拆迁了。就此，紧随着几年前鸿祥里、鸿瑞里的拆迁，这四个"鸿"字打头的石库门建筑全都动迁了。

其实，我曾经居住过的鸿祥里，早在10多年前就已拆迁完毕。之前中国作家协会和中国中央电视台联合组织的当代作家摄制组，前来上海拍摄专题时，导演需要循着拍摄几个我曾经居住过地方的镜头，我陪着他们来到鸿祥里，才看到这一地处市中心北京东路、西藏中路、新闸路口的老式石库门里弄早已拆迁完毕，变成了一整片绿地。

细算算，这四个"鸿"字当头的旧式石库门弄堂房子，在上海滩市中心地带已经存在100来年了。当时我给仍住在鸿庆里、鸿福里、鸿瑞里的老邻居们都打了招呼，如果以后这几条老弄堂要动迁的话，一定要给我一个消息。

邻居们答应下来，于是 2020 年秋冬，他们给我打来电话，告知了要动迁的消息。我便给一个既是老同学、又是老邻居的好友打了电话，希望他在 2021 年的春暖花开时间，组织一次以南苏州路景观带为主的踏青游览活动，顺便去动迁得差不多的老弄堂里看看动静。

我跟他说："我家是看不到了，你在鸿福里的家，还是能看一眼的。"他欣然应允，并在几天后就告诉我，我的提议得到了六位老朋友的一致赞同，大家都说，定下来时间尽早通知，一定参加。这几位老同学以前的家都在市中心这一片，他们都愿意回去走一走，看一看。

青春年少时，我们这几位朋友经常聚着畅谈到深夜，后来稍事年长一些，只要有机会，也还会在一起喝茶、吃饭、饮酒。

依稀记得，彼时的我们，无话不谈。对上海老弄堂生活的体验，对上海人的邻里关系，对各自居住的那一条条弄堂的历史，对弄堂里的烟火气，尤其是"文革"那几年，弄堂里发生的那些惊人的变化，都能成为我们猎奇涉异的谈资：米店老板一家子遭遇了什么；板箱店老板两口子收养的女儿为什么和父母划清界限；20 世纪三四十年代畅销杂志的主编现在如何做了账房先生；鱼贩子家现在水产市场里做营业员；熟食店家两兄弟一个进了饭店，一个去了新疆；肉店老板为什么失踪了……有个同学还告诉我们，他有个当和尚的舅舅深更半夜来敲门，还说他长这么大也不知道自己有个当和尚的舅舅，现在红卫兵冲进了寺庙"破四旧"，舅舅不得已翻墙逃出来，求助同学的母亲，这才得以见面……

我们这帮不大不小的年轻人，只要碰到一起，什么话都说，遇见稀奇的事情还会聚在一起探讨，有的人善于分析，有的人喜欢打趣，有的人满不在乎，各人的性格袒露无疑。除了喜欢高谈阔论，纵论天下大事、国内外风云外，家里面的事情，我们也会经常拿出来说。只要听到谁家进了小偷，哪家恶邻居欺负人，我们就仗着人多，一起涌过去警告对方，不准他横行霸道。得到对方的承诺后，才心满意足、热热闹闹地离开。

酸甜苦辣的市井生活

就在这样的日子里，我们一天天地长大，感受着弄堂生活，感受着过日子的上海人如何应对生活里的酸甜苦辣。后来我有 20 多年生活在贵州，但只要一想起上海来，石库门弄堂里的生活气息就会涌上心头，扑面而来。

记得那位米店里的账房先生，见我喜欢读书，曾经拿给我一本关于新闸路的掌故。里面记载着不少新奇的小故事：新闸路口的豆浆粢饭店是什么时候开门的；马路对面的星火日夜商店为何如此受欢迎；照相馆的摄影师有什么轶事；点心铺里的"老虎脚爪"烘烤时有什么诀窍；零拷啤酒的味道比瓶装的差吗……我才知道，原来弄堂外，这些马路边的小商铺，竟每一家都有来头，有的甚至 19 世纪末就存在于这个地方了。

过日子的上海人，就是在这样喧嚣的氛围里打发着岁月的流逝。这里曾经是上海滩多热闹、多么家长里短的烟火气息的几条弄堂啊！大弄堂里套着小弄堂，长弄堂连着短弄堂，脚踏车、黄鱼车随处可见，只要是不下雨的日子，弄堂里总是悬挂着各种颜色的衣裳，风一拂过，便像旗帜一样随风飘扬。

　　活动如愿在一个阳光明媚的春日里举行，其热烈和欢乐程度比我想象得还要高。这一天，我们几个 50 多年前的老伙伴，一步一步走过这儿，走进大弄堂，又穿进小弄堂，到了灶披间，才发现这里早已人去楼空，不少门窗都被钉上了木板。尽管大小弄堂里一个人也没有，我们还是开开心心地在这里留影纪念。

　　感慨万千地走出弄堂来，发现曾经熟悉的一家家店面全都关闭了。我居住的鸿祥里原处，前几年拆迁时栽种下的树木，已经长得十分高大茂盛，草地上还开着繁艳的花儿。所有建筑全部都被拆除了，唯独剩下一小幢两层楼的邮局还留在那里，虽然它已不再营业。

　　在这家小小的邮局里，我曾经寄出过多少封信啊。想来我远在贵州时长达 20 年的书信，也是通过这个邮局，送给家人和好友的吧。

董酒与上海

和茅台齐名的贵州名酒

1983年，我回上海探亲。招待吃饭的亲友对我说："贵州有两个全国名酒，董酒和茅台酒。茅台酒名声大，味道好，但从来都买不到；董酒不错，味道正，有一股特殊的香味，最主要商店里面有的卖，而且还很便宜，只要4块多一瓶。"

听到终于有上海人称赞贵州，我很兴奋。恰好前不久刚同贵阳、遵义的24位作家专程采访了董酒、茅台、习水大曲、湄潭窖酒等黔北酒厂，对这些酒的故事也算是有些了解，我便对亲友介绍说："董酒是用130多种中草药制成的酒曲发酵而成的白酒，故而酿出来有一股异香。这种香味和其他的白酒香味都不同，因此专门给董酒的香味起了一个专用香型，叫'董香型'。遵义董公寺边村寨里的老乡，还叫这种香为'米香型'。"

亲友好奇，追问为什么叫米香型。这问题我之前在董酒厂也问过，酿酒师的回答是："晚米和粳米成熟以后，收割上来的新谷打成了新米，煮成白米饭后，就有一股醉人的香味。"当"知青"时我也吃过新米煮成的饭，不用菜肴也能把一碗米饭吃完，董酒的香味就同这种米香十分相似。

亲友还有疑惑："既然董酒是由 100 多种草药制成的酒曲酿制出来的酒，那就是药酒才对。全中国的药酒无一例外都有颜色，为什么董酒是无色透明的白酒？"

其实董酒刚酿出来时，确实像其他药酒一样有颜色。但董酒酒精度数比普通黄酒、红酒、米酒以及其他药酒都要高，属于白酒系列。那么有颜色的药酒，怎么会变得像其他香型的白酒一样无色透明呢？

奇妙之处就在于，董酒封窖储存之前，调勾完成的酒中还要再放入两种中草药，董酒就变得和普通白酒一样澄净透明。这两种中草药在董酒厂的展示柜中和遵义市酒类博物馆的展厅中是没有展出的，这也是为什么每一瓶董酒的酒瓶上，都印着"国密"两个字的原因，这可是国家机密。

要发展但不能"发酒疯"

1984 年底，董酒厂的陈厂长借着来贵阳开会的空隙，顺便到《山花》编辑部来看我。我告诉他董酒厂在上海酒友中备受好评，特别强调了董酒不仅好，而且价格也便宜的话。没想到陈厂长笑道："几个月后就不会有这么便宜的董酒了！"

　　我惊问何故？陈厂长说："在最新结束的国家名白酒评选会上，董酒再一次被评为全国名酒。"并向我透底，这一次名白酒评选，贵州评上的茅台和董酒都允许涨价。我连忙打听涨价后每一瓶董酒多少钱，程厂长含糊地说："20元上下，涨了四五倍吧。"

　　果然3个月之后，董酒变成了24块多一瓶。借着这一股势头，董酒厂整个企业都发展的风生水起。尤其在上海，秋冬、初春等白酒销售旺季，董酒行销于市。贵阳老百姓也纷纷购买董酒，并且说："送人送茅台，自家喝董酒，同样都是全国名酒嘛！"

　　但到了80年代末，董酒在上海市场的盛销势头就不见了。去离我家很近的上海市第一食品公司问营业员，营业员连连摇头道："我们卖完最后一批董酒，就不再进了。董酒质量大跌，之前喜欢董酒的上海酒友，都选择去喝五粮液或者泸州老窖了。"

　　那时我是贵州选出来的全国人大代表，打电话给遵义市一位商业界全国人大代表问怎么回事，他告诉我："董酒不行了，现在连遵义人都不怎么喝。前不久开会时，有领导说董酒发展势头过猛，不注重质量，呈现出颓势。陈厂长现在焦头烂额，他没听你的话，盲目追求产量，质量下滑十分严重。"

　　此前在某次全国人大代表会上，我曾经发言，随着改革开放以及人民生活质量的提高，白酒销量也增加不少，但包括董酒和茅台在内的全国所有名白酒，都要健康发展，尤其不能"发酒疯"，乱发展一气。当时贵州代表团的代表们，都在人民大会堂贵州厅里哄堂大笑，说我用了"发酒疯"这个形容词，给人印象深刻。和我同一小组的茅台酒厂一把手还在会上发言："叶老师虽然不懂酒，但是讲得很好，回去以后，我一定把抓质量这件头等大事落实好。"

重焕生机的董酒

从那以后，上海市场上的董酒渐渐地不见了踪影，尽管 20 世纪 90 年代初，在中国第五届名白酒评选中，董酒仍然被评为全国名白酒，但上海的酒友们几乎都不喝董酒了。一晃 30 年过去，在上海的食品公司、酒类专卖店和超市，每每看到董酒无人问津的情况，我都感到深深的遗憾。回贵州时，我问起董酒厂陈厂长的情况。有人告诉我，自从董酒销量跌入谷底，陈厂长一蹶不振，郁郁寡欢，后来积劳成疾去世了。

有一年应邀到茅台酒厂讲课，车路过黔北遵义，我要求去看一看今日的董酒，便顺道拐进了董酒厂。从厂容厂貌一眼就能看出来，董酒厂近年来大翻身，尤其是在现场舀来让我品尝的佰草香国密董酒，不仅回归到了当年连续评为全国名酒的水平，细细品尝，除了当地人所说的米香、草药香之外，还有一股特殊迷人的香味。厂里告诉我，近些年来的利税总额已经达到了几十个亿。

回到贵阳时，偶然碰到酒业协会会长、茅台酒厂原党委书记李保芳，我给他说去了董酒厂，他连连点头道："现在双休日在家中，我都喜欢喝佰草香呢。"我又半开玩笑地对他说："你这个会长也要多提醒这些做得好的名白酒，不要再'发酒疯'。"闻言他哈哈大笑。

上海菜肴"三级跳"

传统"四大帮"进入上海

上海人吃得最多的就是上海菜,或者说每天在家里吃的家常菜。上海家常菜虽以"生煸""红烧""白煮"为特色,一改原来传统上海菜的"浓油赤酱、汤卤醇厚、咸鲜入味"的特点,讲究的是"鲜、嫩、香"。但随着时间的推移和上海人口的加剧流动,今天酸甜苦辣一并端上了我们的餐桌,从而也让上海菜完成了自身的"三级跳"。

那么,"三级跳"从何讲起呢?

上海作为一座海纳百川、商业繁荣的都市,常年生活着 2 000 多万人,全世界的旅客又从四面八方纷至沓来。在 1843 年开埠至 1949 年的 100 多年中,上海人口从三五十万增长到了 500 多万,成为远东著名港口城市,被称为"东方巴黎"。在这期间,上海菜肴博采各地所长,形成了传统的"四大帮",即广帮、京帮、川帮、扬帮。顾名思义,扬帮以扬州菜为主,川帮以辣出名,京帮则从鲁

菜入京演变而来，广帮呢，以顺德烹饪加潮州特色，为人津津
乐道。

"四大帮"各有独特的菜肴，用民间的说法，就是有自己的
"拿手好戏"。但移民进入上海的，不单单只有广东人、四川人、北
方人和江浙人，还有其他省份的人士，比如福建人、安徽人、湖南
人。各省籍人士涌进上海滩，他们同样有自己的口味，同样为各自
的家乡菜自豪，故而在"四大帮"雄踞上海的时候，一些做闽菜、
徽菜、湖南菜的酒楼饭店，也以各自的特色打出了牌子。这期间，
上海本地菜当然也不甘示弱，包括挨近上海的苏州、杭州、宁波、
无锡口味的菜馆，随之如雨后春笋般在上海亮出了自己的牌子。

不出上海滩，就能吃遍全中国菜肴，品尝到各种风味的特色名
品名菜名点，何乐而不为？

故而在"一级跳"期间，"四大帮"牢牢扎根上海饮食市场的
同时，民间已有"十小帮"的说法。

首屈一指的上海菜

从 1949 年到 1979 年 30 年间，上海的人口从 500 多万增长到了
1 000 多万，翻了一倍不止。在"一级跳"期间已经扎下根基的所谓
"十小帮"，逐渐分流、归并、瓦解，形成鲜明的"八大菜系"。

这"八大菜系"中首屈一指的，就是当代上海菜。外国来宾包
括外国的元首们，来到上海，首先要品尝的就是上海菜。

那么，上海菜的特色是什么呢？上海菜的精华又是什么呢？这就逼得上海菜在色、香、味、形上下功夫，精益求精，以适应各式宾客口味的要求。

最有特点的上海菜是哪家饭店？几乎所有上海人都晓得，是"上海老饭店"。称其为老饭店，因为它开在清朝同治年间，足有一百几十年历史了。原名叫"荣顺馆"，开在城隍庙旧校场路上。开得早，时间久远，人们习惯叫它"老饭店"。叫得多了，"荣菜馆"反而少有人叫了，1964年，干脆更名为"上海老饭店"。

提起该店，人们必然会跷起大拇指介绍它的几道名闻遐迩的菜肴："八宝鸭"、"红烧鮰鱼"、"糟钵头"、"扣三丝"、"八宝辣酱"……每道菜都有讲究，都有自己的故事。其另一道菜"虾子大乌参"，更让人食之拍案叫绝。

在这过程中，该店逐渐地吸收苏、浙、皖附近省份的烹制特色，改过去的"浓油赤酱"为"重原味重烹调"，形成了香又脆、鲜又嫩的原汁原味讲究营养的新上海风味。

奥巴马吃的白烧狮子头

讲完"八大菜系"名列第一的当代上海菜，在接下去介绍北京菜、粤菜、川菜、江浙菜、安徽菜、福建菜、湖南菜之前，先要申明的是这七大菜系冠名都是外省市，这是点明菜肴的源头。读者朋友一定要明白，讲川菜，指的是上海饭店里的川菜，是四川风味的菜肴，和成都及四川各地的川菜，还是有差别的。

差别在哪儿呢？

我用一位老食客的话来回答吧："你要吃最好的川菜，请到上海的川菜馆来。在这里，你能吃到比四川还要美味和道地的川菜。"

另一位食品菜肴品鉴专家对我说："要吃最好的广东菜吗？要吃最好的京菜吗？到上海的广东菜馆、北京菜馆去吃吧，那是更为道地的广东菜、北京菜。"

这话怎么理解呢？

我也是经过了反复对比、品尝、体味，才理解这些品鉴专家对我说的话。

那意思就是说，上海的徽菜、闽菜、扬州菜、宁波菜等等，已经青出于蓝胜于蓝，独树一帜地形成了上海风味的菜系，比如福建著名菜肴"佛跳墙"，上海华侨饭店那一道精致绝伦的"佛跳墙"，在福建是吃不到的。又比如京帮名菜烤鸭，上海北京风味的饭店"燕云楼"的烤鸭，其滋味和北京烤鸭焕然不同。还比如"杏花楼"的"蚝油牛肉"，就比我在广州馆子里吃到的"蚝油牛肉"味道要佳得多。湖南菜中的"红白肚尖"，安徽菜里的"清炒鳝糊"，宁波菜的代表"目鱼大烤"，上海的厨师都将其烹制成了沪上风格的地方菜肴。

最有意思的是源出扬州菜的"红烧狮子头"，进入上海之后，很快演变成了"白烧狮子头"。美国总统奥巴马来华访问时，"上海老饭店"厨师把以猪肉为主的狮子头，改成了以时令佳肴刀鱼为原料的狮子头，达到了入口即化、嫩滑香怡的程度，一跃成为百年老饭店的招牌名菜。人们纷纷以一尝"奥巴马狮子头"为快事。

香辣开始受到上海民众的青睐

从 1978 年至今的改革开放 40 年，上海菜肴经历了它更有力度的"第三级跳"。40 年来，上海人口从 1 000 多万，增加到了近 2 500 万；市区的饮食店铺，更是从 2 000 多家，变成了 12 万家。光从数据就能看出，这是多么巨大的飞跃！

在这 40 年中，上海菜肴最大的变化是什么？上海人的口味，最大的改变是什么？我们可以概括地说：风味俱全，品种繁多，各有特色，脍炙人口，不断更新。

上海菜肴由"四大帮"、"八大菜系"，不断在此基础上创制烹饪新品，其间引领了上海广大市民口味上的变化。酸甜苦辣咸，一并进入我们品赏的领域。

对当代上海人影响最大的，就是香辣成了上海民众青睐的口味。尤其是辣，在老一代上海人中，辣椒是基本不上桌的。菜肴中稍稍有点辣，就会遭小孩叫，老人嫌弃，大多数人也不动筷。而随着几乎达到一半的"新上海人"与打工群体的涌入，食辣已是司空见惯的爱好。在大量新饭店、酒楼、饮食铺中，经常能见到来自四川、云南、湖南、贵州的餐饮。

在我的记忆中，以前的上海滩，几乎没有一家贵州风味的饭店。而时至今天，"黔香阁"已经成为上海滩一道新景观，开出了七八家连锁店，且在近 20 年时间里，仍然保持了开张初期的旺炽人气，餐饮评选中，多次名列第一。贵州菜，以其独特的香辣鲜美，吸引着当代上海人。

　　上海菜肴"三级跳"，也能从一个侧面，看到上海 70 年来的巨变。

一城繁华半江河

——上海的河

苏州河可以通苏州

小时候，念五年级时，除了语文、算术之外，开始学习历史和地理。有一本《上海乡土地理》的地理课本，令我印象深刻。

打开《上海乡土地理》，就去找黄浦江和苏州河的地理位置。听老师和家长曾讲过，上海是建在黄浦江和苏州河边的。黄浦江的标识很好找，一条从松江那边弯过来的曲线。苏州河却不好找，于是先找黄浦江和苏州河相交的外白渡桥。

不料，与黄浦江交汇处的那一股水流，地图上注明的却是吴淞江！问老师，老师答得很简单，吴淞江就是苏州河，因为在吴淞江上坐船，可以到苏州去。

以后我就明白了，苏州河之所以叫苏州河，是因为这条河通往苏州。从来不去深究这是什么原因。

一晃半个世纪过去了。大多数年龄段属青壮年的"新上海人"，都不再知道吴淞江，只晓得市区那条逐渐整治清澈的河，叫苏州河。也有人好奇地问起，在上海市区，怎么会有一条苏州河？在苏州城里，会不会有一条上海河呢？问题似乎是带有一点儿玩笑性质，却也道出了人们心中自然浮起的疑惑。

我总是肯定地说，苏州城里没有一条上海河。其他的城市，比如南京等地，有叫"上海路"的，也没有上海河。

有一次碰到一位喜欢刨根问底的人，他不依不饶地追问："为什么上海有苏州河，苏州却没有上海河呢？上海不是比苏州大得多嘛！"没有人答得出他的这个怪问题。

吴淞江从来没有更改过名字

去年秋天，我去苏州专程作和地域文化相关的采风，坐船考察了苏州段的大运河，总算把这个问题搞明白了，欣然作了一篇散文《泛舟运河话姑苏》登在《光明日报》上。

要话姑苏，就要对苏州的历史作一番梳理。因为大运河的关系，运河边的苏州就成了历史重镇。唐朝中叶，苏州人口已达 60万，白居易诗里赞："人稠过杨府，坊闹半长安。"繁华热闹的景象可以同扬州、长安媲美，地位也由望州升为雄州，管辖着下面吴县、长洲、嘉兴、海盐、常熟、昆山、华亭七个县。地域面积远超过今天。而那时候的上海，还在华亭县的边上呢。

到了明朝嘉靖年间，苏州人口已过百万，是当时世界上最大的城市之一。它是江苏省的省会。

　　乾隆皇帝下江南六次。文人们编出了很多故事和戏文，今天的影视还拿来作素材。其实，乾隆六下江南，巡视考察的就是苏州的政治、经济、文化、商业等方面的工作。

　　那时的苏州称府，上海只不过是个县。鸦片战争之前，苏州的丝绸贸易可称世界之最，来自海外的洋货，进入黄浦江拐到吴淞江上，发运至苏州，再通过控三江跨五湖运送到全国各地码头。反之，中国的商品，也多由江湖河流汇聚到苏州河上，出吴淞口运往海外。赚到了钱的洋人大班、买办商贾，嫌上海的繁盛不如街巷酒市通宵不绝的苏州城，也要趁着空闲日去往苏州一观歌台舞榭。怎么去呢？坐船顺流而去，沿着通往苏州的河，就能抵达苏州城！

　　苏州河、苏州河就这么叫响了，反而把原来的"吴淞江"名称淡化了。但是，吴淞江从来没有更改过名字，故而正规的乡土地理教材、地图册上仍标为吴淞江。在上海人的心目中，长江、黄浦江和大海交汇之处，仍称为吴淞江。

上海抓住机会后来居上

　　不过，上海除了有一条苏州河，还有一条更宽阔更行得大船的黄浦江。黄浦江的水流、气势，远远地要超过苏州河。

　　借着第一次世界大战国际贸易东移而来，上海抓住机会后来居上。大大小小、门类繁多、品种齐全的工厂，紧挨着苏州河南岸的马路繁华起来，各家产品首先在这里开出门店，形成了百业纷呈、八方杂处的局面，堪称"五金街"。围绕着一家挨着一家的饭店、酒楼、戏院、修配业、百货业、杂货铺子，房地产顺势而上，江浙两省城镇上、乡村里的人蜂拥而至，全到上海滩来学生意、求职业、讨生活、淘金，做发财梦。

属于英美租界的南京路，瞄准了这一良机，趁势而上，吸纳方方面面有实力的资本，把从外滩到静安寺的 10 里地，做成了"十里洋场"，吸引了全中国的目光。属于法租界的霞飞路（今淮海路）借助这一发展的势头，也做成了一条有欧洲风情的大马路。

从那时起，以外滩、南京路、淮海路元素为代表的上海，就把苏州甩在了后面。

上海滩以令人惊叹的速度崛起，于是"冒险家的乐园"成了旧上海的一个注脚。说起 1949 年之前的上海，还要加上一句"旧上海是个大染缸"，什么人走进来，都要染上一层色彩。

不论如何形容上海，上海是抓住了时代的机遇，飞速发展起来的。1949 年以后是这样，1990 年浦东开发开放也是这样。今年是上海解放 70 周年，也是我们的共和国建国 70 周年，这又是一个机遇。当代上海，更应抓住这一机遇，迈出新的步伐，创造新的辉煌。

"上海人"缘自何时？

上海人由各地汇聚而来

这不是一篇考证文章，不是探讨上海的土地上何时开始有人类的活动，仅仅说的是当代意义上的"上海人"这一称谓起自于何时。我的结论定会引发不同的意见，但我会坚持自己的观点，我们可以讨论。

一个人说他是扬州人、苏州人、荆州人、成都人，我们一定不会产生疑义。而如果一个人说他是上海人，很多人会自然而然地说，他是大城市来的人。无可厚非，上海是人们心目中的大城市。

可上海是什么时候成为大城市的呢？很多人没有在意，上海是1927年特辟为特别市的。特别市是一个特别的行政单位，和旁边的江苏省、浙江省、山东省等并列。到了1930年，国民政府把"特别"两个字拿掉，成为我们今天叫惯了的上海市，至今不过90年的历史。那个时候，住在上海市的400多万上海人，不讲自己是上海人。互相打听起来，他们会很自然报出：我是宁波人，我是苏州人；我老家是湖州，他老家是常州……

这样的情况一直延续到 1949 年。545 万住在上海市区的人，在弄堂里相互攀谈时，仍会坦率地说：我是广东顺德的，我是徽州的，我父亲是道道地地无锡人，我来自扬州，会烧狮子头……50 年代时，收音机里有一档常播不衰的节目，就是播音员学着各地的方言，互相调侃和开玩笑，一会儿使用宁波话、一会儿讲常州话，随后又讲苏州话、扬州话、无锡话、浦东话、广东话、山东话……每当节目播出，听众们都会笑声不绝。

为啥效果这么好呢？因为那时候的上海市民，是从各自的家乡汇聚到上海这座城市来的。他们听到家乡的语言和风情俚俗，自然感觉亲切和温馨。对话时，会说我杭州的"叫花鸡"如何好吃，我昆山的"奥灶面"多么讲究，我南京"咸水鸭"如何与皇家有关，我苏州"采芝斋"多么有来头……上海滩八方杂处，今天我们说的上海城市精神的第一句话"海纳百川"，就是这么来的。

当代意义上的上海人，如海纳百川一般由各地汇聚而来。

真正生活在上海本乡本土的上海人，比如浦东人、嘉定人、松江人、青浦人，他们也都会强调：我是松江城里的，我是浦东川沙人，我祖父就生活在奉贤。到市区去，他们现在还说"进上海城里去"。

上海人的称谓还不到 100 年

那么，在全国叫得这么响亮的"上海人"，是起自何时呢？

起自于 1949 年之后的 20 世纪 50 年代。那些年里，兴起社会主义建设的高潮，全国支援上海，上海更要支援全国。全国支援上海的主要是吃、用和各种生产必需的原材料、矿石、煤炭。上海支援全国主要是技术、设备和人才。

社会主义建设需要发展工业，不但要发展新型的轻工业，还要发展有技术含量的重工业。上海的工程师、技术员，有一技之长的工人老师傅，被派到内地工厂去，成为厂矿企业里的骨干，上海的企业管理干部也要输出。上海的高校毕业生，听从"好儿女志在四方"的号召，离开大上海，到内地去，到厂矿去，到基层去，到边疆去……

操着上海口音的人到了西北兰州、西南昆明、中南柳州、中原郑州以及东三省，当地人问起来："你是哪里人？"

所有人都会回答："我是上海人，从上海来。"

这些奔赴全国各地的上海人，无论原先籍贯是宁波人、杭州人、苏州人、扬州人、太仓人，他们在上海这座城市里生活多年，适应了上海的生活节奏和工作方式，讲一口既不同于江苏、又不同于浙江、更不同于全国其他省份的"上海话"，他们都成了道道地地的上海人。

这些上海人穿着讲究，饮食精致，最主要表现在吃多少煮多少，说话口音有一些"怪"，他们自以为在大城市里见多识广，说话的语气总不知不觉带一些炫耀的口吻，因而惹得周围人们总对他们带一点说不出道不明的感觉。

相处久了，人们对你有了好印象，会对你说一句："你不像上海人。"这几乎是很高的评价了。

而从年龄结构上来说,这样一大批走向全国各地去的上海人,往往是上世纪三四十年代起居住在上海滩的第一代上海人的子女。

20世纪60年代,支援全国社会主义建设的派遣,变成了支援大小"三线"建设的"内迁"。"内迁"的动作更大,往往是整厂整建制搬往内地,迁到大山中去。更有响应号召,"上山下乡",潮水般涌往全国各地的将近120万知识青年,他们去往10多个省份的农村,更加深了人们对上海人的印象。可以说,上海人散落在全国城乡的各个角落里。

记得当年,我们60个上海男女"知青"来到贵州修文、息烽、开阳三县交界的久长人民公社插队时,马上就被告知,社里有两个上海人,一个在供销社工作,是50年代来的;一个在久长卫生院,刚分配来三年。你们来了这么多人,他们有伴了。另外,离开公社20里地的新寨街上,也有一个上海人,是个女的,嫁人了。

实际上,上海人的存在,还不到100年的历史。

上海"知青"这一代

上海"知青"有 121 万

　　这个题目，近些年来已经写得很多了。我今天写下的，是许多人至今不甚了了的一些情况，甚至一些"知青"本人，也因为结束了"知青"生涯，而忽视了的东西。

　　之所以称"知青"是这一代，是在上海这座城市里，知识青年的总人数有 121 万多人。这 121 万多人中，包括了上海"知青办"统计汇总的 111 万人。在 1966 年之前，还动员了 10 万"知青"到新疆。这是准确的人数。为什么说这个数字准确呢，因为"知青"一旦确定了去"上山下乡"，不论是近在上海市郊的崇明、长兴岛、南汇、奉贤，还是远到北国的黑龙江、内蒙古，西南的贵州、云南，都要迁出户口，并同时迁出粮油关系。说得通俗一点，迁出了户口，从下一个月开始，每个月都要发给你的粮票、油票以及相应颁发下来的布票等就不发了！

　　另外，每一个"知青"去往农村，不论你是插队落户进生产队，还是到国营农场、军垦农场，国家财政都要拨付"知青"下乡的安家费。比如我们六个上海男女"知青"到了贵州的村寨上，每个按人头有300元的安家费，这300元不由地方财政出，而由国务院财政统一汇总拨付。而生产队收到了六个人后，会立马安排好住宿生活的房子。当时有的生产队拿到了这笔钱，就赶紧腾房子或者干脆盖新房给"知青"住，来不及的就让"知青"暂时在集体所有的保管房住下。我插队的那三间泥墙茅草屋，小一点的给女"知青"住，大一点的那间给我们四个男"知青"住，中间的那个小屋就成了我们的灶房。老乡说，集体腾出了这三间房子，1800元就归生产队了。

插队"知青"是这样，到农场的"知青"也是这样，财政的钱就直接拨付给农场，作为统一安置"知青"宿舍的建房费用。

波及千家万户的一件事

军垦农场"知青"、国营农场"知青"、插队落户"知青"，一律统称为"上山下乡知识青年"。在当年，其待遇还是不一样的，比如去往黑龙江军垦的"知青"，每人除了每月36元工资，还配发一套军装。去往国营农场的呢，工资每月32元，配发的就是棉大衣了。而去往崇明岛、大丰、上海近郊农场的"知青"呢，刚去的头几年，工资只有18元、20元、24元。他们离上海近，比起插队"知青"来说，条件好很多。插队"知青"到了生产队，第一年每月发10元、40斤口粮。第二年开始，就同农民一样，靠参加出工劳动挣工分过日了。

1968 年 12 月 21 日晚，毛主席的"最高指示"："知识青年到农村去，接受贫下中农再教育，很有必要。"在落实毛主席指示不过夜的年月，也有人说是让知识青年去接受贫下中农再教育，到国营农场、军垦农场去的，接受的是农场职工的教育。

也正因为有这样的议论，所以在上海的市属农场、崇明的农场里，每一个农场进驻了"贫宣队"（"贫下中农毛泽东宣传队"的简称），每一个连队的"贫宣队"员，还参与了连队的领导，来贯彻"接受贫下中农再教育"的指示。

那么，在 111 万上海"上山下乡知识青年"中，究竟有多少"知青"直接到农村生产队里，上海"知青办"的统计数字是：农村插队落户"知青"112 万人。这数字不包括市郊 10 个县的 15 万回乡"知青"。

在 20 世纪六七十年代，上海市的人口共计 1000 万人。习惯地说当时 10 个区的市区人口 700 万人；10 个县的郊区人口 300 万人。而"知青"的人数高达 120 万人。每个"知青"都有父母双亲，还有兄弟姐妹，在 120 万人的数字上还要翻几番。故而，上海"知青"这一代人，是波及上海千家万户、掀动整个社会的一件事。

"知青"一代的"谢幕之举"

从 70 年代末期的"知青"大返程开始，直至今天，这 120 万

"知青"一代人，都在想方设法地回到上海滩来。即使已经在下乡当地有了一份相对安定的工作，没有机会在55岁、60岁之前调回上海的"知青"们，也在退休之前，通过种种渠道，买好了上海的房子，落实了晚年的住处，回到上海来了。没有回归上海的"知青"，只有少数。这少部分"知青"，安然在他乡生活养老，其生活的质量和水平，必定是超过回到上海的普通"知青"。

但是，即使是这少部分人，他们对上海，还是怀有一股深情的。和他们中的一些人促膝深谈，他们对最终没有回到故乡上海，还是有一点隐隐的遗憾。

每当这时候，我就会以他现在的生活质量和宽敞的住房安慰他，并给他讲一些普通"知青"在上海里弄和小区的生活实情与他对比，虽然他会听得露出笑容，但最终，他还是会说："毕竟，他们回到上海了呀！"

一晃51年过去了。最年轻的"知青"一代人，都已步上了晚年的门槛。近几年来，他们盯住了50年这么一个时间段，各式各样的"知青"们，都在相约见面搞一些大大小小的活动。爱唱爱跳的就举行歌舞表演，爱写的就编一本书，有摄影爱好的编一册摄影集，把过去青春时期的照片，和今天的欢聚编在一起，给众人留个纪念。还有写回忆录、拍摄像、写剧本……能够想到的各种纪念方式，他们都满怀热情。老"知青"们坦然地说，半个世纪过去了，再不热闹一下就动不了啦！这是我们最后的"疯狂"。

我说这不是"疯狂"，应该说是"知青"一代人的"谢幕之举"。

　　上海郊区、江浙两省及各地，不失时机地推出了迎合"知青"这股势头的聚会酒店，名义上是退休职工、工会、妇联、共青团组织的聚会活动，我去了解一下，实践下来的结果竟然是，上海"知青"是他们酒店的常客。有一家酒店，不到三年的时间里，接待了60万的"知青"聚会活动。看来，这最后的谢幕，真够热闹的。

从 1978 年出发

　　1978 年，我还是一个"知青"，没有正常的工资收入，没有那个年代和工资同等重要的粮票。我生活在插队落户的贵州村寨上，除了参加生产队里的出工劳动，仍坚持着每天往稿子上写下一些什么。我真的写了不少，长篇小说《我们这一代年轻人》是在那年的5月至9月间写完的。写完这本书的最后一节，砂锅寨的秋收大忙时节到来了，天天得出工劳动，累得人一歇下来就想往床上躺。但我仍怀着一股热望，期待着乡邮员小丁的身影出现在寨子上，他会送来集体订的那一份《贵州日报》，送来恋人的来信和上海家人、友人的来信。这些日子，报纸变得好看起来，远方的来信也给我捎来大量的信息。读着报，看着信，我虽然生活在偏远的山区村寨，但已分明感觉到，生活要开始有变化了，乡村里要开始有变化了，我个人的命运也将要有变化了。

　　冥冥之中真像有神灵在提醒我一般。这种感觉，以往的年头可不曾有过。

"文学家的春天也要来了"

事实证明这种感应般的直觉是有道理的。1979 年的第五期、第六期《收获》杂志，刊出了我这部在山乡完成的长篇小说《我们这一代年轻人》；巧合的是，将近 40 年之后，2017 年这本书又一次再版了。

世纪交替的 2000 年之际，有人在回顾 20 世纪中国 100 年的时候说，1978 年是"中国春天"的序曲；还有人在书上说，对于中国来说，21 世纪起始于 1978 年。

可见 1978 年在中国人心灵上的重量。

不是么，正是在这一年，报纸上发表了《实践是检验真理的唯一标准》，国家召开了全国科学大会，给予科学家们崇高的评价和期许。《人民文学》杂志发表了老作家徐迟描写数学家陈景润的报告文学《哥德巴赫猜想》，人们争相传阅。我未婚妻所在的水电站有 100 多位职工，订了 7 本《人民文学》，有 93 个职工传看了这篇文章。文学，在 1978 年受到前所未有的关注。看过这篇报告文学的职工纷纷对我说，科学的春天来了，中国的春天来了，你们文学家的春天也要来了。

显然，即使这些生活在山沟沟水电站的职工，也有一种沧桑巨变的预感。那个年代，我从 1977 年开始，已有《高高的苗岭》《深夜马蹄声》《岩鹰》三本书出版。送印刷厂的时候，出版社告诉我，只给作者送样书，50 本至 100 本不等，没有稿费的。然而等到书真正印出来的时候，出版社通知我领取这三本书的稿酬，责任编辑用的都是报喜的语气！尤其是《高高的苗岭》，1977年春天初版20万册，是不付稿酬的。到了1978年，重印17万册时，才付了稿酬。虽然刚刚恢复稿酬时，国家规定的标准，千字仅有2元至7元，但对我来说，不啻是一个大喜事啦！

1978年《人民文学》发表《哥德巴赫猜想》，除了报告文学这一直接反映现实的文学形式引人注目之外，更多的还是政治上的原因。

早在1973年，因为毛泽东主席派人专门看望了眼睛高度近视的数学家陈景润，引发了中国科学院数学所的震动，被称为"陈景润事件"，传遍了全国。紧接着的1974年，陈景润的论文（1+2）震动了国际数学界。经媒体报道，又一次引起全国人民的议论。报道这样一位科学家事迹的报告文学，自然引起了读者们的广泛兴趣。

"上海涌现出的各种新气象，看得我眼花缭乱"

秋收大忙结束了，农闲时节来临了。我怀抱着一厚叠长篇小说《我们这一代年轻人》的稿子，先期回到上海，准备投稿，也准备着和恋爱几年的未婚妻结婚。

哇，上海涌现出的各种新气象看得我眼花缭乱。"77级"的"文革"后第一届大学生走进校园读书，他们大多数是在1978年2

月真正入学上课的，班上年龄最大的同学已经 30 多岁，且有了妻儿，有的还不止一个儿女；而最小的同学，才 18 岁！

一场接一场日本电影吸引着观众们涌进电影院，人们热议着《望乡》《人证》《追捕》，对电影里的男主角、女主角和所谓的"色情"镜头争论不休。

而从各地回到上海的"知青"们，讲得最多的就是"回归""上调"。随着冬天的来临，云南"知青"提出了"我们要回家"的口号，带头上访、请愿，全国的"知青"们都在关注着。

我在探亲、准备婚礼之余，走进一个又一个老同学和亲戚朋友的家。他们大都仍居住在老地方，石库门房子的灶披间里，照例是一个个的水龙头和煤气灶各自为一户，既紧紧相挨，又泾渭分明。无论是一室户、两室户、三室户或三层阁上的人家，全都在抱怨住房的拥挤状况几十年不变。实事求是地说，我的几个同学家的住房情况，都不属于困难户。真正的困难户，是找定了对象、超过了 30 岁、仍在排队等候婚房的大龄女青年。1978 年底时的统计，这样无房的超龄适婚女青年，有 7 000 多人。

2018 年，40 年过去了。我仍保持着密切联系的几位同学，全部搬了家，而且都搬过几次，当然是越搬越好，越搬越宽敞和舒适。

可以说，中国人当然包括所有的上海人，方方面面的一切变化，都是从 1978 年开始的。

在以后的篇什中，我会将这些变化再细细道来。

宅在 12 号楼家中的日子

有幸住在无阳楼

疫情期间，我们 12 号楼一直被邻居们称作"奇迹"。住在 17 楼的邻居老王对我说："你看一条弄堂里好几幢都出了'阳'，只有我们 12 号楼没有'阳'。"隔壁 11 号楼原本和我们一样一直没有"阳"，忽然有一家"阳"了，连带着我们楼也紧张起来。有的人连电梯也不敢进去，情愿爬楼梯上下楼。

上海疫情多点散发，心情确实十分烦乱。这看不见摸不着的病毒，什么时候是个头啊？无可奈何之中，我还写了一首诗《病毒，我们共同的敌人》，《上海作家》的"抗疫诗选"当天就发表了出来。

上海疫情牵动全国人民的心，海内外的朋友亲戚同学们、国内各地的作家们不断在微信上问我情况，纷纷表示："有困难吗？要不要给你寄点东西？千万别像有的老年教授那样，到饿了才发声啊。等快递一通，你赶紧告诉我们，我们总得帮助上海一些什么啊!"说真的,我和老伴托 12 号楼的福,一切安好。经此一遭,我深切地体会到,上海不仅是中国的上海,也是世界的上海。

除此之外,还有好几家电视台和媒体让我自拍一下视频,说一说在读什么书,在做什么事,是否还在坚持写作,我都照实回答了。这年头,还真不能说空话、套话呢。我们老百姓,要听的是大实话、真心话。我和老伴都已年过七旬,共同经历过"三年困难时期",有过"上山下乡"的经历,一般生活上的小麻烦,都有办法解决。

热心邻居帮我理发

但终归宅在家里的时间太长了,近期我发现了一个不大不小的麻烦,那就是理发。我上一次理发是 3 月 10 日,因为 12 日要去贵州电视台做一档节目,故而记得很清楚。节目做完我又应黔东南州邀请,去最偏远的黎从榕台凯五个县考察了一下少数民族地区的乡村振兴情况。完成任务是 3 月 20 日,那时上海疫情已经传到贵州,朋友们就跟我说:"你别走了,等疫情过去再回上海吧,我们会把你安排的好好的。"老伴和子女也说为安全计,让我暂时别回来。思来想去,贵州确实相对安全,但碰到这种情况,让老伴一个人呆在上海家中,总不是个事儿,还是同甘共苦吧。于是 3 月 21 日,我飞回了上海。后来形势陡然紧张起来,到 5 月 10 日,我都没有再理过发。自记事以来,我从来没有间隔这么长时间理发,2020

年那次隔离在家中，是间隔 47 天理的发。

正在盼望中，"微信群"里有邻居提出有偿理发的要求，想看看 100 多位老少邻居中，哪一位会这门技艺。果然没一会儿功夫，问题就解决了。按照约定时间，我坐在 12 号楼大门前理了发。理完头发，顿时感觉神清气爽，人也精神不少。因发起的邻居说是有偿服务，我还带了票子下去，可给我理发的邻居黄明光和他夫人齐声说决不收费。旁边的老王一边给我拍照，一边说："你以前和邻居基本上不打交道，我们邻里之间的相互帮助，助人为乐的事多了去啦！老同志和老干部多，年轻的邻居帮忙组织团购、抢菜，为老同志们送米、送药、送急用的小工具。你看，这就是他们今天帮我抢到的豆腐。"我顿时想起来了，12 楼的小伙子吴大钟听说我喜欢豆制品，前几天也替我家抢到豆制品并送了来。

自 1997 年住进 12 号楼，这些天里，我深深地体会到我们 12 号楼充满了温馨的邻里情。这就是普通人之间的真挚感情，也是近期以来在很多上海人中发生的真实故事。

奥巴马狮子头

神奇的上海菜

　　"狮子头"是扬州著名的"三头"（"拆烩鲢鱼头"、"扒烧整猪头"、"清炖蟹粉狮子头"）之一，"三头"中"狮子头"最为知名。"狮子头"其实就是大肉丸，只不过制作方法和一般肉丸不一样：一般肉丸是以肉为主，剁碎以后搓成圆子；"狮子头"的佐料除了肥瘦搭配的肉之外，还将荸荠、茭白、藕剁碎和肉拌在一起搓圆，再置于高汤之中炖制，厨师制作和烹饪水平的高低，决定了"狮子头"的美味程度。

　　"狮子头"之所以始终受到人们的欢迎，是因为只要掌握了制作和烹饪方法，质量基本都能得到保证。故而，作为淮扬菜系的招牌菜，"狮子头"进入上海滩之后，100多年来一直是一些名牌饭店的推荐菜。上海的饭店在保持"狮子头"的风味基础上，还做了不少推陈出新，比如改红烧为白炖、适当减少肉的数量、增添配料的数量等。

　　开埠于 1843 年的上海，就菜系而言，远不能与粤菜、川菜、淮扬菜相比。但今天的本帮菜为什么能受到全国游客的欢迎呢？这是因为，本帮菜集全国各地大小帮派菜肴精华于一炉，形成极富上海特色的本帮菜系。诸如"白切肉"、"糟钵头"、"腌笃鲜"、"扣三丝"、"虾子大乌参"等等，听上去都是普普通通的菜肴，但做出来之后，就是能令人百吃不厌，被各国外宾称之为"神奇的上海菜"。

以总统命名的"狮子头"

　　"奥巴马狮子头"是一道创新菜肴。2009 年，美国总统奥巴马来到上海访问，"上海老饭店"听说奥巴马很想品尝上海特色菜肴，就专门为他做了这道菜。这道菜首先改变佐料的配比，采用75％的鲜鱼肉和25％的猪肉制成；又改常见的红烧为白炖，这才烹饪出一道鲜香美味、汤清色澄的特色"狮子头"。

　　奥巴马原本要像克林顿、西哈努克、伊丽莎白女王一样到"上海老饭店"来吃，但因"上海老饭店"地处城隍庙，那天又是双休日，人山人海。为不影响人们的游玩，"上海老饭店"将菜肴直接送到奥巴马下榻的宾馆里。奥巴马品尝后十分满意，尤其对"狮子头"赞不绝口，因此，"上海老饭店"特将这种"狮子头"命名为"奥巴马狮子头"。现在上海市民走进该店，除了要点那些传统名菜名点之外，总要点上一道"奥巴马狮子头"，一尝它的独特美味。

　　我为《上海滩》写下这篇小文，并非想宣扬这道菜有什么奥妙，而是想借此讲一下我的餐饮观。《舌尖上的中国》推出后广受好评，因此几年之中，几乎所有电视台都在播出当地的名菜名点。这固然迎合了当前观众的心理需求，但是看遍了"八大菜系"以及各地独特美味后，我发现这些节目中，很难见到有独特创新的美味佳肴。强调的都是师傅怎么教、后人如何学，像"奥巴马狮子头"这样的创新美食反而不多。我们盼望，中国的菜肴，能够不断涌现一道道类似"奥巴马狮子头"这样富有创新意识和传奇色彩的名菜。

从"天福大包"讲起

买不到的"天福大包"

"天福大包"是上海有名的新鲜肉包,吃过的人个个都叫好。一斤高筋面粉能做九只包子,平均一只要花去面粉一两一钱;一斤肥瘦按照比例搭配相当的肉制成肉茸,可以包成 12 只包子,仅从足料的肉馅和面粉而言,也保证了"天福大包""真正的大"。

大而无当、馅多味寡,包子也不会受欢迎,"天福大包"的味佳、料足,当早点吃一只就够了。桥苑饭店里每天定量做 800 只"天福大包",每只 6 元,多一只也不做。按理说 800 只"天福大包"的量足够多,但奇怪的是市场上一只也买不到。原来包子蒸出来,早被预定的人领去了,怪不得普通上海人吃不到,买不着。

大名鼎鼎的"绿杨邨"包子,店门前总是排着长队,特别是3.5 元一只的素菜包、4 元一只的肉包,不到晚上五点就都卖完了。如此名声的包子,也不过只卖三四元钱一只,"天福大包"凭啥要卖到 6 元一只?更何况排队也买不到,除非头天预定,才能品尝到

"天福大包"的滋味。

一对退休老夫妻给我道穿了谜底:"我们老俩口每天的早饭,一人只吃半只'天福大包'。由于肉馅足够,浸透了肉馅料汁的包子皮嚼来有滋有味,加上鸡蛋、牛奶佐食,吃下去一直到中午都管饱了。要是'绿杨邨'菜包,得一人一只,而且老头子过了11点就会说饿了。但最关键的还是'天福大包'味道好,百吃不厌。"

做包子也很有学问,高筋面粉不但要质量好,发面更有讲究,要发酵的松软适中。有的包子讲究面要发出有很多小孔洞,且嗅得到酒香气,但这对于"天福大包"来说,就属于发过头了。

最关键的是拌肉馅。江南老百姓的口味上讲究的是一个鲜字,蔬菜要炒出鲜味,鱼虾螃蟹更是鲜美无比。肉类若想有鲜味,除了要以五花肉为主之外,还要用适量的佐料吊出肉之中的鲜味。有一句俗话说"骨头傍得肉最香",有些包子把瘦肉、肥肉和带筋的肉一起剁碎了做馅,"天福大包"是绝不允许的。肉馅要能吊出鲜味,就得用好肉,剥去筋膜后再剁成肉蓉。再放入切得细细的姜末,要拌至肉中看不出,蒸出来更吃不出姜丝味。这般做出来的包子,才能成就"天福大包"的鲜美味道。

抹不去的"包子情结"

记得中学时期,我的一位同学,毕业后分到南京路上的一家大饭店学厨师,我们这批即将分去全国各地务农的"知青"都说他有福气。上班两个月后，大家问他学会烧菜了吗？他愁眉苦脸地说："两个月来，老师傅只教我切菜，横切、竖切、切粗、切细、剁蓉，切得我手臂都肿了。"说完，他挽起袖子让我们看，果然肿起了一点。他碰到一个上海滩有名的大师傅，对他严格到极点，教训他说："你有文化，要做上海滩数一数二的大师傅，就得从基本功学起，刀工只不过是基本功之一。"说完他叹了一口气："第一关还没过，看样子我是学不出来了。"

恢复高考后，这位同学考进了大学，毕业后成了个文化人。我们几个朋友通过他，认识了上海著名饭店的一些专做名菜肴的大师傅。同样的材料，不同的师傅烧出的味道可用天壤之别来形容。精心烹饪了一辈子的大师做出来的菜，就是让人吃了不会忘。同理，上海的包子除了菜包、肉包、豆沙包，还有三丁大包、五丁大包、蟹黄汤包等等，每一品种的包子由不同的师傅做出来，都会有各自的风味和特色。

不知为什么，讲起最普通最常见的包子，我时常会首先想起60年前洞塘口的大菜包，只卖5分钱一只，却广受周围百姓的欢迎。

那时候，每天下午三点半钟，包子铺前就站满了人。热气腾腾的包子铺烧开了一大锅水，师傅把择洗干净的青菜放置大锅中焯至色呈翠绿，捞入事先准备好的凉白开水中，沥水后放上砧板，几位师傅抢起菜刀把青菜剁碎，那剁菜"咚咚"的声音一阵热闹，剁碎了的菜馅放进纱布中裹紧了挤干水分，放入盆中，遂而一一的加进豆油、芝麻油，一点细盐和白糖，还有少许味精，将这些佐料拌匀做成菜馅。那边的包子师傅把大缸里的发酵面团拿出来，这是三个小时前的中午时分揉好了放入缸中的，冬天用保温棉被，夏日用单布盖好静待发酵。

等面发酵好了，案板撒上少许干面，加点碱水捋揉成团。揉至面团表面光滑，手拍上有"砰砰"的声音便算是好了。——擀成大小一致的包子皮，包入调制好的馅料，收口捏拢成鲫鱼嘴、荸荠肚形，再放入垫有马尾松针的蒸笼内，旺火沸水，上锅蒸 15 分钟，香喷喷的包子就出炉了。只花 1 两粮票，5 分钱买一只的，往往是到手就吃的；拿着锅碗饭盆来买的，往往是带回家去和家人一起就着汤或是粥，当晚饭吃。这菜包的美味，至今仍久久地留在我的记忆里。

吃这件事情，其实是和客观环境及生活条件紧密联系在一起的。物质匮乏的年代，一只廉价的菜包也让人觉得美味无比。而当你饱食以后，再好的山珍海味你也觉得不过如此。于我而言，10 岁左右的这段人生经历，给我留下了抹不去的包子情结。

从北京烤鸭和片皮鸭说开来

片皮鸭不是北京烤鸭

去北京开会期间，在京的亲戚请我去"全聚德"品尝有名的北京烤鸭，对我说："北京烤鸭起源于民间，是一道由民间走进宫廷的名菜，无论什么人到北京来，必须尝一尝北京烤鸭。现在北京烤鸭在养殖、烧烤、烹制、加工方面都达到了炉火纯青的高度，尤其是'全聚德'，可以说是'六大烤鸭名店'之首，你一定要细细品鉴。"

我随口说了一句："我不馋烤鸭，上海饭店里也有。"哪知亲戚家的小伙子立刻说道："哎呀，上次我去上海南京路上最有名的北京风味饭店'燕云楼'吃过。那不是烤鸭，是片皮鸭。"我说："片皮鸭不也是烤鸭的一种么？"亲戚笑着说："那不是正宗烤鸭，只不过是把鸭皮烤得香香脆脆的，既没有鸭肉，也没有一点肥气。正宗的烤鸭，应该既有鸭肉的嫩爽细腻，又有鸭皮的脆香味。这样包在面皮里蘸上酱，味道才好。'全聚德'的每一只烤鸭都编好号并签上烹饪大厨的名，保准你吃完下次还想吃。"

没想到我随口说上海也有烤鸭，引出亲戚一家人对北京烤鸭长篇大论的赞颂，我只得连声说"长见识，长见识"，结束了这场有关烤鸭和片皮鸭的议论。

回上海之后，只要进京帮风味的餐馆饭店，我就会留神这些店里的烤鸭，它们果然都不会标榜自己是北京烤鸭。有的说是烤鸭，有的干脆说是片皮鸭，即便是写明北京烤鸭端上餐桌来的，也都写了是鸭子烤出来后片下的皮。怪不得亲戚认为上海的烤鸭就是片皮鸭，并非他自小吃惯了的北京烤鸭。那么问题来了：南京路上的"燕云楼"以北京风味著称，为何北京人会认为不正宗呢？

细细一想，其实也不奇怪，这正是百业纷呈、八方杂处、海纳百川的上海特色。亲戚的儿子不一定知道，1948 年，"燕云楼"在大马路（今南京东路）开出来时，店名取的是"燕山"和"云州"两地的首字，聘请的名厨就是北京来的，做出来的烤鸭当然是正宗的北京烤鸭。70 年过去了，为啥北京来的客人会觉得这是上海风味的片皮鸭呢？简单来说就是四个字：与时俱进。

"燕云楼"开在上海的闹市处，主要面对的客人是上海人，因此烹制出的口味一定要受到上海人的欢迎。上海人喜欢皮脆肉嫩、入口即酥、味鲜醇香的烤鸭，不喜欢肥腻的肉质，因此北京烤鸭就在融合改变中，渐渐变成了今天的片皮鸭。片皮鸭由北京烤鸭演变而来，属于北京烤鸭的一种，但也是上海风味的烤鸭，有自己的特色。而这种特色，正与上海人处处追求卓越的品格有关。

推陈出新的上海口味

其实不仅是北京烤鸭，在上海滩以花色新颖、口味奇特闻名的粤菜，过去素以烹饪蛇、狸、猴、猫、狗闻名于海上。但如今进入上海滩的任何一家广帮馆子，客人要想点这些菜，只怕还要被教育一番。传统的历史名菜在退隐和演变，是否说明粤菜的水平在下降呢？非也。上海的粤菜大厨们推陈出新，做出一道道深受上海市民欢迎的广式菜肴和点心，尤其受到年轻人的欢迎。

前几年，我曾参加过数次中国作家看广东的活动，去过粤菜的起源地佛山，也到过潮汕地区。一路上尝遍了当代粤菜中的精华，我发现当地名厨们做出来的粤菜美味是美味，但和我在上海的"新雅"、"杏花楼"、"美心"酒家等著名的粤菜馆子里吃到的是两种风格。

不仅是粤菜在上海有其独特的海派风味，川菜在上海也形成了海派色彩的"百菜百味"。记得前些年应成都作协邀请去讲课，完成任务后，几个同行为我送行，订的饭店是一家百年老店。尝过后，我谈了几点感受，如宫保肉丁不是川菜本味，是贵州风味；樟茶鸭子也没有用真正的樟树枝条和茶叶来熏制，和海派川菜的差别较大。几个四川作家也说："我们去上海的川菜馆吃过，总感觉是吃的不过瘾，辣的不过瘾，麻的也不够过瘾。"我当即说："你们说对了，上海的川菜是改良过的川菜，但有不少四川客人都说上海的川菜是最好吃的。"

2022 年初有一条新闻，说上海的三家百年老店，"三阳南货店"、"沈大成"点心店、"真老大房"从 3 月 1 日起要装修停业，半年后会以崭新的面貌同上海市民见面。消息一经传开，2 月下旬的那几天里，不少市民涌进店里争相购买喜欢的食品。有位老专家对我说过："我们都是到外地去生活过不少年的人，无论是到东北、西北，虽逐渐适应了当地的口味，不吃羊肉的喜欢上了羊肉，不吃辣椒也习惯了辣味，但是最喜欢吃的还是从小在上海吃惯了的菜，有时候就想吃点大饼油条。可以说，人的口味在 5 岁时就固定了。"

我补充说："还有一点，人的口味喜欢尝新。"说着，我打开手机给他看，某个店家在三八妇女节到来之际，特意推出了三款新口味的蛋糕，正在页面上大肆宣传：一款为蜜桃味女王卷，一款是桃桃流心钙奶蛋糕，第三款是迷你黄油蛋糕，配有照片以及诗一样的语言，让人口舌生津，看着我这个男人也想着要去买来分别品尝一下。我想，一百几十年前把西式蛋糕带进上海来的洋人们，也不会想到上海人在蛋糕上翻出了这些花样吧？

书院的外灶风光

看到这篇文章的名字，有人要说了，中国的书院多了，古代的、现代的、名声大的和不那么有名声的。你写的是哪家书院？

还有人要问，外灶是什么意思？是外面的灶头，还是绘在灶头上的农家风情画？

我要说，都不是。我写的这个书院，就是一个镇名，书院镇。有100多年的历史了。外灶呢，同样是个村名，叫外灶村，古已有之。我这题目说的就是：书院镇的外灶村风光。这地方是在浦东新区靠近海边的地域，原来属于南汇的海滨。

如果我这么说了，还没讲清楚的话，那么我要说个上海读者谁都晓得的情况了。年年夏天，8424西瓜上市的时候，凡上海市民，都要选购8424西瓜来吃。这8424西瓜的核心产区，就在书院镇。我注意到书院这个地方，就是在多年之前的初夏时节，只见公路边停靠着长长的一溜车队，我惊问这近海地方，怎会停着这么多的空车？同车人笑起来了，告诉我这是书院地方，车子都是来拖8424西瓜的。后来到书院开过两次会，研讨农家乐文化的课题，渐渐地就对这海滨的小镇熟悉起来。

今年的金秋时节，一个阳光明媚、轻风拂面的好日子，趁着镇上有文学活动，我又一次走进了书院。镇上的娇娇和春华两位女士，邀我去看看秋天里的外灶风光，她俩笑着道："到了外灶村，你一定会感觉到新的惊喜。"

"什么惊喜呢？"我迫不及待地追问。

她们都带点神秘地对我说，你走进外灶村自己去感受吧。

还是在我戴着红领巾的青少年时期，为了写好春游的作文，我就在去南汇游览时，向当地的农民打听过，为什么这里的村庄叫六灶、五灶、四灶、三灶……农民告诉我们这些小学生，这里滨海，原先大片大片的滩涂上都是盐场，要让海水变成家家户户少不了的白花花的食盐，都得经过一番熬波煮盐的过程。村民们都靠卖盐过日子，故而都被称为盐民。盐民们聚居的村庄，也按顺序称之谓头灶、二灶、三灶、四灶……

在向外灶村驶去的路上，我向二位女士打听，这外灶村，比起附近的四灶来，哪个在先？她们笑着告诉我，外灶是最早的一个带"灶"字的村庄。

哇，这可以说是我走进外灶的第一个惊喜。那么多带"灶"字的村庄，我今天偶然走进去的，原来还是历史上的第一个。第二个惊喜，会是什么呢？我急不可待地要去外灶一看究竟。

来到外灶村的田野上，只见稻田里一片金黄，沉甸甸的谷穗在轻风中微摇微晃，宽阔平整的水稻田，一直延伸到远远的公路边上。只见稻田的边上，一幢一幢粉墙黛瓦和红瓦的农舍，排列齐整地一溜矗立在秋阳之下。外灶村党总支书记汪敏指着一座三层民宅的露台给我介绍："坐在那上头，我们可以给所有前来参加乡村游的客人提供现磨咖啡，让他们品咖啡、喝茶的同时，观赏外灶的田园风光，感受滨海农民们今天的生活。"

我不由得加快了脚步，想捷足先登上去感受一番。汪书记招手让我不忙急着上去。

我正狐疑地望着他时，他指指路旁的水稻田让我留神。

我仔细地瞅了瞅水稻田里的泥巴，询问似的望着他。

他笑起来了："这一大片百亩的农田，你知道叫什么?"

我以为他是在考一考我的农业知识，于是在脑海里拼命搜索那些我种过的水稻名称："老来青，矮脚南特，还有……"汪书记手臂环指了一下整片成熟了的稻田道："这叫智慧稻田……"

"智慧稻田?"我不解，心里说：还有吃了让人更聪明的米?

汪书记笑眯眯地道："这块百亩稻田，我们统一进行云监控……"

"监控泥巴和稻田里的一切?"

"对了! 24 小时对农田里的水量、水位等指标全方位监控。通俗地讲，"汪书记大约看出了我的困惑，放缓了语气道，"就是发现天旱田干了，无人化的智慧灌溉就会主动向田里放水; 反之也一样，排水、施肥、除虫，全由云监控替代了。整套系统称为智慧农业平台……"

原来是这样啊! 对我这个整整 10 年曾在山乡插队，从春种到秋收全都经过体力劳动才完成的人来说，这简直是天方夜谭啊! 这惊喜的冲击力太大了。步上观景平台，再看看外灶村远远近近的民宿，举行一系列文化活动诸如骑行打卡的道路，田园音乐会的场地，特色农产品采摘、采购的陈列，还有系统展示盐民文化的小品：包括当年盐民们的起盖灶舍、开辟摊场、海潮浸灌、镭车运柴、上卤煎煮直到成盐起运的全过程，全都再现了出来。另有种植了 10 多种中草药的"百草园"，既能让客人们在近 1 公里长的休闲步栈道上观赏，还能增添中草药知识。总而言之，新的惊喜一个接一个，让我由衷地感到，在浦东新区的版图上，书院镇虽然临近海边，外灶村也不算大，可确确实实地呈现出"一河一路一风景，一宅一田一风情"的喜人景象，在乡村振兴新征程上，让我亲眼见到了一派外灶风光。

消失在上海滩上的两种人力车

"剥削穷人"的黄包车

这是一种已在今天的上海马路上绝迹的交通工具。但在反映老上海风情的照片和录影里，时常还能看到拉着黄包车飞跑的形象。尤其是影视片中，黄包车的使用就更多了。黄包车的特点是"黄"，只是制作道具的美工做出来的黄包车，经常忽视了这一点，以致给人不那么逼真的感觉。但是黄包车的黄颜色，并非像现在某些出租车公司把小轿车漆成的那种桔黄色，而是桐油漆成的黄色。因为黄包车在上海滩经营时，当时的工部局规定所有在马路上拉着跑的黄包车，一律漆成桐油黄的缘故。

黄包车约在 19 世纪末叶开始出现在上海街头，到 1949 年新中国成立，已然绝迹。最基本的原因是：黄包车作为马路上的一种交通工具，并不实用。车上往往只能坐一个人，车费则以拉着客人跑的路程长短来算。一般地来说，上车之前客人和车夫谈定价格，下车时付费。妇女若是抱着婴儿或带着小孩，因份量加重，便要增加费用。在写字楼里固定上下班的客人，也能和黄包车夫谈定包月的价格，按时接送。

其人文方面的原因，则是因为黄包车夫是在车前弯腰低头拉着车跑，而客人呢，则是高高在上地坐在车座上，给人感觉十分不人道。不少车夫为节约鞋袜的磨损，常在春夏秋三季光着脚板跑动，活生生地是穷人遭欺凌、剥削的生动写照。

但究其根本原因，是在这半个世纪里，城市交通工具飞速发展，小轿车、公共汽车和电车成了大众的代步工具。黄包车直接遭遇的竞争，是三轮车大量的出现在上海街头。三轮车大小和黄包车差不多，同样能够便利地在宽窄不一的弄堂里穿行，且骑起来更快。另外，三轮车夫是在前头骑着车子拉客，而客人在后面坐着；上海不少三轮车的前座，往往有意无意垫的高高的，故而尽管三轮车基本上也已在上海的大街小巷绝迹，但在一些名胜古迹的旅游点上，还有三轮车在载客，方便行走困难的旅游者从这个景点去往另一景点观光。

能载"千斤"的老虎塌车

和黄包车的历史相比，老虎塌车的历史要长得多，同黄包车一样，老虎塌车的身影也已经消失在上海滩上了。

童年时代，在弄堂夹缝一间搭建出来的简屋里，住着一位身体健壮的孤身老人。老老少少所有的人，看见他都称其"塌车师傅"，说他的力气很大，是拉塌车的。他的那间简屋虽小，但是进过他那间屋子的人出来都说，他家里至今仍放着一辆老虎塌车。碰得巧，老人情绪又好，会把老虎塌车搬出来，在太阳光下给铁轮子上油。

从他的夹缝门前走过不知道有多少回了，我从来没见过他把老虎塌车搬出来上过油。倒是有一回，放学路上，人行道沿边站了很多人，目光盯在马路上，伸手指指点点，嘴里还在议论纷纷：

"老虎塌车，老虎塌车！"

"哎呀！会不会把柏油马路压坏，看呀！你们看！"

原来是一队老虎塌车正从马路上碾过。我也挤进人丛里，往马路上看。只见一辆接一辆比板车长半米的老虎塌车上，堆放着一圈一圈粗铁丝。前头一个肌肉发达的壮汉低头勾腰、使劲地拉着车，宽宽的、紧拴着车子的绳子套在壮汉肩头；车后另一个汉子，则双手使劲地往前推车，老虎塌车缓慢地往前移动，铁轱辘轮子发出清晰的响声。铁轮子碾过的柏油马路上，顿时出现了明显的压痕。

"看吧，我说要把马路压坏的吧。"

"你少管闲事。"

"这些人，是出莽力的，看他们身上的汗呀，滴滴答答落下来。"

"这一圈铁丝，少说也有 200 多斤，车上一律装了六圈，该超过 1 000 斤了。"

"你懂啥，这是铅丝，比铁丝还重。是拉到前头小弄堂后面铅丝厂加工的。"

"不能用板车、黄鱼车拉嘛？"

"嗨，板车、黄鱼车吃不消，两圈铅丝装上去，车轮胎就压扁了！只好用老虎塌车，你们看看他们拉车的姿势，像不像一只只老虎在山岭里慢慢行走。"

"你别装懂了！老虎塌车，主要是说这种车子能装 1 000 多斤的货，力气像老虎一样大。"

"对的，我听外公说过，老虎塌车起源于古代的海边盐场，海滩上烂泥松软，只得用铁铸的重轮子运盐。"

……

我贪婪地听着路人们的议论，总算在亲眼见过了老虎塌车运货的情形之后，还约略晓得了老虎塌车究竟是怎么回事。

后来，在夏天乘凉时，人们也问过老虎塌车师傅，是不是这么回事？老虎塌车师傅回答得就更简练了：

"哎呀！你们要弄得这么清楚干什么呀？老虎塌车，就是像我这种出苦力的人，用的人力车！"

是啊，黄包车是人力车，老虎塌车也是人力车的一种。

好在，它们都已经消失了。

从"三转一响"谈起

"三转一响"是新婚标配

20世纪六七十年代，上海的新婚小夫妻开始追求小家庭的配备，除了要一套500元上下的完整新家具，俗称"36只脚"之外，小两口过日子一定要配齐"三转一响"。

何为"三转一响"？"三转"即是男士必须有一辆崭新的自行车，女方要配有一架缝纫机，夫妻双方各自有一只手表。这三样东西都是转的，又都有大小不一样的圆形；"一响"是指收音机。还有"一转"也很受欢迎，那就是"三五"牌座钟，座钟放在五斗柜上面，一到整点就准时响一下。

随着这一风气形成为约定俗成的规矩，上海几乎所有新婚家庭无一例外都会遵循，似乎没有配齐"三转一响"就是缺陷。上海的社会风气有一点引领作用，没多久，"三转一响"的说法就传到浙江、江苏两省的市、县和农村。又过了几年，"三转一响"之说便传遍了全中国。

"三转一响"还有其品牌讲究，自行车必须是上海自行车三厂生产的"凤凰"牌自行车，或者是上海自行车厂生产的"永久"牌自行车。那时，国产自行车多了去了，能用其他的自行车行吗？绝对不行。为什么？吉利啊。想一想，新婚夫妇骑的自行车是凤凰，意味着比翼双飞，那是多么美妙的图景和未来。实在买不到"凤凰"牌自行车，退而求其次，"永久"牌也行。夫妇新婚，永久同样吉利。

我问过省外那些骑自行车上下班的人，上海人结婚必须买"凤凰""永久"牌自行车，你们为什么非要买一辆呢？一个中年职工笑道："上海的品牌自行车车型美观大方，结构合理，电镀采用铜锌铬多层新工艺，镀层牢靠，光度明亮；油漆采用的是高级无油氨基醇乳胶漆，漆水光亮，水性好。你没看报纸上报道吗？沈阳杂技团飞车走壁的自行车不用英国品牌，杂技家蔡少武都说了，'凤凰'牌自行车要比原先骑的外国名牌车分量轻，速度快，更加安全可靠。我们工薪阶层，用几个月工资买一辆自行车，当然要选上海牌的'凤凰'啰！"

不仅如此，美国一位商人，了解到卡特总统业余时间爱骑自行车，特地买了两辆"永久"牌自行车送给他。卡特总统骑过后，也赞不绝口。

自行车要选名牌的，妻子专用的缝纫机，也必须是名牌，而且最理想的是名牌中的名牌。首屈一指的，就是"蝴蝶"牌缝纫机。为啥踏着"蝴蝶"牌缝纫机，具有所向"无敌"之势？我问过手巧的姐姐："踏着缝纫机，细心就行了，为啥要无敌呢？"姐姐说：

"'凤凰'牌、'蝴蝶'牌缝纫机，脚踏上去轻巧巧的，一分钟大于1000转，呢料可以缝5毫米以上。缝薄的丝织品化纤品不起皱，线缝美观，而且轻易不断线。你别以为缝纫机简单，缝纫之外，刺绣、卷边、镶花边、锁扣、打眼、纽扣、拼缝，它可以缝制出很多东西。"新婚的妻子能使用上这样一台缝纫机，怎么不叫人羡慕呢。

小小的"一转"是手表。上海人结婚，首先想到配置的就是120元一块的"上海"牌手表。那时的亨达利钟表店，里面也有外国名表"欧米茄"手表，不过就是400多元一块，家境宽裕的年轻夫妇也买得起。但是新婚夫妇喜欢的还是新表，况且这还是上海产品。

过眼云烟的"上海名牌"

最后要提一下另"一转"，也就是"三五"牌座钟，它和当代上海人的性情密切相关。"三五"牌座钟的品种有好几种，飞机型台钟、日历台钟、双柱座钟、座挂两用钟、大小天文挂钟、马头挂钟和大型落地座钟，可以说多种多样，供喜欢的人选购。

当时的中国钟厂就在二马路（今九江路）靠近外滩的大楼里，离我就读的九江中学一步之遥。走过中国钟厂门口就能看到厂内的一派繁荣景象。

"三五"牌座钟又称"三五"牌闹钟，是上海市民的习惯称呼。刚推出时，只是新婚夫妇选购，后来扩展到每一个普通家庭。那个

年头全上海 200 多万户人家，可见钟的销路有多么好。"三五"牌
座钟每过一个小时就会响亮地敲击一次，静悄悄的家里，洪亮悠远
的钟声响起来，别有一番情趣。

有人该说，那失眠的朋友晚上岂不是睡不着了？听着闹钟滴答
滴答的声音，过一个钟头就敲击一次，那不是更加心烦意乱？哪晓
得这说法当即遭到市民朋友的反对，我就听一个经常失眠的中年人
说："听着家中滴滴答答的钟响，特别是到了准点敲击起来，我的
心就会慢慢平静下来，不知不觉就渐渐睡着了。"

"三转一响"虽然是上海普通市民生活的记忆，但在全国影响
都十分广泛深远。前不久和一帮收藏界的朋友们品茗，谈及当年的
"三转一响"，有人说只要是正宗的"上海"牌手表、"蝴蝶"牌缝
纫机、"凤凰""永久"牌自行车、"三五"牌座钟，收藏价格都要
比当初买来的还要贵。可惜的是，真正将这些日夜陪伴过我们生活
的物件保存下来的人不多了。"三转一响"之所以能入藏家的法眼，
是因为这几样东西都曾经是上海滩的名牌产品，是上海的骄傲。可
是这些名牌产品今何在呢？说得客气点，是风光不再，是渐渐淡出
了我们的记忆。

上海开埠 180 年了，有过多少百年老店，有过多少留在一代一
代上海人记忆中的名牌产品，细说少在百种以上。但到了今日，留
在我们印象中的，也似乎只有"老凤祥"、"老庙黄金"、"恒源祥"
等，没有太多老名牌与时俱进了，这一现象，是否值得我们深度思
考呢？

我的处女作

处女作，对每一个作家来说，都是难忘的。对于我来说似乎更是如此。

在我的一生中，《高高的苗岭》这本儿童中篇小说，是一个新的开始，一个新的起点。今天抽闲再翻读这本小说，我自己都能感觉到她的稚嫩之处了。但是我仍对她有着一份深切的感情，关于她的一切：校样、版本、改编的连环画本、电影文学剧本、插曲、剧照、电影放映时期的广告宣传画、朝鲜文本……我都保留着，隔开一长段时间，不时还要翻出来再看看。

记得是1973年，一年一度的凉秋又来到了贵州山区，我插队落户的第五个年头快过去了。一年的农事基本上干完了，在贵州山区的僻静村寨上，照例有一段农闲时节。我在这段农闲时间里，干些什么呢？除了学习着写点东西，我还能怎么样呢？总不能让大好的光阴，白白地耗去呀！

为了把我感受到的独特的生活写出来，我这次写，得写一个小孩子，这个小孩子生活在过去的年代，生活在解放初期。这是我在胡思乱想吧，是在瞎虚构吧，1950年我才1岁，我怎能感受那时的生活呢?

　　我思之再三,觉得不是在胡思乱想,也不是在编"聊斋"。——山寨上老百姓爱把好幻想好摆"龙门阵"称之为编"聊斋"。在五年的插队落户日子里,我时常听一些老贫农告诉我:那年头,"工作队"一喊开会,我们穷得穿条单裤儿,打着光脚板,在雪地上跑得可欢哪!话是简简单单一句,可这句话是个多么清晰的画面,穷苦人对党的信赖,对"工作队"的信任,对清匪反霸的热心,都出来了。类似的话,我听得多了,对解放初期的山寨形势,人情风俗,逐渐逐渐有了底儿。

　　在苗岭腹地修建湘黔铁路的日子里,我借住在一户苗族老乡家里。寒冬腊月间的夜晚,苗家老人陪我在火塘边摆"龙门阵"时说:"如今你们汉族老大哥成千上万人进到我们苗岭深山,帮我们修铁路,汉苗之间亲如兄弟。解放前,可不同,历代反动统治者搞汉苗隔阂,造成了民族怨仇,那些血的事件,当然,随着历史大河的向前奔驰早已消逝了。"我听到的更多的是有关汉苗亲如一家的故事。有一次,一个苗族汉子告诉我,一个解放军"飞行小组"的战士,负伤后被土匪追赶,幸亏当地苗家出头保护他,让他躲进山洞,给他送吃的、喝的,还给他采草药,才把他救了。

　　在我刚插队的第二年夏天,县里面下令,全县出动围捕逃跑的三名罪犯,每个山洞都要搜。我也随着民兵,钻进了山洞。这使我对贵州山区溶岩形成的喀斯特地形,有了非常形象的感性认识,知道了这些洞中奇妙无比,洞中套洞,别有一番天地。

　　所有这些零零星星的感受和体验,在农闲时节到来的那些日子里，全都浮现在我的脑子里，逐渐变成了一个小故事。随着故事中的人物一天比一天清晰，故事线索一天比一天明朗，我的创作冲动一天比一天强烈，似乎到了非要把它写出来的地步。

要是写出来不成功怎么办呢？我犹豫着，踌躇着决定这次写稿不用稿纸了，先把它写在随便什么纸上再说。在偏僻山寨，要找一叠纸还真不容易，我七拼八凑地买了几本练习簿，找了几张白纸裁开，又把同学给我写来的信也利用上——在反面写！总算凑齐了将近 100 张纸。寨子上一说不出工了，我迫不及待地抱着那叠纸，跑到村寨外山头上的一所破庙里，用了一个星期的时间，把想好了的小故事写了出来。

1974 年，我被叫到上海去修改长篇小说《岩鹰》，住在出版社的作者宿舍里。很巧，住在我隔壁的是《矿山风云》的作者李学诗同志，他看我年轻还未脱尽稚气，话语中一再鼓励我写点儿童文学。每周必定要来看他的少儿社编辑余鹤仙同志，也鼓励我写，在他们多次鼓动下，我的心也热了。我要了 100 张稿纸，把《高高的苗岭》誊抄在上面，送到了少年儿童出版社。经过画插图，看校样，这本薄薄的小书，在 1977 年的春天出版了。小说第一版 20 万册；1979 年 5 月印行的第二版 17 万册。上海人民美术出版社很快改成连环画本，北京电影制片厂和北京电影学院又根据小说由我和谢飞共同改编拍摄了儿童故事片《火娃》公映。以后又译成了盲文、朝鲜文。

所有这些，都是我当初在偏远的贵州山巅破庙里写这本小说时做梦也没有想到的。

写作和喝茶

　　山上有棵古茶树，树下有口凉水井；哪天如果不舒服，一片茶叶一瓢水。

　　写了一辈子的小说，时常碰到人会问，写东西的时候，你有什么嗜好？写到夜深人静了，会不会感觉饿？喜欢吃什么点心？又比如问抽不抽烟，吸的是什么牌子的香烟？名牌烟还是普通烟？等等。

　　我都没有这一类的习惯。饿了我就吃饭，基本上也不熬夜。除非要赶着交稿，一般我也不熬夜写东西。夜里写了，不但影响睡眠，还会影响第二天的情绪，从时间上来说，同样得不偿失。

　　要说习惯嘛，就是一个，书桌上要有一杯茶。记得是在贵州省的《山花》杂志当主编时，每天上午的时间，在编辑部上班，回家吃了午饭，下午的时间，在家里写作。

　　饭后总有点困乏，我就倒一杯茶，喝上几口，精神就来了。那年头正逢青壮年时期，精力充沛。一进入创作状态，写得就颇顺畅。不知不觉地，到了下午的四五点钟，一杯茶就喝得淡而寡味了。总要用去满满一个竹壳热水瓶的开水。

不用说，我喝的是贵州山地里产的绿茶。

贵州这地方，古代时一大片山野被称为"夷州"。就是"茶圣"陆羽所说的古老茶叶产地，并且在他所著的《茶经》上赞赏：这些地方的茶叶，"得之甚佳"。

何谓甚佳呢？

送我云雾山茶的黔南老乡还给我讲了一个明末的故事。说一个出生于贵州黔南的官给崇祯皇帝送了两斤家乡云雾山里产的春茶，皇上起先没怎么当一回事，到了晚上，看装茶叶的木盒雕功精湛，打开木盒欣赏时，茶叶的春味吸引了他，便让下人斟了一杯茶来喝。哎呀，这一喝让皇上精神倍增，思路大开，皇上不由细细观赏起这茶叶来，第二天还对贵州籍的官员说，你不是说这茶叶是家乡山上的土茶，还没个名字嘛！我看这茶叶卷曲起来的样子，像小小的鱼钩，就叫它鱼钩茶吧！

这鱼钩茶一喝就喝到了当代。直到上世纪 50 年代中期，毛泽东主席喝到了这种茶，给这茶取名都匀毛尖。从此以后，"鱼钩"牌的都匀毛尖，就成了这种绿茶的正式名称，多次被评为全国的"十大名茶"之一。

一晃，在写作的日月中我渐渐步入了晚年，但是只要写东西，我就泡上一杯茶。几乎可以说，只要上午写东西，我的工作时间就从一杯茶开始。前几年，贵州一位分管茶叶的省领导来上海开会，晚上约我品茶，对我说，你离开贵州的 1990 年，贵州全省栽种了90 万亩茶，现在种了 500 万亩，成了全国种茶最多的省份。茶叶真是个好东西，为贵州的脱贫攻坚，作出了贡献。我们每年茶叶产值

500 多个亿。好茶也不止都匀毛尖一种了，和都匀毛尖一样的共有三绿二红。红茶是遵义红、普安红，绿茶还有绿宝石、湄潭翠芽。你不是说写作时要喝茶嘛，我每样都给你一小包，你品尝一下。

事情也巧了，我的故乡昆山花桥恰好有位女士来我家里商谈文化上的工作，我就泡了一杯遵义红待客。这位女士有个怪毛病，一喝茶就头晕，但她第一次来我家里，很勉强地喝了一口茶，心里准备好回去的路上靠在车上休息。哪晓得，她喝了以后谈兴甚浓，回到花桥把这事儿一说，讲叶老师家里的茶竟然这么香，她喝过以后竟然还想喝，不怕头晕了。

这事儿当然有些离奇，属于个案。但似乎也从一个侧面，说明了我在写作时习惯喝茶，是有些依据的。

一辈子写下来，一辈子的茶喝下来，我已从单纯地喝茶，上升到品茗了。不仅喝贵州山地产的茶，还品全国各地产出的名茶，上海人经常品的龙井、黄山毛峰、碧螺春是不用说了，湖南古丈的毛尖，河南的信阳毛尖，铁观音、普洱茶，江西的狗牯脑、庐山云雾茶，还有滇红、君山银针等等。文人交往，除了"秀才人情书一本"之外，就是带一点故乡的茶出来送送朋友。茶喝得多了，喝来喝去，就觉得各地茶都好，但是，要说我最喜欢喝的，还是贵州山地出的茶。

一来，我在那里生活了 20 多年，对这块山地有了一份感情。二来么，年轻时代，当"知青"时，我在偏远的山乡里种过茶，知道一片叶子变成茶的过程。正像当地布依族、侗族、苗族、彝族老乡们围着火塘在茶歌里唱的一样：

山上有棵古茶树，

树下有口凉水井；

哪天如果不舒服，

一片茶叶一瓢水。

试想一下，大山深处的少数民族老乡都这么相信茶叶的神奇，我一边写作一边喝茶，文思也便源源不断地涌出来。

送锦涛去西藏

1984年的秋天，一个星期天的黄昏，团省委一位同志跑到我家里，说锦涛下午刚到，并提出"去叶辛家看看"。团省委的同志建议我主动去宾馆看他，晚饭后我便匆匆去了云岩宾馆，服务员同志说他出门散步去了，让我稍候，随即又告诉我，给他安排的大套间，他没住，提个包，主动和秘书小叶住两人一间的普通客房。正在说话，他和小叶回来了，见面便说不是讲好我去看你嘛，怎么你来了？说着还是执意要去我家看看。

讲话时省委朱厚泽同志到了，他们是中央党校的同学，聊了片刻，朱书记便用他的车送锦涛去我家里。那年，我的孩子不到5岁，看见长沙发上坐了两位客人，先是在小叶身上爬，然后又爬到锦涛同志身上，弄得坐在对面的我感觉很狼狈。不料，锦涛把孩子抱在膝上道："你这一爬，爬的我不好意思了。伯伯应该想到，还有这么个小主人，给你带点礼物来。"

一屋子的人都笑了，我略显拘谨的神态也随之消失了。

这是他第一次来贵州。以后的一个多星期里，他坐着车，一直在苗乡侗寨、在地州县跑，和基层的团干部们座谈了解情况。国庆节那天，省青联有个联欢晚会，他从黔东南风尘仆仆赶回贵阳来到会上。我问他对贵州有什么感想，他说："山水很美，各族人民勤劳朴实、热情好客。当然也很穷……"

我心里说他看的很准。

1985年冬天，照例开一年一度的全国青联常委会。由于航班原因，我迟到了一天。夜里赶到会议驻地，全国青联秘书长告诉我："锦涛今天是抱病来发言的，他问过两次了，你来了没有？"这不是他对我特别关照，常委们的脸他都记熟了，开会时目光掠过会场，发现有缺席的同志，他都要关心地问一声。

在青联常委会里，有很多全国著名甚至驰名世界的学者、科学家、教授、作曲家、专家、演员、表演艺术家、画家……要让这么些人由衷地从心里真正敬佩服气，不是一件容易的事情。但是锦涛同志离开青联几年了，不少常委们一年一度相见时，仍要怀着感情谈及他，对他乐与各界人士真心地交朋友，对他的为人和作风，表示衷心的钦佩。其实岂止是青年朋友，前几天遇到一位几十年在组织人事部门工作的老同志，感叹地对我说起："有些时候，把一个同志从这里调到那里，我们都要费老大劲儿。看人家锦涛，到西藏，说走就走了。在这方面，锦涛同志为我们做出了榜样。"

1985年早春，我将出访斯里兰卡，到京集中的时候，发现代表团里人数多，且有好几位比我年长的同志，有的已有出国八次的经历了。我便想找找他，辞去团长的职务。不料，他听说后，马上表示："我来你们房间，我来我来。"我们刚吃完早点，想上楼去他办公室，他先来了。我说了自己的想法，他不以为然地一摆手：

"正因为年轻，才需要锻炼嘛。你怕啥？"接着他给代表团同志介绍了自己刚出访日本回来的一些感受，并且说："大方一点，时时想着你代表的是中国当代青年，身后有祖国撑腰，没什么可担心的……"

他和我们交谈，没有领导的架子，没有领导的口吻，完全像一位朋友似的，推心置腹。代表团里几位北京歌舞团的小青年，等他一走马上急切地向我表示：你们青联收不收新成员，我们要参加。

好几位青联委员都笑了，朝鲜族长鼓舞演员许淑说："瞧，这样的领导干部短短的一席话，就能打动年轻人的心，吸引青年人。"

1985年7月，正值盛夏，锦涛同志到贵州上任了。记得他好像是7月19日到的，7月22日给我们挂电话，说他住下了，让我有空过去坐一坐，聊聊。

几天后，省青联的一个夏令营开营式那天晚上，省军区大操场上坐满了青少年，锦涛和一些领导同志到了。好些同志都到队站着，想看看新来的省委书记什么样儿，我和贵大校长李祥站在一起，耳朵里灌满了"年轻，真年轻"的啧啧之声。

他一眼看到我，嘴里"唷"了一声走过来，我赶忙迎上去握住他的手，向他表示欢迎。他说："咱们是朋友。"我说："不，这回是名副其实的领导了。"大伙儿都笑。

这以后，我在贵阳就时常听说锦涛的行踪了。在我记忆中，初来乍到那段时间，他经常在下头跑，坐着一辆面包车，邀上当地的县委书记，在车上一边听汇报，一边就随处视察，熟悉民情，了解情况。到了哪里，就住在哪里；到了什么地方，就在什么地方吃顿饭。他先后两位秘书都跟我说：随便得很，弄得我们反而很紧张，怕在安全上出问题。

我记得，那次全国的儿童文学座谈会在花溪召开。上海少儿社的同志半夜找到我家，希望锦涛同志去会上说说话。第二天一早，我硬着头皮去闯他的办公室，还想好一点措辞：这次来的有《小朋友》杂志创始人陈伯吹，有在全国少年儿童中影响很大的《少年文艺》《故事大王》《十万个为什么》的主编和编辑，有老中青三代的儿童文学工作者，有几个你的老朋友，你是全国少工委主任，又是省委书记……

他听完以后笑了，说："你这么讲，我去。明天下午去。不过不去开会，不要约电视记者，就是和大家见个面，随便聊……"

第二天下午，他果然去了，在大家热情鼓掌的催动下，他讲了几句和少儿工作、儿童文学有关的话。讲在点子上，后来省报和全国好几家报纸都全文发了他这篇简短的讲话。

一晃三年半时间过去了，锦涛要走了。

他来之后这几年里，我正写作一本当代中国农民在改革开放时期的命运及遭际的长篇小说，他下去视察机会多，几次我都想随他一起去走走，以弥补我面上生活的不足，他也同意。但我细细一想，还是没跟他去，不给他增添不必要的麻烦。像这篇文字，如果他仍在贵州，我是决不可能写的。

作为普通朋友，我知道锦涛的一些难处，是不为一些人所理解的。比如，锦涛的家属没有来贵州，人们总是有看法的，总认为他干不长、不安心，不是真正的扎根。但我知道，他的家刚刚搬进北京，老岳母有病，两个孩子，一个面临考大学，一个面临考高中，总得设身处地替人家想想。再说，到了他这一级干部，一切听命于中央。中央让他在贵州干一辈子，他家属不来，也得在这里干一辈子。中央要调他，他家属来了也仍旧要走。

聊以自慰的是，锦涛到贵州的三年多时间里，我从来不曾利用自己和他相识这层关系，谋过任何私利。倒是从他那儿，我学习到不少东西，受到过不少教益。和他相处，我更多地感觉到他是一位兄长，一位良师益友。

锦涛要走了，在那间我们时常坐着聊天的客厅里，堆满了 20 几只纸板箱，全部都是书。来送行的同志很多，一个多小时里，几乎是川流不息，我们不可能像以往一样长谈。他的肩膀上卸下了一副担子，又挑起了另一副担子，在某种意义上说，新的担子更为沉些也重些。谈话中，他已习惯地讲起西藏 122 万平方公里迷人和奇妙的土地，讲起 200 多万人口在那片土地上的生活。如同初来时讲起贵州一样。作为一个朋友，除了愿他"保重"，我想不出更多的话来讲，他嘱咐我们代向青联的朋友们辞行，他送我们到门口，握着我们的手说："咱们后会有期。"

从收入看今昔

贫困收入标准提高了 66 倍

我们有了一个目标，2020 年底之前，要消除贫困，一个也不能少。上海的电视里，天天播扶贫新闻，除了转播中央台的节目，也收看外省市的节目，尤其是西部省份。

这些仿佛离上海很远，上海是个特大型城市，离农村有一段距离。就是郊区农村里的亲戚，种田的事也谈得很少了；即便提及，说的也是对口帮扶，上海对口帮扶云南、新疆、地震灾区、遵义。

这一切似乎离上海又很近，你看报纸上登的是扶贫的消息、帮扶的方式、送出去的钱和物，电视上报道的是我们又为帮扶的地区建设了什么项目和文化设施。

然而，如果到马路上做一个随机的抽样调查，问问"老上海"或"新上海人"什么是"贫困户"，2017 年中国贫困人口的标准是多少？我敢打赌，没有一个被访对象答得上来。

我敢于这么肯定地说，是因为我随机地问过身旁不下 20 个人，有同行、邻居、朋友、老同学、钟点工，他们都微笑着向我说抱歉："对不起，我还真不知道呢！"

当我告诉他，2017 年贫困人口的收入标准是年均 3 300 元时，几乎每个人听明白以后，都会露出惊讶的神色。

我对他们说，这还是低标准。就这低标准，我们还要付出极大的努力，才能达到 2020 年全部脱贫的目标。因为至今为止，全国还有 4 000 万这样的贫困人口。

同时我往往还对身旁的上海人说，这标准比起当年来，已经提高了 66 倍。

66 倍？那原来是多少？拿出手机按一下，3 300 元除以 66，一下就跳出答案来了：50 元！

年轻人看到这个数字，都会不相信：怎么可能？

但这是千真万确的。1978 年，我作为一个"知青"，还在插队的修文县呆着。那一年，贫困人口的标准，是年收入不到 50 元。

我为什么要讲 3 300 和 50 两个数字呢？因为这两个数字引发我许许多多的感慨。

要知道，50 元在 1978 年不是一个小数目。在全国普遍都是低工资的年代，它往往是一个普通职工的月工资。那些年里，月工资 100 元，属于高工资了。如果月工资是 200 元，那么你家里不是相当级别的干部，就是高级别的知识分子了。

和月收入相对应的是，上海人称之"四大金刚"之首的早餐大饼，才三四分钱一只。而我的几个同学在 1978 年结了婚，那时去吃喜酒时，送出的礼金普遍是 10 元。那一年，上海人结婚时讲究的是新婚夫妇要有"三转一响",那可是新房里的一整套家具呢,还有个简称,叫"36只脚"。这"36只脚"的价值也几乎是相同的:450元上下。

40年过去了,对比今天的新婚家具、礼金、一只大饼的价格,怎不令人感慨?文化人在1978年2月迎来了科学大会的召开,5月热议《光明日报》发表的文章《实践是检验真理的唯一标准》,年底盼来了为"天安门事件"公开平反,同时还听到了一个喜讯:稿费可以按标准发放。这个标准是1000字2元至5元。

我写《蹉跎岁月》的初衷

引发感慨的,当然不止于昔日和今天的数字对比,还有上海人的思维方式。也是在1978年底,风闻"知青"政策有变,中央也有意要改变大规模的"上山下乡"的方式,目前仍在农村的"知青"可以按政策回归上海。于是,"上山下乡"的"知青"们都借着元旦、春节来临,以探亲的名义回到上海来了,城市突然增加了100多万人,公交车挤了,马路上充斥着人流。"知青"们都在通过种种途径,打听用什么方式可以"办回来"。俗称"乡办"的门口,从清晨到深夜,挤满了前来询问、打听回沪政策的"知青"和他们的亲属。每个人和家庭的情况不一样,接待一个人往往要很长时间。队伍越排越长,从"乡办"门口到人行道,从人行道拐进隔壁弄堂,从弄堂口排到弄堂底部,再转弯……居民们怨声载道,都是抱怨"知青"的，说当年闹哄哄下去的是他们，现在吵嚷着要回来的又是他们，造成粮店排队、菜场排队、公交车从早到晚都像高峰时段。我那时在上海改稿子，耳朵里灌满了对"知青"不满的怨言，于是下决心写作长篇小说《蹉跎岁月》。我想我得写一本书，告诉这些埋怨"知青"的上海人，"知青"们在农村走过了一条什么样的道路！

好在今日上海人的观念大变了。我到过好几个上海对口帮扶的省份，人们交口赞道：上海人急贫困地区所急，想贫困地区所想，帮我们是帮到了点上，不仅仅是资金，还有思路，还有脱贫办法，还有项目，让我们由衷地感动。有一个小细节更说明问题，我们最讨厌上海人呆在一起就讲上海话，听也听不懂，总以为他们在骂我们。现在只要我们在场，上海人都自觉地讲普通话，我们以为上海人是故意装的。后来我们去上海学习，发现不是这样，上海人都在讲普通话。他们只有回到家里，才讲只有他们懂得的上海话。

细节虽小，但确实反映了上海这些年来是在发生巨变，数据上的巨变，思维上的巨变，待人接物的巨变。

但愿今天所有的新老上海人，在关注上海、关注自己的生活状态时，更加关注乡村、关注西部，上海毕竟是中国的上海。

稿酬的恢复和放开

稿费制度曾经被取消

稿费的话题时不时会被提及，近年来的"两会"上总有人谈起要提高稿酬所得税的起征点。我估计，2018 年还会继续有代表、委员提出类似的提案。

回顾一下 40 年来稿费恢复后的变迁，也是颇有意味的。

要讲稿费的恢复，还得简略讲一讲当年停止发放稿费的情形。在我们这一代，即 50 年代时，稿费是人们茶余饭后谈到的一个话题，对于我们这些青少年来说，这话题既遥远又有点儿神秘。

首先是人们生活中见到的作家很少。其次，即使偶有收到稿费的人，大家也会说，他在报纸上发表了一篇文章，拿到的稿费全家上饭馆吃了一顿美餐。

另有传言说，《铁道游击队》的作家，拿到了成千上万块钱稿费，有说一万多的，有说几万的，也有说是十几万的。《林海雪原》的作家，比《铁道游击队》的那位拿到的稿费还多，但也有人说，没有《铁道游击队》作者拿的多，因为据出版社的人说，稿费标准降下来了。还有人说有的作家，主动要求不拿稿费，受到了表扬。理由是，我们已经有了工资，不必再额外拿稿费了。

"文化大革命"爆发后，稿费制度取消了。

极"左"思潮横行的几年中，我甚至亲耳听到有人在大会上说："别说稿费应该取消，就连作家在书上署名，都得取消！工人炼成了钢铁，有谁在钢材上署了名？农民种出了庄稼，哪一袋粮食上署了农民的名字？"

果然，有那么几年，在一些书的封面上，经常见到"×××创作组"、"×××集体创作"这样的署名方式。

从每千字 2 元到 7 元

到了转折的 1978 年，恢复稿酬制度的呼声日益高涨。先是听说在做调查研究，充分听取社会各界人士意见；接着说已经在起草文件了。没几个月，关于给创作的书稿发稿费的规定正式下了文件。

1978 年公布的标准是每千字 2 元至 5 元。但没过几个月，又修改了实施方案，调整到了每千字 3 元至 7 元。

我的处女作《高高的苗岭》出版时，稿酬制度还没有恢复，是没有稿费的，那是在 1977 年。到了《深夜马蹄声》和《岩鹰》出版时，这两本书都拿到了稿费，标准都是按每千字 4 元至 5 元算的。1979 年《高高的苗岭》再版时，也按初版计酬，8 万余字，得到了 400 多元稿酬。

稿酬每千字 3 元至 7 元的标准，是 80 年代的事了。记得《收获》杂志在计发我的长篇小说《我们这一代年轻人》稿酬时（发表于 1979 年第五、第六期《收获》），实行的仍是千字 5 元的标准。到了长篇小说《蹉跎岁月》发表的 1980 年（发表于《收获》1980 年第五、第六期），实行的就是千字 7 元的标准了

恢复了版税制度

几年后，千字最高额 7 元的标准，由于社会上各种职业每年都在上浮工资，知识界人士呼吁稿酬标准太低，该调整了。

于是，在 80 年代中期，稿费调整到了千字 3 元至 10 元标准。到了 80 年代末期，又有了一次调整，标准改为千字 10 元至 30 元。到了 90 年代初期，随着全国工资的大幅度提高，稿酬又作了一次重大调整。这一大调整体现在两方面。

其一，是由每千字 30 元至 100 元的较大幅度提高。但这不是主要的，主要的是后面又增加了一款内容，即出版者和作者另有约定的除外。这就是说，可以按千字 30 元至 100 元的标准付酬，作者和出版方也可以商定另外的付酬方式，突破这一标准。

其二，恢复了版税制度。即以书籍定价的百分之六至十五之间的版税付酬。同样，具体付酬方式及标准，双方还可商谈。

　　从那时起，稿费都以这么一种方式在计酬。正因为有了放开的两条原则，电影、电视剧及其他文艺作品的付酬标准，都有了灵活性和跨越性的提高。一部电影剧本的稿酬，一集电视剧的稿酬，从几千、几万到几十万元不等。

　　40 年过去了，单从稿费这么一个角度，也可以看出我们社会在保护知识产权方面循序渐进、逐步成熟的过程吧。

从少女到老外婆

灵活机敏当爆破手

"少女"和"老外婆"这两个称谓，都是和我倾心交往的一个女性自称的，听来很有意思，故而作为这篇文章的题目。

她说的少女，其实也不然，1978 年的时候，她已经二十五六岁了。她之所以强调 1978 年还是个少女，是想申明到了二十五六岁理该谈情说爱的年龄，她还从未谈过朋友，恋爱经历仍是白纸一张。"没谈过朋友"这句话，也是那个年头通常的说法，特指的是没有和异性谈过恋爱。

"老外婆"也是她自称的，其实就她年龄来说，她看上去一点儿不老。就形象而言，她一点不像 65 岁，而只有 50 多岁的模样。她腰不弯，无一丝白发，不胖不瘦的身材，除了微笑的时候脸庞上略显皱纹，眼角上有点儿鱼尾纹，走在马路上，仍经常被人叫作"美女"。但她说已经有孙女了，是老外婆了。

40 年前的 1978 年，已经是她在西双版纳农场里的第九个年头了。九年来，她像所有在最基层的"知青"一样，一直在劳动。西双版纳"知青"干过的活，她全部做过，甚至一般女"知青"难以胜任的开山放炮，她也担任了爆破手。"男女都一样"是那个年头的口号，扶钢钎、抢大锤、炮眼打号之后，还得在一排一排深深的炮眼里填埋炸药、置雷管、封洞口，一切准备工作就绪，爆破手得上山坡去，点燃引线。

修湘黔铁路的时候，作为上铁路会战工地的"知青"，我也干过这个活儿。点火的爆破手，往往挑选胆大心细的"知青"来干。我不知道为啥她竟然会承担这个活儿，是她灵活机敏，还是另有原因？

我说，男"知青"点火，一般都燃一支烟，使劲吸几下，然后到炮眼前，给炮眼点火。难道你点火时也抽烟？

她说，不，我是用剖开的两片竹片，夹着炭火，等到点火的哨声一响，边用嘴吹着炭火，边跑到炮眼前去——点火。起先很慌张，干熟了也习惯了。所有的炮眼点燃以后，就扔下炭火往事先选好的安全地儿跑。

"这活儿有危险性，你怕吗？"

"一开始当然很怕，性急慌忙，干熟了，也不怕了，跑得还很灵活啊！但是正像您说的，有危险性。"

有一回点燃炮眼往回跑时，和她同去的另一个女"知青"突然摔倒了，急叫着喊她。她回过头去扶她起来，那位女"知青"腿受伤了，跑不快。没等两人跑到安全地带，炮眼"轰隆轰隆"地作响了。她俩只能一个躲到木板车下，一个捡起装砂石的簸箕遮住脑壳。随着震耳欲聋的爆炸声，石头泥块暴雨般洒下来。一块比篮球还大的石头，就"砰"地一声砸在她的脚前，她惊吓得一屁股坐倒在地。等到一切归于沉寂，她瘫坐在那儿，几分钟没回过神来。吓傻了！

经受过这样的磨炼，一般的农活，根本都不在话下了。她啥都学着干，啥都干得好。几年下来，人家都知道她吃得起苦，心灵手巧，什么都拼得下来。但她究竟是个姑娘呀，连续多年的重体力劳动，让她落下了一身的病：双肾下垂、腰肌劳损、肋骨肿胀、胃溃疡、胃下垂、腰骶骨骨裂……

回到上海干上了财务

1978 年，仍在农场劳动的她，就拖着病体开始了她第 10 年的"知青"生涯。

1978 年至 1979 年的西双版纳农场，爆发了"知青"们要求回家的请愿活动，开启了后来影响全国的"大返城"潮流。

她没去参加活动，每天仍在连队里劳动。因她父亲的问题还没结论，怎敢去参加那些"闹事"？

但她享受了"大返城"的政策。由于母亲是远嫁上海的昆明人，她的舅舅为她在省城昆明找到了一份农科所的工作。可是妹妹来信说，你再不回上海来，爸爸的病拖不下去了，他天天在唠叨你！于是，她奋不顾身地回到了上海。父亲"平反"了，补发了工资，她也有了第一份自觉有尊严的工作，在街镇上当一个走街串巷为群众服务的卫生员，一干就是整整五年。

说到这里，她停下来，用她那双眼皮特别明显的眼睛瞅了我一眼，说："你让我讲讲回上海40年来的人生，我为啥把版纳那段经历讲这么多呢？正像你书里写的，因为这是一段抹不去的记忆。有了这段苦难经历垫底，回上海之后的40年，再苦、再累、再难，我都觉得不在话下了。"

我理解她的话。她笑了，接着说："比如这卫生员，上海人都觉得是服侍病人的话，不好干。我满足得不得了，比起爆破手，那简直是一个天上一个地下。我尽心尽力地干，年年评上先进员工，晚上和节假日，我还去学会计，给自己充电。"

学会了会计，她干上了财务工作，先是在街镇单位，接着去了房地产开发公司。细心、耐心、认真、不出任何差错，是她干财务的体会。40年，就这样平平顺顺地过来了。

从她与其他老"知青"半开玩笑的言谈中，我听得出，她现在生活富裕，住房宽敞，像其他上海外婆一样，每天带着外孙女，有着老百姓的琐细、欢乐和烦恼。

由于她坚持说不要写出姓名，我只能用这样的题目来简述她的人生。不过，陪同她和我一起交谈的10多个老"知青"说，她讲的虽然是个人的经历，体会却和我们这些当工程师、开小店、做工人、担任基层干部的人一样的：只因有过"知青"经历，什么样的人生风浪，都不在话下。

餐桌上的巨变

40 年前，贵阳各饭店只供应大锅饭

友人平从云南出差回来，给我送来了几只新鲜的松茸。他特地说明，早上登机前这松茸上还沾着露水，你晚饭就煮着吃，最好炖鸡或者排骨。我们照着他说的方式，当场清洗切薄片，炖了一只鸽子。

哇，果不其然，本就极鲜的鸽子汤，经松茸一配，鲜美无比，余味不尽。平是经营企业的，因提炼企业文化，我在文字上替他帮了一些忙，故而对他有所了解。他开了一家厂，企业做得风生水起。虽然口头上他总说这些年实体经济困难重重，不好干，但他显然是成功人士，外销额超过 10 个亿。

我问过他顺风顺水的原因，除了企业管理之外，他说了一个我没料到的方面："我的企业食堂办得出色！"

我在他企业的职工食堂吃过饭，亲耳听到过打工小伙子的议论：就冲这食堂伙食，我也愿在这家厂干下去。

　　喝茶时，平见我诧异的眼神，特地做了说明，谈了他的感想。他说："叶老师，你年轻时出差昆明，不是走了很多路，专程到商店里去买过鸡枞菌吗?"

　　我说："是啊! 那是我一段难忘的回忆。只听母亲说过鸡枞菌好吃，难得出差昆明，就想买点带回去。结果走遍了昆明城，差不多走了半个城市了，也没买到。后来只能买了两瓶加工过的油鸡枞带回了家。"也难怪，那年头，物资匮乏，物稀难觅。

　　平说，现在你去看看，要啥菌子都有。马路上有专门供应各种各样菌子的商店，还有专尝菌子的饮食店，遇上了季节，五花八门，几十上百种的蘑菇、菌子、松茸都有，新鲜的、晒干的、精加工的，应有尽有，还特地注明了品尝的方法，怕加工和烹饪不当，引起食物中毒。越是鲜美无比、长得美艳妖娆的菌子，据说毒性越大。

　　我心里忖度，这个平很奇怪，明明是事业有成的企业家，每次见面，总跟我讲饮食，谈地方菜肴。

　　平仿佛猜透了我的心思，说："叶老师，我对你们文化人有意见。"他很少有时间读文学作品，我给他的小说，他经常说："拿回家给妻子和儿子读。"

　　我表示愿闻其详。

　　没想到他说出一番令我吃惊的话，他说："报上总讲改革开放取得了很多成就，唯独这几十年里餐桌上的变化，饭店、酒店、特色餐饮的兴起，没人提及，你们文人也不从这个角度写文章。"

　　一句话提醒了我。凝神想想，还真是这么回事。不说远了，插队落户后期，改革开放初期的 1978 年、1979 年，很多上海"知青"办妥了手续，要告别贵州、回上海去了，大家都说，在贵阳舒舒服服进馆子吃一顿吧。结果，跑遍半个贵阳城，都没在一家饭馆坐下来。走进市中心一家大一点的饭店，进了饭堂逛一圈，又退了出来。

为什么呢？去点菜买单的"知青"直摇头，沮丧地说：全是大锅菜。问有没有一个单独炒的、蒸的、煮的，都说没有。服务员从锅里舀了端给你，摆出一副要吃就吃、不吃就拉倒的架势。

40 年后，上海大小饭店达 12 万多家

到了 80 年代中期，我在《山花》编辑部工作，有一天，副主编喜形于色地告诉我一个好消息："贵阳'大十字'附近的饭店里，有炒菜了。一个菜一个菜都是单独装盘、装碗，加上盖子端出来的。嗨，有些菜的味道真好，家里煮不出来的。昨天星期日，我们一家四口都去吃了来，大人娃儿都吃得满意，娃娃吵着说还要来吃。"

由于生意好，一家饭店推出了讲究色、香、味的特色菜，其他饭店也就跟着学。没几年功夫，黔味菜肴的牌子就打出来了。

原来，贵州菜也有悠久的历史，其风味特色在派系林立的菜谱中独树一帜。现如今，贵阳城乡到处都是饭店、酒楼和饮食店，不但经营贵州菜，还有苗家、侗家、布依等少数民族的独具风情的

菜，以香辣、酸汤吸引着全国各地和世界各国的游客。放眼贵阳的街头，不但本地菜，连邻近省份的川菜、重庆菜、滇味菜、湖南菜、京帮菜，都比比皆是。那种只供应大锅菜的日子，一去不复返了。

上海呢，就不必多举例了。我只需要讲一个数据，就能雄辩地说明问题。

在上世纪70年代末、80年代初，上海全市共有2000多家餐饮店，包括当时的十大宾馆和南京路上赫赫有名、市民们一讲起来就眉飞色舞的六大饭店：梅龙镇、绿杨邨、燕云楼、扬州饭店、新雅、四川饭店。

而40年后的今天，上海全市从大马路到小弄堂口的点心店，从五星级宾馆到各地特色饭店，从单开间门面的饮食店到世界各国的风味餐厅，共计12万多家。光是闵行区和长宁区交界之处的一条"老外街"，外国风味的餐厅就有23家。

12多万家饮食店铺，每天向全市2000多万老百姓供应着不同风味的菜肴和点心，并能随着四季气候变化，不断更新，推出各有特点、琳琅满目、脍炙人口的菜肴。

和昔日对比，不能不说这是餐桌上的巨变。

兰兰和蕙蕙

一对形影不离的好朋友

兰兰和蕙蕙是过去我居住的老弄堂的邻居。之所以记得她俩，只因为兰兰从小是一个在弄堂里制造轰动效应的小姑娘。

而蕙蕙呢，又是兰兰形影不离的好朋友。弄堂里的大人、小孩，无论是想找兰兰还是蕙蕙，只要找到了其中一个，另一个必然和她在一起。难得地两个人不在一块儿，一个也肯定晓得另一个的行踪。

她俩年龄相仿，都比我要小 10 来岁。称她俩是小姑娘，那是生活在老弄堂里时的习惯称谓。多少年过去了，现在她们也都是年过半百的人了。

比我要小 10 来岁的小姑娘，照理我是不会注意到她俩的。就因为老弄堂里出了点新闻，邻居之间总要传播，传起来往往会说，这是兰兰家发生的事情。

"三年困难时期"，兰兰家里的香港亲戚，给她家寄来了邮包，是一只大包裹！下雨落雪都会准时出现在老弄堂里的邮差，骑着那辆"老坦克"（喻自行车），从车架上取下硕大的包裹，朝着二楼上客堂间高声喊："兰兰家有人伐？快点下来敲图章！"

"老坦克"骑进弄堂，一路响着清脆的铃声，家家户户都知道邮差来了。听到兰兰家有大包裹寄到，男女小孩都会跟着"脚踏车"跑进去，争相一睹香港寄来的新玩意儿。

这次寄来的大包裹里，是罐装的猪油和听装的食油，还有雪白的砂糖和专门给兰兰戴的蝴蝶结。于是弄堂里风一般传开了：兰兰家亲戚寄来的猪油雪白雪白，凝结得紧紧的，够她家吃上几个月了；"听头"里装的油，肯定比我们每个月配给的菜油好；白砂糖又细又匀净，闪闪发亮，一定也是"高级"货！这些话都是兰兰家隔壁住着的邻居传出来的。很快，弄堂里不管感不感兴趣，都知道了兰兰家又收到了香港寄来的好东西。

兰兰头上扎的蝴蝶结，无论是颜色还是造型，确实要比上海产的蝴蝶结漂亮。兰兰戴在头上，给她那瓜子脸儿更添加了几分美丽。听蕙蕙说，不要说弄堂里的人了，连学校里都有很多女孩羡慕兰兰呢！每天和兰兰在一块玩，一块上学、放学，蕙蕙也跟着争光，就连我也忍不住问妹妹："总是和兰兰待在一块的小姑娘是谁？"

妹妹说："蕙蕙是兰兰的好朋友，两人都说，她们比亲姐妹还亲。弄堂里所有人都知道，只有你这个书呆子不晓得。"

蕙蕙虽然长一张鹅蛋脸，却比瓜子脸的兰兰要漂亮。这可能也是这一对小姑娘引人瞩目的原因吧。

"早知道这样，当初还不如不到香港了"

当"知青"生涯快要结束的年头，我回到上海探亲，兰兰又制造新闻了，她要到香港去了！那个年头还没有"移民"和"旅游"这两个习惯用语。所谓"到香港去"，就是到香港去定居，是她家亲戚帮忙办理的。兰兰欢喜得什么似的，唯一让她难过的，是她和自小形影不离的蕙蕙要分别了。

弄堂里的人们纷纷在说，这两个姑娘福气好，临到中学毕业，"上山下乡"结束了，她们都被安排在上海工作，蕙蕙当商店营业员，兰兰分配在菜场。虽然是普通岗位，比到农村当"知青"强多了。兰兰显然是对菜场的工作不满意，通过亲戚帮忙，她要到香港享福去了。

不过知根知底的蕙蕙却说，兰兰去了香港，也是要打工的，她叔叔不是老板，只不过是个烧菜的厨师。人们说，打工也好啊，工资比上海高得多了！

这之后，只要兰兰从香港回上海来，仍旧会一次次地产生弄堂里的轰动效应。直到20世纪90年代后期，老弄堂拆迁，邻居们集体动迁到了浦东的一个小区里，我的侄儿也住那里，还时不时会听到辗转传来的有关兰兰的新闻。

"兰兰回来了，哎呀！你们看看她穿的那些衣裳，无论款式、色彩，从头上到脚下，每一样都是新潮的，到底生活在香港，和上海不一样啊！她身上的香水，也比上海出的好闻！"

"兰兰今年又回来了，她带回来的电子手表，你们猜猜，多少钱一块？便宜到你不相信的地步。她送给蕙蕙一块，蕙蕙还不舍得戴呢！"

"兰兰回来探亲了，你们看看她随身带的那只照相机，上海也有卖，可是价格不一样啊！和蕙蕙家买的那一只同样品牌的照相机比，便宜了整整 1000 块！"

那些年，兰兰回来总是会有轰动效应的，而好朋友蕙蕙呢，始终是个普普通通的职工。她后来读了会计，直到在商场的会计岗位上退休，现在居住在普通的小区里，过着和大多数退休职工一样安定的日子。双休日带带外孙女，平时跳跳广场舞、搓搓小麻将，在小区棋牌室喝喝茶、聊聊天，兴致好了，同老伴儿一起外出旅游，远的、近的去了不少地方，还出过国，到过港澳。

最近一两年，侄儿到我家里，说起兰兰和蕙蕙，他竟笑起来："事情倒过来了，现在是兰兰羡慕起蕙蕙了！为啥？兰兰还是在香港打工，到上海看到蕙蕙过着这么悠闲自在的日子，说，她要在香港过上同样的日子，还得打上好几年工。不能和蕙蕙比，甚至还不能跟她同时进菜场的同事比，她们现在都比她过得好！"

侄儿笑完，还补充道："前不久我碰到兰兰，她和蕙蕙一起，兰兰比蕙蕙老了好几岁。我和她寒暄没几句话，她竟然说了一句令我吃惊的话。"

"她说啥？"我问。

侄儿说："早知道这样，当初还不如不到香港去了。"

高桥仰贤堂

1978 年前住着 15 户人家

仰贤堂是一幢颇有代表性的建筑。说它有代表性，首先是指这幢房子有历史的沧桑感。

浦东高桥镇上一批去西双版纳插队落户的老"知青"，1978 年又集体从南腊河畔回到了故乡。他们到高桥镇来办落户手续时，第一眼看到的就是这幢界河旁的老房子，那种感觉，可以说是百感交集。

不过，这幢老房子里，那时候除了居住着房主家的老少几口人之外，还住了 14 户人家。一幢三层楼的房子，尽管外表看去颇有气势，一旦住进了 15 户人家，吃、喝、拉、撒、睡，老老少少好几十人，日常生活都在这里进行，楼梯上，走廊里，楼下过道院落，一切可以利用的空间，全都放置和堆满了生活用品，上下班的自行车不是随意地倚在墙角，就是停在大门口两旁。连这幢房子最有代表性的空间——地下密室，也使用上了。为啥？密室靠近地面的位置，开有两扇长方形的窗子，用来通风、通气，也得利用上。

我为什么要特意选择老"知青"们回归故里时看到的情形，原因很简单。在1978年那个时候，不仅仰贤堂，就是研究院所、高等学府里，教授、学者们也都住在筒子楼等拥挤不堪的各式房屋内。拥挤狭窄的住房条件，折射在浦东高桥镇的仰贤堂，就成了具有时代特征的一份记忆。这份记忆就是一帧缩影。

那么，现在的仰贤堂是一副怎样的面貌呢？

今天的仰贤堂已成为"高桥历史文化陈列馆"。仰贤堂内馆藏有600多件展品。沿着北门的甬道走进去，仰贤堂向所有的来宾展示着中西合璧的建筑韵味。无论是厅堂、墙面，还是一楼二楼的厨房，乃至重新恢复的地下密室，都会给人以咀嚼的余味。

2005年，仰贤堂开始重新修缮，2006年修缮完毕。年终，我工作的上海社会科学院文学所全体人员到高桥镇开务虚会，镇上领导热情地招待我们50来人。为表示感谢，我写了"万里长江口，千年高桥镇"作为纪念。其实，高桥建镇离1 000年还有几十年时间，滔滔长江也不到1万里。我这么写，只是想表达一番心意而已。

其实我和高桥镇的缘分，还可追溯到青少年时代。

上世纪50年代，我还是一个初中生，有一位形影不离的好朋友小顾，他家是高桥镇旁顾姚村人。"文化大革命"中"停课闹革命"的时候，他喜欢到高桥顾姚村爷爷家玩，并邀请我同往，在他爷爷（他按浦东习惯叫"大大"）家住。他的爷爷兴致上来了，会给我们讲过去的往事。

"仰贤堂" 因贤得名

讲起镇上东街义王路 1 号的仰贤堂，顾爷爷说，那是他年轻时看着造起来的。

建造这幢房屋的是高桥富商沈晋福，那时不过 40 多岁年纪。沈晋福自小家贫，他的父亲沈阿四，是以卖柴为生的农户。家虽然穷，沈阿四心地善良，乐于助人。一个小例子足以说明他的为人。

在沈家老宅小浜路"兰发堂"南边，有座张家弄石桥，桥头的大水埠是镇上商品集散地，船来船往甚是热闹。那年头，高桥镇没有路灯，只在桥头竖一根灯架，称为"天灯"。清末民初，时局动荡，已经无人按时点灯。沈阿四准备了几盏有挡风玻璃的油灯，到了夜间就将其点燃，为路人和过往船只提供了方便。

沈晋福在这样的家庭环境下成长到 14 岁，就到上海去"学生意"。他勤快，又虚心学习，虽然身高还够不着柜台，但慢慢熟悉了经营、算账、盘货、出货等，学到了上海人所说的"生意经"。婚后，靠着老丈人瞿赞卿的资助，沈晋福买来一台缝纫机，由妻子瞿月娥做裁缝积攒一点小资金，再利用高桥城乡当年通行的"起会"方式，集起开店本钱，在上海城里开了一家叫"晋泰号"的五洋店。所谓"五洋"，就是洋面、洋油、洋皂、洋火、洋蜡的通称。店开在热闹的南码头北面公义码头上，既零售，又兼批发。那年头，以"五洋"为主的百货很畅销，沈晋福很快就发了。上世纪 20

年代末期，沈晋福在家乡名气响起来，他一面翻修"兰发堂"老宅，一面在界河旁东街典当桥头置地兴建"仰贤堂"。

之所以取这个名字，是要仰望他父辈的贤德之举。在仰贤堂客厅12扇屏门上，刻有"二十四孝"故事的浮雕图案，就是让沈家子孙后辈牢记尽贤尽孝。

承建仰贤堂的，是沈晋福的亲家蔡少祺，他那时在上海西区法租界设有营造厂，专门承建西式别墅和装修工程。沈晋福要自住的房子，蔡少祺自然做得更为精心和道地。

一个小细节最能说明问题，高桥镇在1949年5月解放时，仰贤堂难免遭到流弹和炮火，屋顶上被迫击炮弹片打碎了瓦。解放后维修时，没有添加一片瓦，只把厚实的瓦层匀了一匀，就修好了。

可惜的是，沈晋福活到48岁就去世了。仰贤堂是其大儿子沈人杰和女婿汪永甘才建完的。这一子一婿，也没在仰贤堂里享上福，而是在送货途中遇劫匪被杀。

在仰贤堂居住得久的，是和沈晋福最初一起创业的妻子、踏缝纫机的瞿月娥，她直到1966年才病故。1978年仍住在这里的，是她的孙子及家人。

2002年，高桥港综合工程项目建设启动，所有在这一地块居住的住户包括业主按政策搬迁。2003年，仰贤堂列入浦东新区文物保护单位和高桥镇历史建筑。

2005年，高桥镇政府出资百万精心修缮。2014年，仰贤堂列入上海市文物保护单位。

2017年的初冬时节，40年前从西双版纳南腊河畔回到高桥镇上来的一帮老"知青",邀我再游高桥,品鉴高桥松饼。在一位女"知青"家的阳光玻璃房内喝茶聊天,年近七旬的老"知青"们,抚今追昔,都感慨自己老了,已从当年的少男少女变成了老头老太。傍晚时分,我们散步走过仰贤堂,所有的人都为1933年竣工的这幢老房子,又重新焕发了她应有的风貌而喝彩!

从这一意义上来说,仰贤堂也是会说话的,叙说的是时代的变迁和岁月的沧桑。

阿培的游兴

语文课上他的游兴"百发百中"成为范文

阿培又从美国回来了。作为交往半个世纪的老同学，我们问他："这次回来干什么?"

他说："回来补课。"

我们几个奇怪地面面相觑，都快 60 岁朝上了，补什么课? 他不是在美国当教授吗，还要补课?

华心直口快，直截了当地说："别补什么课了，退休回上海，我们一起安度晚年。"

"要补的。"阿培一脸认真："这些年，你们退休之后，一会儿嘉峪关，一会儿大理普洱，都把全中国游遍了。我到过的，就是浙江和南京等地方，中国很多地方，我都没去过，要好好补一补课。"

阿培这一说，我们都乐了。他的话也勾起了我们对 50 年前青春年少的记忆。

阿培喜欢玩，喜欢拍照片。那个年头，还没有旅游一说，他就喜欢游历了。我们说他喜欢玩，并不是指上海少年挂在嘴上的"白相"，他的玩就是游历。放暑假和寒假结束了，我们会互相打听，读了什么书，到上海啥地方玩过。他会笑眯眯地拿出一小本照相簿，打开来让我们一页一页地翻，让我们辨认他照片拍下来的是什么地方、什么景点？

当同学中有人认出他拍的是拙政园的假山和沧浪亭时，他会淡淡地说："我去苏州玩了，把几个园林都兜了一遍。这本簿子里拍下的照片，就是我这个暑假里的收获。"弄得大家都很羡慕他。

语文老师出作文题，只要自由命题，他写的往往也是去无锡畅游太湖、去宜兴游善卷洞的内容，而且被同学们誉为"百发百中"。啥意思呢？他写的游记性作文，不但能得到挑剔的语文老师打出的高分，并且还会由语文老师当众朗读。普通话讲得甚好的语文老师，朗读起来声情并茂，还真好听呢！故而同学们都说他"百发百中"。

趁着"大串联"去游山玩水

"文革"中"大串联"，不少同学或者说到北京去见着了毛主席，或者说到几所大学里读到了什么"大字报"。人们问起阿培来，他仍然笑眯眯的，给我们几个谈得来的同学看他"大串联"的收获。我们兴致冲冲地打开他的照相簿，他连忙合上，说不要在学校里看，带回家去看。

为什么？他的照相簿全是趁着"大串联"游山玩水的记录。

事后，他会指着一本本照相簿说："这本是我专门拍的杭州，这本是南京的玄武湖和莫愁湖，景色真美。"

阿培不但会玩，他还会拍照片，虽然都是黑白照片，他选取的角度、采光，都能把景致拍摄得引人入胜。他的本事不仅如此，他还会在家庭暗房中洗印照片。编在照相簿中的所有照片，都是他自己洗印出来的。

我拿到的是一本他游莫干山的照相簿。我翻看时，他站在我身旁，给我一一指点："你看，这是剑池，有故事的；这几张是怪石角，都是稀奇古怪的石头，我拍掉一个胶卷，这几张照片是我比较满意的。这是虎跑泉，你不晓得吧，莫干山上也有虎跑泉，和杭州的有区别……"

阿唐说他："你胆子真大，革命'大串联'，你四处去游山玩水，竟然还敢把照片带到学校去。不怕人家给你扣大帽子？"

"没关系，没关系。"阿培以他一贯不以为然的语气道："'左'派们不是说了嘛，饱览祖国大好河山，更加热爱我们祖国，也是'大串联'的收获。再说了，我带本子来，还不是为了给你们饱饱眼福嘛。"

众人哈哈大笑。大家一致公认，阿培是我们六个最要好的伙伴中，最能玩最善于玩、玩过之后还有收获和体会的人。

后来我们"上山下乡"去了，每次回上海休假，只要找不到他，准定是出去游历了，有时候是中山陵，有时候是雁荡山。

再后来他调回上海当了教师，对我说："当老师最大的好处，是一年有两个假期，可以出去旅游。"

"旅游"这个词从他的嘴里说出来的时候，中国大地上的旅游才刚刚起步，一些地方的政府正在被催促成立旅游局呢。

"回来补课"：首先把中国天南海北踏一遍

改革开放大潮刚掀起的那些年头，阿培去了美国。他没时间旅游了。用他的话来说，到了异国他乡，立足是第一位的。找到了生存之道，有了一份不错的就业收入，于是办"绿卡"，让妻儿移民，让整个家庭适应美国社会，融入美国社会。

等到所有的一切办妥，他突然发现，自己老了。在这么多年的时间里，除了假期中游历了美国几个地方之外，自小喜爱的旅游，几乎置之脑后了。

尤其是在回到上海，和我们几个相聚时，听到我们不但游遍了中国的大地，还游历了世界上好多国家。除了去过美国，我们还去过亚洲、欧洲、南美、中东的好些国家。他大受刺激，说他要补课，作为黄皮肤黑头发的中国人，我首先要把中国的天南地北游历一番。

于是他排出了一张表，今年回来，挤出一块时间作西南诸省游；明年作西游；第三年争取在冬季归来，作雪乡游。还有海南游，中国长江黄河游。深度游是顾不上了，只能是匆匆忙忙走马观花，聊以自慰吧。

　　透过老伙伴阿培的人生展痕，可以看到改革开放 40 年来，中国大地上兴起的旅游热潮，"热潮"这个词是不甚准确的。上亿人的旅游大军，岂止是一股热潮，更是一股热烘烘的巨浪。试想一下，任何一个数据，乘上一个亿，那该是一个如何庞大的数字！

　　中国的旅游热正在"井喷"，中国旅游的足迹，遍及全中国每个省的城乡，遍及世界上所有开放旅游的大小国家。其中上海人的旅游热情，是最为领先和高涨的。

《孽债》里的里弄生产组今何在

"知青"返城成为里弄高手

在构思长篇小说《孽债》的那几年，为了构架作品中的人物活动，我无数次地走进遍布上海的里弄生产组和街道工厂，观察他们如何工作，手上具体干些啥活儿，如何计酬，生产出来的产品销售到哪里去。还跟同学朋友们所在的生产组和街道工厂的职工交流沟通，尤其关注他们的待遇，和国营大工厂职工的差距，以及他们对此的看法。可以说是对里弄生产组、街道工厂的很多情况颇为熟悉。

里弄生产组、街道工厂是"大跃进"时代的产物。那几年里，成千上万的家庭妇女走出家庭、离开锅台，走进里弄生产组和街道工厂上班。在这之后到"文革"期间，里弄生产组和街道工厂的主要劳动力是由走出家庭的妇女们所组成。此外，一些身体较弱或家庭需要照顾的轻微智障人士，可以不去"上山下乡"当"知青"，也被照顾进了离家近、有点收入的里弄生产组、街道工厂工作。

到了 1978 年、1979 年，10 年之中奔赴广阔天地的 100 多万"上山下乡""知青"，遭逢了"大返程"，潮汐般退回到了生于斯、长于斯的都市，回到了家中。他们中的绝大多数仅是初中生，也有部分是高中生，年龄大了，不可能进国营大厂从学徒工干起，于是都被分配进了里弄生产组和街道工厂。但是，他们很快成了里弄生产组、街道工厂的主力。

20 年时间过去了，"大跃进"时代走出家门的整整一代劳动妇女，已经步入了退休年龄。到了八九十年代，返城"知青"中的不少人变成了里弄生产组、街道工厂的骨干。这些人历过风雨，见过世面，有敢闯敢干的精神，还有一股要把小集体事业干大干好干出色的钻劲。

"里弄里飞出了金凤凰""小集体干出了大事业""蚂蚁啃骨头，攻下高、精、尖"，是那些年里经常能看到的报道。

行销全中国乃至销往海外的长毛绒玩具，是里弄生产组、街道工厂做出来的；围在每个人脖子的围巾，也是他们的产品；精确到毫米、微米的小螺丝帽，拧上了航空航天器，是他们攻坚克难研制出来的。生活中很多不可或缺的日用品，信封、别针、电池、电筒、手套、针织产品、电子元器件等，有许多也全是他们生产的。

可以说，涌进里弄生产组、街道工厂里的这一股生力军，在改革开放初期的基层集体事业中，创出了一番崭新的局面。

生产组在改革开放中消失了

这批曾经到广阔天地里滚了一身泥巴的"知青"，他们中的不少人，包括女"知青"，当年豪情满怀地离开父母、离开上海，宁愿去边疆、草原、山区、渔村、海岛，也不愿意留在家门口的弄堂里、街道上，呆在小工场车间里混日子。他们有崇高的理想，想在更加广阔的天地里干一番事业，使自己的青春焕发光彩。但是，乡村与城市的巨大差别，插队落户和农场繁重的体力劳动与收入间的不平衡，刻骨铭心地教育了他们。他们"上山下乡"时被称为"再教育"，无论从哪一个角度去理解，这一"再教育"使得他们清醒地认识了人生、认识了社会。当他们历经 10 年磨炼回到上海的家中，分配进里弄生产组、街道工厂这些曾经看不起的小集体单位时，他们感觉到了安慰，感觉到了温馨。他们中的有志者敏锐地意识到，这是他们人生中的又一个起点。其中的一些佼佼者，在里弄生产组、街道工厂的基层岗位上，做出了成绩。有的人钻研技术，成了技术骨干，进一步去学校深造。有的人在和群众磨合中滚打在一起，获得了领导经验，一步步由居委会、街道、区属局，走上了领导岗位，干出了更加令人瞩目的成绩。

不知不觉，里弄生产组、街道工厂在上海人的眼中发生了变化，人们对它们刮目相看，对它们的产品也更为信赖了。里弄生产组、街道工厂创造了辉煌的同时，也到了发展的顶点。

20 世纪 90 年代初，随着祖国大地上又一波改革大潮掀起，上海很多国营大、中型企业面临着改制、下岗的冲击。大多数为国企做配套产品的街道工厂、里弄生产组，也遇到了生存危机。原材料上涨，生产出的产品没有出路，工厂接不到订单，里弄生产组一一归并，街道工厂刮起了歇业下岗的风。

里弄生产组、街道工厂逐渐走到了末路。前几年，一位外省作家问我："《孽债》小说中那些人物的工作和单位，现在还存在吗？"

我告诉他，当年在上海遍布大小弄堂的里弄生产组、街道工厂，已经从上海的版图上消失了。

有人说，20世纪的三件事，发轫于1966年的"上山下乡"，创办于1958年的农村人民公社，城市里弄生产组、街道工厂，开始的时候都曾经轰轰烈烈，影响广泛。到了80年代初，先是"知青""上山下乡"画上了句号；接着是人民公社体制改制成了乡、镇；到了90年代中期，里弄生产组、街道工厂也步入了尾声。

但这些都曾经是轰轰烈烈掀动中国社会的热潮。

上海的弄堂和小区

一座由弄堂组成的城市

2004 年春天出版的长篇小说《华都》中，我写道，20 世纪的上海，是一座弄堂组成的城市；而走进 21 世纪，上海这座主要由弄堂组成的城市，即将变为一座小区组成的城市。

有人大声疾呼：要保护有价值的上海弄堂，保护石库门建筑。

现在人人都晓得的"新天地"，就是以石库门建筑组成的弄堂改建而成的一个休闲、购物、旅游、附加文化设施的场所。

我之所以在小说中这么写，是基于自己的切身体验和感受，也是基于对上海这座城市的观察。

凡是到内地去的上海人，都会碰到朋友问："你住在上海什么地方？"有的要和你保持联系，还会向你打听地址。我们这一代人的联系方式只有通信一项，于是就会坦率地告诉朋友，我住在上海某某弄几号。不少上海人还会补充一句："很好找的，到了上海，只要有号头，准能找得到。"话语中不无自豪成分。

　　这一方面说明了上海作为城市建制管理的有序，另一方面凸显出了"弄堂"在上海城市景观中的独特之处。

　　因此，很多人认为弄堂是上海的发明。有人写文章，专门突出北京的胡同和上海的弄堂，把两者加以分析比较。有人说，其他城市，都叫作巷、条，唯独上海叫弄堂。

　　其实不然，弄堂这一格局，早在现代上海城市之前，在浙江的州府和县城就存在，少说也有二三百年的历史了。几幢、几十幢外观相仿的二层楼房并列相连，中间留出一条通畅的过道，成等距离向前推进，按顺序编号，即为弄堂。

　　上海的弄堂是和石库门建筑分不开的。

　　而石库门建筑也并非千篇一律。纯为多住下人而建造的石库门建筑，层次低一些，仅有自来水龙头，没有卫生设备，更不安装煤气。但房屋同样延续中国农村传统的格调，有客堂、厢房、厨房、亭子间。在底层的客堂前面，有一个天井。两扇大门开出来，就是弄堂。沿街的门面房，天井就省略了。很多人家，就以这门面房，开一家赖以维持生计的小店。不善经营的人家，干脆将门面出租，收取租金。当时上海人评定家庭成分时，有相当那么多的人家，就是因为有这么一种建筑形式，形成了庞大的小业主阶层。

　　这一类石库门房子组成的弄堂，联接成片，格调相差不大，往往称之为"里""坊""邸"，营建于 20 世纪 30 年代之前，这正是上海作为东方大都市人口迅速膨胀的年代，时局的动荡和经济的畸形发展，使得江、浙、皖及周边省份的大量民众涌进上海栖身。在改革开放的 70 年代末之前，几乎有一半的上海人，居住在这样的石库门房子里。上海也就此成为一座主要由弄堂组成的城市。

变成一座由小区组成的城市

随着经济的发展，社会和民众有需求，另一方面营造的水平和认识也随之提高。石库门房子逐渐引进了西式洋房和别墅里的卫生设施，特别是提升上海人生活质量的抽水马桶和煤气。高档石库门房子也被称为新式里弄房子，它和普通石库门及早期建造的低档次石库门的明显差别，就是配置了煤气和卫生设施。如若是"煤卫齐全"的，则属于中上档水平；如若仅配置一项或二项均未配置的，便等而次之。

改革开放以来的40年，问及上海人和上海家庭，感觉变化最大的是什么？都会异口同声地答复，是住房，是居住环境的变化，是我自小长大的弄堂消失了，是我全家动迁了，搬出了弄堂。

搬到哪里去了？搬进了小区。

像曾经的里、坊、邨命名的弄堂一样，所有的小区都取了一个响亮的、讨口彩的名称。

40年弹指一挥间，回过头去细看，坐上电梯到任何一座高楼顶上俯视，今天的上海人会陡然发现，曾经那么熟悉的石库门房子，曾经生活其中的一条条弄堂，突然从我们眼前消失了。除了那些煤气、卫生设施齐全的石库门弄堂，以及曾被视为有一定档次的新式里弄之外，在上海再要寻找一条老弄堂，再要看到天天拎着马桶过日子的弄堂，除非在僻静的角落里，才能寻到一点踪影了。

取而代之的，是一个个小区。哪怕是煤卫齐全的石库门老弄堂，现在也与时俱进地在弄堂口增加了一块牌子或标记，注明了这里是属于哪一个社区。

上海已经由一个弄堂组成的城市，变成了一座由小区组成的城市。为了留住记忆，为了给历史留下真实的痕迹，我们是不是该给这个城市留下真正的生活气息浓郁的几条弄堂呢？

正在淡出的记忆

崇明水仙曾与漳州水仙齐名

上海在 2 400 多万人的目光中不知不觉地变化着。

上海变大了，上海的市区面积越变越大，马路、高铁、高架不断地朝着郊区延伸拓展。

上海变美了，自从第一块绿地在延安中路建成后，绿地、森林公园、郊野公园不断涌现在我们的身边。

上海长高了，改革开放前的国际饭店曾是"远东第一高楼"，如今成了"小弟弟"。

在高速的发展中，上海有什么东西正在不知不觉地淡出我们的视野，不知不觉地渐渐褪去原先的特色乃至消亡呢？

细细凝神想一想，会有恍然大悟之后的感慨和感叹。

时近初冬，电视里播出一条消息，崇明水仙进入上海市区的居民家庭。有"新上海人"问我："水仙不是来自福建漳州吗？怎么崇明岛上也引种成功了？"我告诉他："不是引种成功，崇明水仙古已有之。明朝正德年间的《崇明县志》上就有明确的记载。"

崇明水仙花还有两个有名的品种，一谓"金盏银台"，还有一个叫"玉玲珑"。两个品种都是以水仙开出的花型而论。

"文革"期间，冬日养殖水仙花被批为"资产阶级闲情逸致"，崇明水仙花也被"革命"的大潮冲得凋零了。

上世纪80年代，倡导"圣火计划"时，崇明水仙又被提上议事日程并重新种植推向市场。只不过未形成力度，人们讲起水仙花，包括上海人，仍会习惯性地说到福建漳州。从这一意义上来讲，曾经和漳州水仙齐名的崇明水仙，正在淡出上海。

让人"痛快"的三林塘崩瓜

同样，一讲浦东的三林塘，"老上海人"就会随口道出：三林塘崩瓜。这种西瓜像小足球般大小，皮色浅绿，网状纹。为啥叫崩瓜呢？瓜熟时，不用刀切，只须左手托着瓜，右手自上而下拍瓜，瓜便皮开汁留，瓜瓤入口清甜，解渴生津。食客吃后，往往会说痛快、痛快！

让人食来痛快的"三林塘崩瓜"，比崇明水仙的命运，似乎更为不佳，不仅淡出了上海市场，在上海市民的视野里，几乎难觅踪影。取而代之的，已经是同样产自浦东书院镇上的"8424西瓜"。

酷暑炎热，高温持续的夏季，渐有回甘美味的三林塘崩瓜，惜已难寻矣。不能不说三林塘崩瓜淡出我们的生活，是一个遗憾。

　　同样在淡出的上海特色食品，还有松江的兰花小茄子。这种小茄子的形状和颜色与菜市场上常见的长茄子差别不大，独特之处是形体极小，长成之后不过大拇指样大小，皮薄籽少、质地略硬，故而腌来食之清脆味佳，爽口且有兰花香。七宝的十条金黄金瓜，因金黄色的瓜体上有 10 条白色纵沟得名，瓜肉甜脆，还有一股奇香，吃过之后瓜香还能弥留在室内。一到黄金瓜上市季节，人们纷纷会说，七宝的十条金黄金瓜最好。"老上海人"喜食乳腐（腐乳），最为人们津津乐道的是奉贤的进京乳腐，色泽鲜艳，是佐餐佳品。屈指数来，包括枫泾古镇丁蹄、曹行乌骨鸡等等，光是食品，淡出上海人视野的，就有好多种。

　　其实，除了食品，除了像崇明水仙花之外，正在上海淡出的，还有许许多多的百年老店，还有许许多多上了年纪的上海人听说的"老地方""老地名""老用品""老风光"……

　　改革开放 40 年来，不但住房在变，风貌在变，人际交往方式也在变。随着家家户户的早点由吃泡饭为主，变为品种繁多的早餐，乳腐的佐餐功能自然会逐渐弱化。故而，有些东西的淡出，并不都是坏事。新旧事物的交替是时代和社会变迁的结果。

　　前不久电视台有一档节目，说到 5 年至 50 年间即将消失的几种职业，把作家这一职业归在 25 年至 50 年间要消失的几种职业内。侃侃而谈的主持和嘉宾，未免太武断了一些，须知一代又一代的作家之所以会被历史和读者铭记，是他们把笔触伸进了人的心灵，描绘的是绵延不断的民族精神和社会风情，这难道是电脑或互联网能替代得了的吗？

演变中的上海

上海曾有黄浦江观潮

老同学相聚，我在品茗时出了一道题目。我们都已年过六旬，活过了一个甲子，也算是"老上海"了。都说上海变化大，尤其是改革开放以来的这 40 年。这些年里，哪些东西在我们眼前不知不觉地演变着？

话音刚落，平时不善言辞的思先说："我不会讲话，抢在前面说。我们小时候马路上随处可见的黄包车，没有了，彻底看不见了。自然黄包车夫这个职业也消失了。1977 年、1978 年，我刚从崇明农场里调回来，弄堂口有一家老虎灶，专门供应开水，一分钱一瓶水，现在好像也没有了。"

智接着道："其实随着黄包车的消失，中间出现过一阵子'臭虫车'和'乌龟车'。在小巧的'臭虫车'、'乌龟车'取缔之后，上海马路上才开始满街跑起出租车和私家车来。中间有一个演变过程的。"

一辈子在南京路居住的阿唐说:"对的,凡事有个演变过程。我们家住在黄浦江边,听外婆和母亲说,过去有黄浦江观潮,年年八月十八日,上海人要涌到江边去看'浦江秋涛'。现在根本看不到了,每年八月十八,大家都涌到海宁去观潮了。"

华站起来说:"如果生活现象也算,那么,男人手上戴金戒指,这种现象我们青少年时期都见到过,如今,还有哪个男人会戴金戒指?"

阿唐同意:"确实没有了。南京路上金店里的营业员说,男人戴金戒指,是上海男人看见外国有身份的男士戴,效仿学来的,多少有点儿炫富心理。"

华说:"要说富,现在的上海人比过去年头都富了,却没人戴了。"

他显然没有说完,接着说:"研究演变中的生活现象,蛮有意思的。比如我们小时候,弄堂里都在立夏那天,要称称身子有多重……"

"立夏称人,立夏称人。"一直没机会插话的阿定抢着说:"我就被称过,两只手抓着杆秤,大人把我提起来,就知道我有多少斤。"

阿唐说:"旧风俗了,到了70年代末,几乎在上海所有弄堂里消失了。"

华表示不同意:"不能说是旧风俗,只能说随着生活条件的改变,这种风俗也随之变了。现在体检时,我们不是仍要称体重的嘛。"

上海话也在演变，你留心了吗

智指着我说："你是写小说的，喜欢琢磨这些现象的演变。说到写小说的语言，其实连上海话，同样在演变中，你留心了吗？"

我点点头，请智再说下去："你举点例子来。"

智竖起食指道："比如我们上海话中，当年讲起道德败坏的姑娘，就会讲……"

"赖三!"思抢着高声道。

"是啊!"智笑了，接着道："现在没人这么讲了吧。"

阿定接着话头："要这么讲，例子太多了。比如'红头阿三'，没人说了。"

阿唐说："不是没有人讲，是印度巡捕在上海街头消失了，当然没有人讲了。"

阿定道："还有'混堂'，也没人说了。即使家里还没有淋浴设施的，城乡接合部的'打工一族'，要去洗澡，也是说到浴室去，不讲到'混堂'去洗。"

华说："你们讲到这上头，我想起一个词，我们那时候经常说的，现在也逐渐减少了，有也只是我们这些人在讲……"

思问："你讲的是哪个词？"

华说："老举失撇。"

智点头："上海的年轻人，尤其是'新上海人'，都不这样讲了。你对他们讲这个词，他们会以为你在出谜语。"

阿唐没把握地问："听讲这个词出自《三国演义》？"

阿定接话道："没错。意思是精于此道的人，有时难免也会产生失误。"

思说："别说年轻人对这些词语听不懂，他们现在讲的很多话，我们也不懂。电视剧里有个词叫'凤凰男'，我第一次听到。"

阿定"哈哈"笑起来："和凤凰男对称的，叫'孔雀女'，原来我也不懂，问了女儿才知道意思。'凤凰男'配'孔雀女'，是时尚电视剧里面的套路。就像当年我们看厌了的'三角恋爱'。"

智沉吟道："说起这，我还真有很多称谓不懂呢。比如'牛奋男'、'肉食女'、'阿尔法女孩'、'三不女'、'优剩女'……都是什么意思啊？"

华道："'优剩女'好理解，是社会上普遍讲的'剩女'的升级版。"

阿定试着道："我来讲讲看。'阿尔法'是希腊文的第一个字母'α'，喻为各方面能力和条件都能超过男孩子的姑娘。'三不女'呢，年龄在 25 岁以上，但又不是'剩女'。她们奉行'不盲从、不逛街、不攀比'的信念，因此成为'网购'的主力……"

阿唐一边听一边感叹："复杂、复杂。"

华却说："我觉得这些新词蛮活灵活现，巧妙诙谐。"

智喊着我的名字道："你给我们出这样一个题目，也是因为在写小说的缘故吧？"

我连连点头说："是啊、是啊，岂止是景观、生活现象、风情俚俗会随着城市的发展而演变，就是我们天天在讲的上海话，也在随着生活和时代的变迁而演变着。"

我给他们举了一个例子："比如'老克勒'这个词，1949 年之前流行于上海滩时，指的是精通上层社会规矩、门道之人，褒的成分大；到了'革命化'的六七十年代，指的是津津乐道于旧社会生活方式、派头的人，贬的含义大；而到了今天，又从'文革'期间的'老懂经''老侠客'，变为讲究生活品味、追求优雅情趣、重视衣食住行格调的人，褒的成分又大了。"

老同学们都赞成。这些演变，正是小说家们该关注的，也是我们不知不觉忽略的。

"佛跳墙"的题外话

"佛跳墙"是闽菜中的招牌菜，也是中国名菜。就连那个"庙里和尚跳过墙来，也想尝一尝这道菜"的故事，据说也是从福建传出来的，虽然版本有所不同。可最好的"佛跳墙"究竟在哪里呢？

有人说最好吃的"佛跳墙"在上海。这不是上海人自吹自擂，而是一位福建人亲口说的。那时，一位定居在东南亚的福建客人到上海来走亲访友，上海的福建籍人十分重视，他们碰头商量后，决定让客人尽可能游玩上海各处景点，品尝到上海各帮各派的名菜肴。远方来的客人到了后，果然吃得十分尽兴，玩得也很满意。

很快到了归期，族中老人组织了盛大的钱行宴席，并客气地询问远方来的贵客："你这次难得来上海，如若还有什么心愿未了，在余下的时间内，我们一定尽量弥补。"在接待他的过程中，所有亲属都知道这位亲人在回国前已患有不治之症，这一次来上海，很可能是最后一趟回国。说罢，老人还动情地说起客人当年寄钱寄物给上海同族困难家庭的往事。

客人见主人说得真诚，便说："这几天过得非常愉快，国内的名菜我几乎品尝了个遍。若说有啥小小的遗憾，就是品尝福建菜时，没有尝到闻名遐迩的'佛跳墙'。记得改革开放初期，我回上海那次尝到的'佛跳墙'，那种美味至今还留在我记忆之中。"

主人忙向他打听是在哪里吃到这道菜的。客人回忆道："记得是在离国际饭店很近的金门大酒店，当时还叫华侨饭店里尝到的。那一盅'佛跳墙'吃过之后，我就觉得其它的菜无需再吃。那味道太美，比我在福建吃到的强得多了。当时我贸然提出要求，想见一见烹饪这道菜的厨师陆京华。让人吃惊的是，做出这么一道福建名菜的，竟是个土生土长的浦东小伙子。不知道现在这位大厨，是不是仍在金门大酒店。"

主人听罢，便询问有哪位亲人认识这个做福建菜的大厨，一定要满足客人这个心愿。随后，饯行宴在小范围内又举行了一次，这次是在金门大酒店的维也纳厅，主要菜肴就是"佛跳墙"，还是由陆金华大厨精心烹制的。族中的老人为这顿送别宴，还特意找到金门大酒店，希望在上这道名菜时，一定请陆大厨到维也纳厅来，了却一下客人的心愿。

吃饭时，陆京华果然到了场。客人激动得满脸通红，连连向陆金华跷起大拇指，说："你这道菜肴，比福建那边大厨做得还要出色。"陆金华告诉客人："老人家，我们有缘，再过几个月我就退休了。过了今年，你就尝不到我做的这道菜了。"

不料，他这么一说，客人立刻关心起"佛跳墙"的命运来："你这一退休，这么精湛的烹饪技艺不就失传了？"陆金华笑着说："请您老人家放心吧，第二代、第三代的'佛跳墙'烹饪大厨都评上大师了，他们一代比一代更好！"说罢就请出这两位大厨，客人

——向他们作揖施礼，感谢他们为"佛跳墙"烹饪技艺发扬光大作出的贡献。

　　其实，介绍名菜、名厨的书中对于"佛跳墙"的历史传说、制作原料以及烹饪的奥妙，都有非常细致的介绍。尤其是备料，必须前两三天备好，让鲜美的高汤浸透原料，前前后后所花的功夫总得好多天。且炖制时间至少都得在 10 个小时以上，才能把人人叫好的"佛跳墙"做出来。事实上，我们做任何一道名菜、名点心都得这么讲究，在上海原属各帮的菜肴中，传之久远的名菜都是如此。推而广之，我们做任何工作不也需这样么？

贵州茶

　　"贵州有好茶。"每当我对上海人说这句话，上海人就会纷纷向我发问：

　　"什么好茶？"

　　"我们没听说过哎。"

　　"能和龙井、碧螺春、黄山毛峰一样有名吗？"

　　这是他们经常朝我问出的三句话。

于是我只得不慌不忙告诉他们，贵州的好茶很多，除了大家所津津乐道的生态茶、干净茶之外，最为典型和有知名度的贵州茶，可以归纳为"三绿两红"。

实事求是地说，很多上海茶客对我坦率道，他们没听说过。

于是我振振有词："那只能说明你们孤陋寡闻了。遵义红听说过吗？"

这会儿有人承认，有人点头了："遵义红啊，听说过，好像听说过的。"

"遵义红是'两红'中的一红"，我趁热打铁地介绍道，"近年来遵义红已经行销全国各地和海内外，知名度不比滇红、祁门红茶差了。和遵义红齐名的，还有一款普安红……"

"普安红？没听说过。"不少上海人以肯定的语气道。

"普安县不如遵义市那么出名，"我承认说，"但普安出的红茶，茶汤之色，茶味之绝，茶香之妙，一点也不比遵义红逊色，甚至还有它独到之处。故而贵州称之'两红'。"

"那'三绿'呢，有哪三种绿茶？"上海人开始听出道道来了。

我笑道："'三绿'之首，是都匀毛尖。这可是明朝的崇祯皇帝赞不绝口的。毛泽东主席喝到这种贵州山里产的茶之后，亲笔写信给这茶取了都匀毛尖的名字。听说过吗？"

很多人表示没听说。

于是我把都匀共青团员给毛主席赠茶，毛主席收到茶之后付了茶款，还写信赞此茶并取名字的往事细说一遍，并且补充道："除黔北的'遵义红'、黔南的都匀毛尖、黔西南的普安红之外，贵州还有黔中的绿宝石、湄潭县的湄潭翠芽两款名绿茶，简称之'三绿两红'。"

上海的茶友们听我细说之后，纷纷道："这下明白了，贵州确有好茶。'三绿两红'，很好记，好记。"

我又道："贵州的茶故事多着呢！茶神谷，茶神树，一个比一个好听，听了以后品贵州的茶会更有滋味，也更有回味。"

人们不由得笑了。

四球古茶在山乡

为到山乡采风，为新书推介，为参加贵州绿茶第一采的活动，我多次来到普安，走进普安的茶源地，来到海拔更高、更为偏僻的青山镇。一次一次地参观、考察这山高谷深、云雾缭绕的四球古茶树。不但亲眼见到了几百年的古茶树，还记载下一棵棵千年以上的古茶树，2000年以上的古茶树，还有3000年、4000年以上的古茶树。年岁最为古老的那一株，竟有4900多年的历史。

这可不是我听老乡信口说的，千年以上的古茶树，每株都是国家的宝贝，老百姓的宝贝，每一株古茶树身上，都悬挂着北京、南京国家级茶科所专家们的认定硬木牌。那一小块一小块的牌子上，都有精心雕出的二维码。我让随行的叶田当场录下这二维码，一刷视频，手机上顿时显示出千年古茶树的认定时间、认定标准，是哪几位权威茶叶专家作出的鉴定，还有盖上公章的茶叶机构的核准证书。细细读着这些文字，我从心底里叹服，这青山镇上的古茶树林场，真的把这些宝贝的四球古茶树，保护和种植得特别好。

我插队落户的村寨上，也产茶。记得砂锅寨的老乡，把几十年的老茶树，上百年的古茶树，已经十分珍视了。看见青山区域内几千棵几百、上千、数千年的四球古茶树，我的眼睛都瞪大了。

说了半天四球古茶树，有必要强调一下，四球古茶树，是茶界的珍稀品种。一般的茶树结果，只有三个球。秋冬时节，农闲来临，我们当"知青"的，也会跟着老乡走进茶坡茶林，从茶树上采下茶果，老乡们是采来茶果去榨油，用于炒菜或当佐料。而我们当"知青"的，则是跟着上山去玩，消磨点乏味的农闲时光。农民们采来茶果，榨出了油，也会送我们一小碗或是一小瓶，男女"知青"们便会欢喜得跟什么似的，像农户们一样，起油锅炒菜、做豆腐吃。

青山的四球古茶树，经茶专家的考证鉴定，认为是世界上 32 类茶科中的珍稀品种，独有的一种。唯独青山镇所在的普安县独有。正因如此，采摘四球古茶树嫩叶制作的茶，命名为四球古树茶。两次踏着高坡上的泥泞，参加元旦清晨的贵州绿茶第一采活动，我不但当场品尝到了现场支锅炒制出来的绿茶，还同当地的茶农围着火塘品尝四球古树红茶。这些世代栖息在青山的老茶农，先把砂罐在火上烤得发烫，遂而又把当年的新茶和 20 多年前，10 多年前的古树茶叶，混在一起，放进发热发烫的砂罐中抖动，嘴里还会朗朗上口地念叨：

"要得茶上口，火上抖百抖……"

抖得差不多了，把烧开了的山泉水和古井水，灌进茶罐。只见沸水的阵阵翻滚之中，茶叶在砂罐中上下漂悠舒展，顿时，阵阵茶香便会在火塘边上弥散开来，让人觉得心旷神怡，怡然自得。

两年多以前我第一次在青山上喝到这种火烤茶，只觉得茶香茶味浓郁，斟进瓷碗里的茶色红亮澄明，是在茶林转悠得久了，还是真的有点累了，我一口气喝下了五小碗茶。

稀奇的是，在青山的茶棚里喝过这一次茶，以后的日子里，我会时常想起青山上的古树茶林，想起那股茶香。想起千百年来静静地躺在青山林子里的一株一株疏落有致的古茶树。

今年的元旦，再一次驱车沿着盘山公路去往青山，坐在颠簸的车上，想到又能品尝到独特的古树茶香了，我不由得亢奋起来，和人说话的嗓门也放大了。

哦，四球古茶在青山，古树红茶在普安，在那云贵高原的千山万岭之中。

神奇的老鹰茶

我回想起插队落户当"知青"时喝过老鹰茶之后那股甘甜爽口，余味无穷，似乎还能感觉到那沉沉的茶香。

又有好久没去弯弯拐拐的崎岖山路了。黔北山里的各族老乡，把这种山路称为羊肠小道。只容得一个人走，迎面来个人，就得侧过身子，相互谦让着，才能走过去。

迎着山上的太阳走过这难行的小路，为的是去看老鹰茶。

云贵高原深山老林里的古茶树，半个世纪以来我也见识不少了。云头大山上的四株古茶树，1 000年以上的，2 200年的，4 900年的，我都一一地钻进山林里去采访过。写小说养成的习惯，每次采访，总能同时搜索到布依族、苗族、彝族、仡佬族各自吟唱古茶树的一些民歌，那时充满了山乡里少数民族的生活气息的，往往诙谐而又俏皮。

不知是疏忽还是不曾在意，偏偏没有关注过老鹰茶。

这一次有了向导，路再难走，我也要去把老鹰茶看个究竟。

之所以如此执着，是因为我早就喝过这种茶。半个世纪前当"知青"时，顶着烈日在水稻田里插秧，钻进苞谷林里剥苞谷，浑身是汗，口渴得喉咙里似要冒烟，歇气时随着老乡到他家中去，老乡会用一只只土碗，斟满红亮红亮的土茶，让我们喝。

我们看着土陶罐里斟出的茶，尝试地喝上一口，初喝有点苦，细细地品尝，回味中只觉得一阵阵的甘爽。最主要的是，喝下半碗茶去，嗓子里顿时舒服多了，说话的嗓门也变大了。

问："老乡这是什么茶？"

老乡轻描淡写地说："土凉茶"。大热天来了，农活干得累，回家喝上一碗，消暑解乏。

时间长了，我们发现，到离开寨子远的山坡上去干活，农民们带去的背包里，也会有一只陶罐，吹哨子喊歇气时，他们就会从陶罐里斟茶喝。

村寨上的老农告诉我们，这茶只在树木深的山上有，一株株地耸立在山野里，不识它的人，还不知道它的叶子可以当茶喝。

我追着老农问："这树就叫土凉茶吗？"

老农瞅我一眼，突然道："好记，这种茶叫老鹰茶。"

果真如老农说的，听过一遍，就不会忘了。

但我就是没有机会，好好地见识一下老鹰茶的模样。

后来陆陆续续听老乡说，之所以称这种树为老鹰茶，是它长得高，老鹰喜欢吃它的叶子。

另一个版本的说法是，老鹰茶树长在山岭之中，不属于任何人，也没有人说这棵树是他家的，哪怕这棵树就长在他家的田土旁边，人们还说这棵树的种子，是老鹰衔来的。树上长出的叶子，谁都可以采去当茶喝。

正是有这些莫衷一是的讲法，我更想目睹老鹰茶了。

在野草盖没鞋子的山道上走出一里多路，土坎上头一棵枝头繁茂的大树在阳光下显得格外醒目。

向导指着它道："这就是老鹰茶树。"

同行者中顿时有人掏出手机来照相。

我自远而近地慢慢走上坡去，细细端详着这棵久违的老鹰茶树。不知不觉地，绕着它走了两圈。

是的，这是一棵老鹰茶树，树皮斑驳，露出豹纹似的树干，这是它和山岭里其他树木不同的地方。

还有，老鹰茶树满树的叶子，都是嫩绿嫩绿的。我心里想，正是它的这一特点，才会使老乡拿它来当茶喝吧。

第三个特点是陪同去的向导说的，老鹰茶的叶子，特别的长，尤其是在春天以后，你看，上个星期刚有人来采过一道，才没几天啊，它又长得这么茂盛诱人了。

同去的当地人说这棵老鹰茶树有 90 年树龄了，是村寨上的老人讲的。

另有人不同意，说看它的模样，少说也有 100 多年了。

我问："依据是什么？"我看到过的 4900 年的古茶树，3300 年的古茶树，还有一棵几百年的古茶树。近来人们纷纷采下来做成"古树红茶"卖的，都有北京、南京茶科所经鉴定之后挂的木牌子。

老鹰茶树没人给它挂牌子，默默无闻地在山冈上自生自长。唯有认识它的老乡知道它的宝贵。

老乡还对我细细地讲述，老鹰茶树叶子采下来，就像人们制作普通的茶叶一样进行加工，然后到了夏天泡来吃，成为村寨上老乡劳动生活的一部分。

很便宜，很低廉，不值什么钱。

我回想起插队落户当"知青"时喝过老鹰茶之后那股甘甜爽口，余味无穷，似乎还能感觉到那沉沉的茶香。

于是就写下这一篇《神奇的老鹰茶》。

呼唤情侣的 "勒尤"

　　布依人对我说，"勒尤"就是勒友啊！就是你们汉族人邀朋友的意思，布依姑娘一听到这情意绵绵的音色，就明白是什么意思啰！

　　四五十年前，在贵州山地村寨上当"知青"的时候，怀着点好奇的心理，走进黔西南布依族聚居的村寨上。到了月色清朗的夜晚，就会听到一种柔美的乐器在吹奏，月影之下，只听那曲调明亮、优美，还带着点儿期盼的缠绵，似在声声呼唤，又显得圆润而流畅，那清脆甜美的音色，让人忍不住怦然心动。

　　我惊问，这是什么乐器？吹奏的又是什么意思？听来有股欲言又止的愿望。

　　布依小伙笑着答，这是我们布依族未婚青年招呼心仪姑娘的一种方式。叫"勒尤"。

　　勒尤？我从来没有听说过人间有这种乐器。习惯地掏出随身带的笔和小本，想要记下来。那年头，我正如饥似渴地学习写作，一听到这类事，更增添了猎奇心理。

　　陪同我串寨的布依小伙一边答应，给我找一只勒尤来看，一边又告诉我，其实在布依话里，"勒尤"的另外一层意思，就是呼叫心上人在月夜里来相会，倾心交谈。

"你想哈"，他用布依口音浓重的普通话，指点着月色里树影婆娑的布依山寨景色道："不冷又不热，一对情郎情妹，躲在大树后头，或是谷垛之间，说些知心话儿，是几多美好的事情。"

我望着这位早婚的布依小伙，心头明白，他肯定是过来人。

后来，他果然给我找来一只"勒尤"，只见七八寸长的一个吹管乐器，古朴而又滑爽，头部还被雕成一个鹿头的模样，管身上还系着一条红绸绳作为装饰。他一一指点着共鸣筒、管身、铜箍、芯子、虫哨五个部分给我细细介绍。可惜我记不住，只记得一个小细节，那个发出颤音的虫哨，是抓来树上的蝉，用蝉翅做成的，故而它的音色中有股其他乐器无法模拟的颤动感。因而，当"勒尤"在月夜里响起，那袅袅柔柔的曲调中，还带着亮、尖、锐的特点，即时不时表现出呼唤情妹的小伙子迫切的心情，又能让姑娘听到这声声呼唤，情不自禁地梳洗打扮完毕，移步走出布依庭院，去和情郎幽会。

在山乡掀起"打工潮"的那些年里，在黔西南的布依村寨里，相当长一段时间，没听见动人的"勒尤"演奏了。

我问起过，这是什么原因？布依寨上的老人，用不无遗憾的语气告诉我，都出去打工了嘛！瞧瞧，赚钱的同时，布依小伙和姑娘，谈情说爱的方式，也和你们城市男女一样啰！他们个个手持一只手机，现在而今眼目下，约姑娘出来，哪个还费神吹奏"勒尤"呢！我想想也是，只得陪着哀叹的老人一起表示遗憾。

　　近年来，随着布依族山乡搞起民族风情旅游，抓好生态的同时，增产果蔬花菜，发展体验式民宿，很多外出到沿海打工的布依青年男女纷纷在家乡干起了实业。辛勤劳动的同时，从秋收以后的农闲时节开始，"勒尤"美妙的曲调又在布依村寨上响了起来，成了布依后生们呼唤情侣的特殊信号。

　　我故意询问，不是有更为便捷的手机嘛！为啥还要吹奏"勒尤"？

　　手机哪有"勒尤"吹起来有情调啊！布依人不无自豪地对我说，"勒尤"就是勒友啊！就是你们汉族人邀朋友的意思，布依姑娘一听到这情意绵绵的音色，就明白是什么意思啰！

　　原来如此啊！看来这一形式，还要在黔西南的布依山乡，继续流行和传播下去了。

遵义：新旧交汇的红色古城

上海人对今天的遵义是不陌生的。这些年来，一批又一批的上海援建干部被派去遵义和下面的区县扶贫，三年一个轮次，已经去了多次；遵义的农副产品源源不断地送进上海的超市、大卖场，端上了上海人的餐桌。提起遵义，上海人会滔滔不绝地讲起遵义会议的会址，讲起遵义的茅台酒，讲起遵义的生态和各种名小吃，比如虾子羊肉粉、米皮等等。我这篇小文，讲得却是大多数上海人不一定知道的遵义故事。

毛泽东念念不忘的"烂板凳"

半个世纪之前，我第一次去遵义时，就被告之，在黔北地面山，有三个叫"遵义"的地名：遵义市是一个县级市，也是遵义地区的核心城区。遵义会议的会址，就在遵义市的老城。1935 年，红军长征过遵义时，这座城市只有 5 000 户人家，总共三四万人口；遵义市的郊区全都属于农村地区，归属于遵义县，和遵义市是平级单位；比遵义市区和遵义县更大的，就是遵义地区了。进入新世纪，遵义地区"撤地设市"，原来的遵义市更名为红花岗区，遵义县则改名为播州区。

南白镇地处遵义市的南郊，原名"烂板凳"。而"烂板凳"这个地名，在整个黔北地区都可谓是家喻户晓。早前，该镇路边倒着一棵大树，树干粗壮，南来北往的人走累了，都在这棵大树桩上坐下休息。久而久之，人们都笑称这棵大树桩是"烂板凳"。在贵州方言中，"烂"含有"广泛"的意思，"烂板凳"三个字虽然不雅，却让人过耳难忘。1935年，红军长征过遵义时，部队就曾在"烂板凳"小镇奉命休整过。

1958年，中央在成都召开工作会议，休息期间，毛泽东笑问贵州省委书记周林："离遵义城不远，一个叫'烂板凳'的地方，我在那上头坐下休息过，现在还在不在啊？"周林马上回答："这地名太土，贵州当地已将其更名为南白镇了。"

这段趣闻，周林写进了自己的回忆文章，还亲口对我说过。这些年我去遵义时，和今天更年轻的一代遵义人讲起来，他们都已经不甚了解，只把它当做茶余饭后说笑的传奇了。

世界遗产海龙屯

从去贵州的黔北插队落户当"知青"开始，这些年来，我去过很多次遵义。我为遵义写过诗，也为遵义写过歌，前几年还专门为遵义的世界遗产海龙屯写过一本长篇小说《古今海龙屯》。

为什么要写海龙屯呢？是因为 1600 年，在贵州北部的广袤山地上，发生过一场前后历经 112 天的"平播之战"。大明王朝的神宗皇帝，认定了当时盘踞黔北古播州遵义辖地上的大土司杨应龙要造反，便派出大将军李化龙为首的 24 万大军，从重庆出发，剿灭割据一方自称"半朝天子"的杨应龙。

24 万大军杀进遵义古城，杀上了建在海龙屯上的军事城堡，剿灭了杨应龙和他们家族延续了 750 年的土司小王朝。遵义古城万余间雕梁画栋、金碧辉煌的明代建筑，被无情的战火燃烧得只剩下一片断壁残垣。因为军事城堡的古城墙、古天梯都是用二尺半至三尺厚的石头砌起来的，因此留下了较明显的遗迹。

前些年，经考古队的辛勤发掘和文字整理，2014 年向联合国提出申请，2015 年的 7 月 4 日，在德国波恩举行的第二十九届世界遗产大会上，海龙屯作为"三大土司遗址"之一，以目前世界上唯一残存的军事城堡之优势，列入世界遗产名录。

"遵义古城"和"桐梓记忆"

"遵义古城"位处遵义汇川区，是根据 1600 年时的图纸，重新规划建造起来的一座城堡，于 2020 年 5 月正式对外开放。遵义汇川区是一个年轻的区域编制，正式挂牌于 2005 年，总共只不过 16 年的历史。因黔北山地的多条河流汇聚于此，故而得名。

　　初夏期间的 6 月，盛夏时节的 7 月，夏秋之交的 8 月，我三次路过遵义，朋友都邀请我入夜之后去逛逛今天的"遵义古城"，给我留下了可以称为"震撼"的体验。

　　疫情已经清零 100 多天的"遵义古城"中，人声鼎沸，人潮汹涌，歌声、笑声、锣鼓声喧嚣不绝于耳。遵义老百姓和所有到达遵义的游客，尽情地在"遵义古城"的大街小巷、城楼下嬉戏玩耍，品鉴来自遵义各地的小吃。可以说，初夏时节有初夏时节的风情，盛夏时期有盛夏时期的热情，夏秋之交有夏秋之交的凉爽。让我这个上海客人，度过了三个难忘的晚上。

　　离遵义市 25 公里的桐梓县，既是一座古城，更是一座有文化底蕴的小城。桐梓同样建了一座古城，因为遵义市已经有了一座古城，桐梓人就把同样在 5 月对公众开放的古城称为"桐梓记忆"。

　　土生土长的贵州人，几乎都会讲几个桐梓人周西成的故事。周西成是民国时期贵州省主席，也是桐梓地方军阀的代表人物。桐梓系军阀霸据了贵州一二十年，直到 1949 年 11 月贵州解放，才正式宣告结束统治。我在贵州省文联工作的 10 多年时间里，就听说过不少和周西成有关的奇闻轶事，还认识了他的亲侄儿。

　　人文情怀如此，故而在遵义建古城的消息一经传开，桐梓便不甘示弱地建起了"桐梓记忆"。当我怀着将信将疑的态度走进 8 月的"桐梓记忆"老城之中，竟然感受到了同在遵义古城一样的喧嚣和热闹，只不过风情和俚俗与遵义古城里不一样罢了。

　　当去遵义扶贫、旅游的上海人问我，遵义有什么可以玩的地方时，我总是会不厌其烦地回答："第一，你要去会址实地感受红色文化；第二，你必须要去看一看海龙屯，那是目前世界上独一无二的军事城堡；第三，你在晚饭后，可以去看看'遵义古城'和'桐梓记忆'。"听了我的话，有些去过遵义几次的上海人都会说："哎呀，海龙屯、'遵义古城'和'桐梓记忆'我都没去过，下次一定去补课。"

不要和陌生人说话

　　贵州布依族盛大的民族节日"六月六"来临之际，我接到紫云县的邀请，说是如同苗族、侗族、水族、瑶族、彝族等少数民族过节，布依族老百姓都会去参加一样，这一次紫云猫营镇一个古老并颇富传奇色彩的苗族村寨巴躺会在这个节日里，举行他们的"扫寨节"。

　　"扫寨节"并不是我们通常理解的大扫除，而是苗族、侗族因为自古以来居住的都是木楼，干燥的夏季极易引发火灾，千百年来为加强和提高防火意识，在整个村寨的所有角角落落，进行一次彻底的检查，遍洒凉水，杜绝可能引起火情的所有火苗、火种。仪式进行完以后，整个寨子的男女老少就会换上民族服装，唱歌、跳舞、吹奏他们独有的民族节奏感极强的乐曲，到了吃饭时间，便会端上煮熟的牛肉、羊肉、猪肉和菜肴，尽兴地喝上一顿他们自酿的米酒。

　　电话里说，叶老师，你从花溪十里河滩的布衣寨那边过来，我们的"扫寨"都近尾声了，你就等着"惊喜"吧。什么惊喜呢？我不由暗忖，和贵州结缘55年了，花苗、白苗、黑苗、红苗等各种苗族支系，我基本上都接触过。就是紫云县的苗族、布依族，我都有些朋友，今天要去的地方属于哪个苗呢？真会遇到"惊喜"吗？为防事后懊悔，我还约上了正在拍摄电影纪录片《岁月未蹉跎》的儿子同行。一早启程，车子拐进猫营镇的时候，我收到了前几年认识的一个寨妹子诗人肖仕芬的一条微信：我在苗寨盛装迎接你……这个年轻诗人，现在是紫云县苗族史诗亚鲁王研究中心的主任。我知道她是苗族，可没想到，她就是这个叫巴躺寨子上的人。听曾任副县长的顾新蔚介绍说，她过去是村小教师，出版了几本诗集，颇有诗情才气，才调来县里文化部门工作。今天，她会穿着怎样的盛装出现呢？正在暗自忖度，一阵昂扬欢快的迎宾曲传进耳朵。下得车来，只见穿着民族服饰的苗家男女向我迎来，他们的衣着我都没见过，尤其是女装，花裙色彩十分艳丽。迎面走来为我介绍村寨主人的漂亮姑娘正是小肖，她穿上自己民族过节的盛装，我几乎没认出来！一路走进寨子，一路的古乐迎宾曲伴奏，照例的苗家迎宾拦门酒，照例的欢声笑语，看见我和几位主人对话，音乐声变得舒缓、轻柔、悦耳。我急忙问："你们这一支系是什么苗？"答曰："蒙正苗。"主人有把握地说："这个'躺'字，你没见过吧？是瘦小的意思。我们巴躺的蒙正苗，所存不多了，整个寨子也就300多男女老少。原先属于大山深处的村寨，就如同生活在深山密林的褶皱之中。托脱贫攻坚的福，'村村通'的柏油马路修到了寨门口，不仅靠勤奋劳动，也靠旅游的发展，我们吃上了饱饭，穿上了本民族的漂亮衣裳，过上了不愁吃穿的日子……"

　　说话间来到了搭有民族风情的戏台和广场，一整个寨子的蒙正苗老乡团团和我围坐在一起，欢乐地随意交流。谈外出打工挣钱，讲婚姻恋爱情况，问年轻妇女生过几个娃娃。我问什么，他们答什么，充满了自信、自在和满足的笑容。当"知青"的年代里我教过几年书，我要求小肖和女支书约几个在旁追逐嬉耍的中小学生坐下来聊一聊。一招呼，同样穿戴着花枝招展的几个中小学生坐了过来。我一连问出了几个问题：几岁了？读几年级？喜欢读书吗？老师怎么样……没想到，刚才嘻嘻哈哈欢乐无比的娃娃们一个也不答话，有的低头抚弄花裙，有的看我一眼，连忙低下头去。站在一边的老师和村干部仍一再地让他们答话，他们一个也不讲。只有一个脸色黑黑的俏丽女孩，见我笑眯眯始终望着她，突然对我冒出一句："不要和陌生人说话"。旁边有大人轻声解释般咕噜一句：自古以来，我们对女娃儿和年轻未婚姑娘的教育，就是这一句话：不要和陌生人说话。一句话，瞬间触动了我的心灵。

天台山和《圆圆魂》

这年夏天，应邀去平坝县里讲演，完成任务后要赶往惠水的好花红书院，参加中国中央电视台和贵州电视台共同录制的《蹉跎岁月》出版40周年纪念，未曾登临平坝境内的天台山，心里总觉得欠欠的，有点遗憾之感。

为何呢？

只因天台山和我在2016年出版的长篇小说《圆圆魂》有一层关系。或者说，写作《圆圆魂》，缘起于50年前第一次登临天台山，我惊讶地听说，因"冲冠一怒为红颜"的陈圆圆，竟然上过天台山，还曾在山上住过；于是乎，将信将疑的我，为解开心中的谜团，开始了追索这一谜团的历程。

记得，第一次上天台山，还是在我当"知青"的50年前。

那是秋收以后一个不冷不热的日子，我们几个上海男女"知青"，搭车结伴同去安顺游览黄果树大瀑布。

我们搭乘的卡车开到贵黄公路天台山麓的公路边时，卡车停了下来，司机拾了一只水桶，对我们说，卡车要加水，他呢，还要去离此不远的寨子里办点事；他要我们休息一会儿，或者就爬上离公路不远的天台山玩一玩，一个小时之内他办完事回过来，保证能在中午之前送我们到安顺。

这辆卡车是我们这拨人中的一个女"知青"的哥哥联系的，我们是不花钱搭便车，当然只得客随主便。

司机见我们中还有人露出困惑之色，又把手指着天台山说："别看这山高，上山的路很好走的，10多分钟就上山巅了。"

我们来到山脚下，果然发现有宽敞的台阶，上山之路很好走。于是欢呼一声，就往山上跑去。

走不多远，已到了半山腰，碰到一个扎着头帕的老农民，他眨着眼睛，笑着对我们这拨问路的"知青"说："上头好看得很，看细致些，特别是不要漏看陈圆圆洗澡的地方。"

话说得十分肯定，使得我们这一帮将信将疑的年轻人，要想上去看个究竟了。

上得山去，山门前一副对联，引得我掏出习惯地带在身边的小本本，抄了下来：

云化天出天然奇峰天生就

月照台前台中胜景台山观

真是一副妙对。天台两个字，三次巧对在联中。让人不得不佩服，高手确是在民间。

上到山巅，果然不虚此行。只见古寺院落的主体樑架高大粗壮，气势颇是宏伟。其山墙石壁，多用当地山石堆砌而成，既古朴自然，又牢实坚固。层面也由当地盛产的岩板覆盖，据说比瓦还好，冬暖夏凉。古寺沿着山势的高低错落巧建了各种亭台楼阁几十间，一间间看去，层次分明，结构严谨，上下层迭，构思奇巧。有的飘出崖沿，荡于轻风烟霭之中，宛若鹫岭高骞，展楼飞架，蔚为大观。各处门口还有历代的题刻诗碑，令人不由得驻足下来寻思一番。那虽然是 70 年代早期，看山人还是给我们介绍，吴三桂在去云南途中，曾在此住过几宿，并觉得天台山是天然的军事要塞，留下他的远房叔叔镇守此山，还留下了三件宝：清代官服、象牙朝笏和宝剑，还有一把吴三桂打仗用过的大刀。我想看看这把大刀，看山人说：早在"运动"初期被"造反派"扛下山去，在铁匠铺子里化成铁水，打成锄头、镰刀了。据使用过的农民说，打成的锄头、镰刀几辈子也不锈、不坏。

看山人特地郑重其事把我们带到内室后面一个类似地下室的房间，虔诚地说："随吴三桂去云南的绝代美女陈圆圆，就在这间屋里洗澡。你们细看看这墙壁，滑爽得很。"

真有好奇的"知青"摸着那墙壁叫起来："光滑像瓷砖啊！你们来摸试试！"

走上古寺的望月台远眺，只见一览众山小，四面群山环抱，林木葱茏，如朝拜之姿，美不胜收，让人顿有心旷神怡之感。

正是这一次极偶然的认识天台山，给我留下了深刻的印象。

到了 80 年代初，省里的学界为陈圆圆的坟在贵州发现，和省外的学术界发生激烈的争论。在省文联机关和编辑部议论纷纷，我不由得想起了平坝的天台山。

从那以后，在贵阳工作期间，只要有机会去往安顺方向，我总会要求车子停一停，上得天台山去故地重游一番。每游历一次，心头总会浮想出一些念头，想像陈圆圆这么一个女子，300 多年前跟着吴三桂，一想江南女子的柔弱妩媚，如何在云贵高原生活的情形，也由此，我把报刊上登载的那些学界的争论文章，一一剪贴下来。并且购买了好几本诸如《吴三桂演义》《陈圆圆和吴三桂》《陈圆圆》等等传记文学作品。读过以后，我竟然发现，所有这些作品，笔里都集中在"冲冠一怒为红颜"那段历史前后，陈圆圆跟着吴三桂到昆明以后的情况，几乎从不涉及，或者一笔带过。

作为小说家，我每读和陈圆圆有关的书籍，总要想，陈圆圆嫁给吴三桂为妾之后，是怎么生活的呢？

到了 2003 年，上海的《新民晚报》约我写一组"十日谈"，每天一篇，连写 10 篇，要求每一篇在 1 200 字左右，不要超过 1 500 字。

思来想去，我以"陈圆圆归隐之谜"为总题目，把因找我心中多年的想法写了出来。

没想到，连载发完以后，竟像我的小说一样，引起上海读者强烈兴趣。史学界有人给我寄来参考资料，还有人提出请我去座谈，更有普通读者直接了当问我："天台山在哪里？我们要去玩。"

令我想不到的是，著名导演谢晋也让他的助理把这 10 篇连载剪了下来，并且约我来到他 18 层楼上的办公室，细谈他的想法，而且直截了当提出："就以这个内容，写个电影剧本，由我组织拍摄。"

而且他用十分肯定的语气站起身来对我道："你想想，明、清两个朝代更迭之时，吴三桂、陈圆圆这么两个历史人物，战场，反叛，爱情，西南山区的风情，这电影拍出来，不吸引观众才怪！写，你快写！"

那些年里，谢晋兼着上海大学影视学院院长，我兼着文学院院长，钱伟长校长召集院校领导会议时，我们俩时常坐在一起，交往自然比一般文艺界熟人多些。

我给谢导说："陈圆圆归隐这段历史，虽说我很熟悉，但直接写剧本，我怕没有把握。还是按照《蹉跎岁月》《孽绩》的惯例，我先写小说，小说完稿之后，一边出书，一边改剧本。"

谢导赞成，催促我快写，还鼓动一般说："你想想，我们之间合作，本身就是一个新闻啊！哈哈！"

从谢导那儿回来，我放下手头一切工作，着手准备进入构思良久的长篇小说《圆圆魂》创作。

谢晋是名导演，采访他的记者多，不到一个多月，他就把我正在写作《圆圆魂》准备再改剧本的事儿透露出来。我看到上海的《文汇报》登出消息后，大吃一惊，给他打电话问是怎么回事？我刚刚开头写哪！一报道这压力就大了！

他"哈哈"大笑着道："就是要给你压力啊！我怕你社会活动多，耽误了创作。"

我还有什么话说，只得埋头创作。

哪晓得，进展颇为顺利的《圆圆魂》正写到一半，传来了谢导回故乡绍兴出差时猝然去世的消息。

我十分悲痛，还在《新民晚报》上写了一篇悼念文章。

但我心里明白，最好的悼念，还是把答应他的事情做完。

于是，在停顿了一段日子之后，我把长篇小说《圆圆魂》写出来了，并且由曾经看到报道的安徽文艺出版社出版了配有八幅彩色插图的单行本。这八幅插图，还是由安徽多才多艺的青年女艺术家梅兰画的。

谁知道，这本书刚送厂印刷，隶属文汇出版社的苏州长三角出版中心的总编辑陈雪春专程找到我家里，先期付给我一笔稿酬，说她把这小说看了三遍，很想出版这本书，现在安徽社已经抢了先，她决定出版我这本书的手稿本，我稿面上怎么写，她就怎么印刷；并且在书中配上朗诵，让眼力差的人可以像广播一样收听。

我担心会不会和安徽社产生版权纠纷，陈雪春说："不会。"她已咨询过法律界人士。

为慎重起见，我让她在附近旅馆里住一宿，晚上我和安徽社通过电话，再签订朗诵手稿本的合同。

陈雪春欣然同意。

当晚，我把电话打给合肥的责任编辑和出版集团领导。

他们十分开明，只提出了一个要求：朗诵手稿本得出在他们的后面。

苏州的陈雪梅大笑着答复我郑重其事转告的要求说：

"要我赶，我也赶不上啊！"

合同就此签了下来。

2016 年 6 月，安徽文艺出版社印制得十分漂亮的《圆圆魂》出版了，其时正逢台湾的诚品书店要邀请我去作访问演讲，行程匆匆，出版社特意让印刷厂手工赶出了 10 本书，让我带到台湾送给同行。

五个月以后的 11 月，苏州推出的《圆圆魂》朗诵手稿本面世，并且在桃源镇和苏州市区的步行街上举行了首发活动。

2017 年元月，陈雪春喜孜孜地告诉我，按照合同印制的 5 000 本书，已经一销而空，她强行扣下了 400 本，作为出版业务的礼品书使用。

最主要的，是她没有亏，多多少少赚了一点。

我之所以不厌其烦地回忆追索一下《圆圆魂》的创作、出版经过，归根结底，是想说一句：这一切的缘起，是在 50 年前的平坝天台山。

故而，我对天台山，始终怀有一份特殊的感情。

苗寨硐口

硐口是调坡苗族乡的一个村寨，属于贵州省贵阳市花溪区的高坡乡。

顾名思义，硐口村的十几个自然寨子都坐落在高坡上。

在贵阳城里，高坡很出名。一来是它要比贵阳的海拔高，二来是历朝历代的高坡都以贫穷闭塞而闻名。

贵阳人一讲扶贫，开口就会说到高坡。

可这几年，高坡的口碑完全变了。游客到著名的旅游景点花溪玩，玩得还不尽兴，有人就会说："你要有时间，就上高坡去玩吧，到了硐口就会有感觉。"

这话是什么意思呢？

那就是告诉你，硐口苗乡也吃上了"旅游饭"。花溪是个好名字，难得来到贵州的客人，再没时间也会有人建议你：时间再紧，花溪你该去看一看，走一走。那可是一个既有历史、又有人文，还有民族风情的地方，花半天游玩就够了。

所谓历史，指的是上世纪三四十年代抗战时期，沿海大城市的一大批不甘心当亡国奴的文化人背井离乡，跟着国民政府一路来到大西南，除了在重庆、昆明、成都栖身，还有不少人栖居贵阳。画家徐悲鸿居住在贵阳，捐画给国家，用来买飞机抗战，同时，他也在这段时间里定格了他和廖静文的爱情；巴金先生就是在花溪和萧珊缔结了婚姻，他们结婚的那幢房子"花溪小憩"如今仍旧在呢。花溪风光秀美，是文人们时常前来散步和聊天、纵谈国是的地方。久而久之，就成了有名的公园。

花溪美，美在花溪的水。花溪两岸定居的苗族，因他们穿着的漂亮服饰，被称为花苗。故而，这一股世世代代养育花苗的水，就被称为花溪。近百年来，花溪两岸栽满了各种树枝苗木和各式花朵，一年四季，花开花谢不绝，凋谢零落到溪水中的花瓣儿，更给这股清澈见底、时有鱼儿嬉戏的溪水增添了几分诗意，花溪更成了名副其实的"花溪"。

花溪的名声越来越大，同在花溪地域的高坡也跟着出了名。

我年轻时高坡出名，是因它的贫穷。今天的高坡出名，是在发展旅游之路上，高坡的民族风情闻名遐迩。

而硐口苗寨是人们沿着山路到高坡去，见到的第一个苗族村寨。

硐口苗寨有十几个自然村落，沿着高坡陡峭的山势，一路在半坡稍显平缓之处坐落。

苗寨今天的日子好过了，我青春时期见过的茅草屋、砖瓦房都看不见了。站在高高的山坡上，放眼望去，苗族乡亲们建造的二层楼、三层楼甚至四层楼的房子，鳞次栉比地沿着山势醒目地站立在那里，有的凸显苗族的风格，有的和大城市里的时尚建筑可以一比。

我问村长："过去这里穷，现在一路上见到不少民宿、饭店、小吃摊，半坡上还有帐篷和不少旅游设施，老百姓的日子过得怎么样？"

贫穷的标签早就撕下了。村长用非常有把握的语气道："这几天你住在这里，不消我陪，一户户人家，你随便都可以走进去，不论老人、娃崽、妇女、男子，你都可以同他们搭话，问问他们日子过得怎么样。"

问过了，他们对我说，吃饭穿衣，在我们硐口，都不在话下。

村长问我："你问过他们具体收入了吗？"

我说问了，还问他们靠什么赚钱，他们一一都答了。

村长又问："他们说了多少收入吗？比如那一家，你问了吗？"村长把手指向一户转弯处的二层楼，是专门烫米粉卖的铺子，这家你问了吗？

我说，他们家答，每年烫米粉卖，有 20 多万元的收入。

村长笑了，道："他们那是怕露富，去年底村里让我报村民收入，白纸黑字，他们家填的还是 35 万元哩！"

我不由怔住，说："我又不向他借钱，他们为啥往少里讲？"

村长指指自己说，怪我怪我，腊月下旬区长打电话下来，说春节里你要到硐口苗寨上来，她怕过节街上店铺都歇业，给我打电话，让我找一家干净点的苗族老乡，吃一顿午饭。我就在群众会上讲了，说不管哪家接待你，都得讲实话，一是一，二是二，不得玩虚的。我还把你的身份讲了讲，说你是写文章的。卖米粉那家一看你模样，就猜出你身份了，把收入往少里说。20 多万元，哄鬼去，就是他们家给村里报的 35 万元，硐口村的老乡都说报少了。叶老师，想想，烫米粉卖，旺季、淡季扯平了说，他们家那个铺面每月可以赚多少？

我想不出来，只得摇头，追着问："多少？"

"10 万元。"村长斩钉截铁地说："只少不虚。"我大为惊讶："照你这么讲，这家米粉店，一年可以做到 120 万元啰！"

"那还用说。"村长笑道，"要不，怎么会说，我们硐口苗寨吃上了'旅游饭'，一步迈在乡村振兴道上名列前茅呢！"

我顺着村长的目光眺望着冬日暖阳之下硐口苗寨远远近近的树林、田坝和村舍，看到一股清泉般的溪水蜿蜒地流淌而来，水面上闪烁着碎银子般的光斑光点，外出打工回来当上村长的苗家汉子似乎洞悉了我的心事，主动给我介绍："叶老师，看到这股水了吗？硐口村的名字就是由这股水而来。相传，硐口苗家的祖先迁徙到这里，看到洞子里冒出的这股好水，又察看了团转的山山岭岭，决定在这里定居下来。你看看，就是这股水，养活了我们这十几个村寨上的苗家儿女啊！"

村长的话令我浮想联翩，是啊，岂止是花溪的苗家，中华民族不都是从长长的路上走来，走到今天的嘛。

春天的茶讯

　　春天来了，春茶上市，我半个世纪前插队落户的安顺，友人汪海又和往常一样，把春茶寄到了上海。是考虑方便吧，他照例把散发着清香的茶叶，寄到当年和我在同一公社的炳曜那里，炳曜头天收到，第二天就送到了我家里。我当即冲泡了一杯，端起玻璃杯，茶色碧绿生青，茶汤清澄如许，无一丝杂质，缕缕清馨，让我仿佛又回到了"知青"年代早春时节的山野。

　　随后几日，黔东南雷公山麓雷山县的熟人，趁来上海出差之际，送来两盒雷山的银球茶。这茶的特点是回味甘爽，喝了还想喝，还想喝。

　　几乎是同时，梵净山下的白茶、翠芽也寄到了。

　　如果说往年春天，我收到贵州乡间茶农们寄来的茶都很高兴的话，那么，今年的我，在一一收到友人们寄来的春茶时，分外地、出奇地高兴。

　　为啥子呢？

　　只因往年我在答谢他们时，总是不忘提醒和"批评"他们，茶叶很好，我这个和贵州结缘55年的老人，喝来也很有感觉，只是，时令过了，节气不对，你们得想方设法、千方百计，把春茶上市的时间提前、再提前，提到清明节到来之前，提到春雨遍洒下来之前。要做雨前茶，至少做出明前茶来。

江南文人，读书也好，痴坐书房凝思也好，三五知己品茗纵谈也好，讲究个喝茶的时节。有了清明节之前的春茶，总会兴奋地邀约好友，小聚一番。自古以来就是如此。作为江南核心地域的上海，更是如此。到了春天，就盼着明前茶上市，馋一口清明之前的春茶喝。

同样是天下闻名的龙井茶，清明前后的价格，相距甚大。出名的狮峰龙井、梅家坞龙井，明前价格最高。而同一地块山坡产出的茶，炒得再香，一过清明，价格便骤降。

这便是江南茶叶的春讯。

贵州省在改革开放以来的 40 多年里，不断发展茶业，如今栽种了 700 万亩茶，成为全中国 21 个产茶省里栽种茶叶最多的省份。茶产业为贵州脱贫攻坚、乡村振兴，作出了突出的贡献。在贵州，绿茶中的都匀毛尖、湄潭翠芽和锌硒茶，红茶中的遵义红、普安红，都是上口喝过之后就能让人留下记忆的好茶。

在贵州山乡劳动时，在文化部门工作时，回上海以后，我之所以年年在报纸上写一点喝贵州茶的小文，就是强调，好茶也要勤吆喝，让世人知晓，让喝茶人士关注。近年来我更是直截了当地在贵州说，在上海也说，所谓春茶的讯息，就是要抢节气、抢时令，把开春的好茶送进市场。随着春天的脚步走近，随着祖国由南而北地天暖花开，让散发着兰花香、玫瑰香、栗香气息的春茶，走进千家万户，搁在所有人的案头。哪怕是在不出太阳的多云天、阴天甚至雨天，也能透过玻璃杯，看着片片芽尖在开水冲泡后逐渐舒展、翻滚开来，感觉到那股来自大自然的春天的气息。

之所以这么关注春茶的讯息，只因我在当"知青"的青春岁月中，和贵州山乡的各族农民一起，种过茶，采过茶。晨雾缭绕的清晨，和男女老少乡亲们相互招呼着上坡采早茶的画面，至今历历在目。那呼群结伴的热闹劲儿和欢声笑语，永远难以在记忆里抹去。

那时回上海探亲，带上一点村寨上分的茶，请上海的同学们喝，大家都说这茶好，问是什么茶。我只能照实说，是乡间的土茶，便宜得很，赶场天只卖4角钱一斤。

那年头没啥商品意识，只是带点茶给家人同学表示一下心意。心里其实认定了，山乡里出产的茶，其中也有我的一份劳动，实实在在的，是汤色澄明的好茶。

改革开放40多年了，山乡里的土茶产生了效应和影响，逐渐为外省人、为精明的茶商、为世人所知，我愈加觉得，该重视春天里的茶讯。

这就是为什么，今年的3月，收到贵州山乡的春茶，我格外兴奋和喜悦。

稿子写到这里，快递员敲门，原来是黔北老乡的野鹿盖茶寄来了。这地方我去过，大山深处漫山遍野的青草丛中，时有野鹿出没，故此茶名"野鹿盖"，喝来不仅汤色鲜、美，而且提神。

收到从贵州东、南、西、北各个山乡寄来的茶后，我还做了一件事情：把这些云贵高原上产的茶，和江南出产的名茶作对比。

有句话说："秀才人情书一本。"文人之间交往，会把自己的近

作，送给友人。有人问过我，你们难道只是送本书？我往往笑道，
有时候也送礼，离得远的朋友，那就是"秀才人情茶一包"。从黄
山来上海的老"知青"，会携来黄山毛峰。苏州家乡亲属，带的是
太湖边的碧螺春。江西的文友，会把庐山云雾茶、狗牯脑茶装在景
德镇瓷罐里寄来。杭州的亲戚朋友，当然早早会把龙井茶捎到。

　　这些都是名茶了，我把这几种茶，和贵州山乡茶农产的新茶泡
来对比，比汤色，比香气，比滋味，也比每一瓣芽尖、芽片的绿。
对比完了，我让这些茶泡在玻璃杯中过夜。第二天早上起床，我会
走到这一排杯子前观察，不用细看，茶叶的色彩、鲜丽度，茶叶有
没有变褐、变灰，可以说一目了然。

　　我得说一句大实话，出自贵州远远近近山岭中的茶，丝毫也不
比这些个全国名茶逊色。

　　我把这个体会说给上海的茶客，上海的茶客不服气，说我是带
着偏向评茶。"这些全国名茶，标价往往高得令人咋舌啊！不比你
茶农在山寨上自产自销的茶好吗？"于是就会发生争论，甚至会争
得面红耳赤。当然，既然是能坐到一起品春茶的茶友，我们争得再
激烈，也是不伤和气的。相反，只会越争越亲热，越争越愿意坐在
一起品茶、论茶、斗茶，增进我们的友谊和感情。

　　读者朋友一定看得出了，春夏秋冬，一年四季，我的每一个早
晨，都是从泡一杯来自贵州山乡的早茶开始的。

　　"茶叶当年是个宝，茶叶隔年是包草。"这是古来关于绿茶的谚
语。从这个意义上来说，早春时节收到贵州的茶讯，遥想"一片叶
子富了一方百姓"，我怎能不兴高采烈哩！

茶叶与帝国

进入 3 月份，疫情逐渐严峻，我集中精力读的一本厚厚的书《茶叶与帝国》足足有 50 万字。这不是一本小说，而是历史学教授埃丽卡·拉帕波特写的一本和茶叶有关的作品。我在当"知青"的年代里种过茶、采过茶，也跟着农民炒过茶，贵州乡间称为挼茶。成为作家后，写作时唯一的陪伴就是一杯茶。文人之间交往，送来送去是两样东西：书和茶叶。2015 年，贵州省委、省政府聘我任贵州茶文化大使，除了品尽产自贵州各地山乡里的茶，赴各地和作家们一起采风，对全国各省的种种名茶我也分外关注，去过六安瓜片的产地，到过信阳毛尖、古史毛尖、都匀毛尖的核心产区，安溪铁观音为首的几款福建茶，上海附近的龙井、碧螺春、黄山毛峰等全国十大名茶，后起之秀如遵义红、普安红、湄潭栗香茶、锋晒茶、翠芽、黎平侗乡的茶等等，不仅一一细细品过，多多少少讲得出一点道道。我写过十几篇和茶有关的小文，读过国内好些茶专家写的和茶相关的书和专论，唯独没有读过外国人写的茶书。

这本《茶叶与帝国》竟然是专著，之所以津津有味地一章一章细读，于我而言，是希望开拓视野，解答心中之谜。茶叶的祖先是中国，但是外国人为什么把茶文化做得风生水起？任贵州茶文化大使，我年年要参加研讨会，和国际、国内的茶专家在会上切磋探讨，我不能重复一个话题。在一般上海人心目中，只要讲起茶叶，会自然而然提及英国人的下午茶（不少英国名作家作品中都涉及。）其实，英国由于地域、气候和历史的原因，本土没有茶园。但是，英国人把茶文化几乎做到了极致。当然，茶的价值也大大地提高了。

贵州全省现在有 700 万亩茶树，茶乡、茶坡、茶园，一望无际的茶海，我看了一个够。但是各族长老在脱贫攻坚、在乡村振兴的过程中，只知道把茶叶种好、采好、加工好，虽然效益和品质也是明显的，但还有相当的提升空间。就是在 3 月中旬，我趁回去开会的空档，到侗乡、苗村、布依族寨子故地重游，碰到不少浙江茶商，他们都是来山地上采购茶叶的，而且纷纷夸赞，贵州偏远乡间的茶又好又便宜。

《茶叶与帝国》这本书，追溯了从加拿大西部至印度东部茶叶帝国的兴衰，涉及了和茶叶有关的众多话题，茶叶与妇女、茶叶和战争、茶园、茶企、加工和茶叶的交易市场，以及各种各样和茶叶有关的活动，揭示了茶叶和喝茶的生活习惯对当代世界的塑造作用。我在认真阅读的过程中，有不少收获和结合中国、结合贵州茶的思考。

近几日，我正读到书中的《茶叶让世界精神焕发》这一章。喝茶对人的健康有益，几乎是世人的共识。自然，对上海人也是有益的。

2020 年 7 月，江苏文艺出版社出版了我的长篇小说《魂殇》；今年上半年，作家出版社即将出版我的另一部长篇《婚殇》。听说我在写《恋殇》，有出版社找来，说希望能给他们。因为《恋殇》内容和前两本书不太一样，开春以来，我把广有盛誉的三本爱情小说，又读了一遍。这三本书是《情人》《相爱一场》和《爱情生活》，都是我收藏的老书了。今年的新作我也读了几本，有两本书是108岁的老作家，也是我的忘年交马识途先生的新作：一本是《那样的时代，那样的人》，另一本是《马识途西南联大甲骨文研究》。和马老相识相交40年了，他在青年时代学习的专业是甲骨文研究，我从来没听他说起过。可见马老的为人和品格。记得40年前他主动赠我书法作品一幅，调回上海以后，我把他的字幅送出去装裱，人家见老作家的字写得这么好，当场开出5万元之巨的价格要收买。这个小细节，我从未向外界披露过，写出来和读者共贺马老健康长寿吧。

顺便带一句，我还认识一位曾给我的小书写过序的酒界泰斗秦含章老人，活过高寿111岁。虽然他已辞世，他为我的酒书《解密黔台酒》写过序，是我的枕边书，我也时常温故而知新的，为这篇序，秦老写下三首诗、两幅书法，我时常带着欣赏学习的心理，捧读一下。

为给我多年前的水族老朋友张加春的散文集《乡村生活》写序，我把这本书也从头至尾读完了。我还真正从他朴实的叙述中，读到了全国唯一的水族自治县三都的乡村现状和民俗。特别是对乡村的未婚男子、留守老人和儿童，有了崭新的认识。这本书由中央党校出版社出版之后，很快被中宣部推荐为农村各级干部的必读书。

喜人的茶讯

中午时分，炳曜来过一个电话，我没接到；正忙碌着，也没顾上给他回电。

到了傍晚，他又来电话了，劈头就问："你回到家里了吗?"

我说刚从外面回来。

他又问："晚上出去吗?"

"不出去了，你有事么?"我忍不住问。因为从他的语气中，他似乎有事儿。

"那好，"他以干脆利落的语气道："你不出去，晚饭后我过来。大约7点半到8点之间。"

炳曜是我的校友，55年前和我同在贵州插队。我们在同一公社当"知青"。

半个世纪的老朋友了，我追着他问："这么急，你遇上了什么事儿?"

他在手机上笑得乐呵呵的："还能有什么事儿。安顺的老汪寄茶叶来了，他发微信盯着我，说叫我收到茶叶，当天就让我给你送来，我中午前收到茶叶，马上联系你，这会儿联系上了，我得送过来。"

炳曜的家离我家有点远，怪不得他说晚上 7 点半到 8 点之间才能到我这儿。

我就和他客气，说："茶叶我们明天一起品，你就不要连夜送来了。"

"不行，"他一口回绝，"谁叫你去年写文章，说老汪的茶叶质量就是好，就是过了清明才寄，不能算明前茶了。他在微信上说了，一定让我今天送到。"

"呃……"我也没话说了。老汪也是我的朋友，只因熟悉，我就在去年的小文中提了一句，说春天的茶讯，讲的就是一个节气，江南文人崇尚的是雨前茶、明前茶，喝来滋味大不同。

不料，老汪不但读到了报纸上的文章，还让炳曜给我传话，说他一定听取我的意见，作出改进；果然，3 月 28 日，离清明节还有整整一个星期，他把安顺乡间的春茶寄到上海来了！

炳曜是晚上 8 点走进我家的，一边把茶叶递给我，一边对我说："我收到以后就迫不及待冲泡了一杯，你的话不错，明前茶味道确实不错，很香的。不信你尝尝。"

我也不客气，当即用净水烧开，泡了一杯茶。

炳曜让我喝，我说晚上不喝绿茶，喝了睡不着。他又把眼睛瞪大了，问我："那你泡来干什么？"

我说闻茶香，春茶自有它那一股馥郁沁人的清香，幽幽然，混合着贵州山地泥土和春的气息！

于是，我们两位 50 多年的老友，闻着茶香，回忆起了和贵州有关的往事。

这天夜里，我把凉了的茶水倒掉，又加了一道开水，放在床边柜上，闻着茶香入睡，心里美滋滋的。

贵州乡间的茶农，抢着节气，把明前茶送进了市场，送到了茶客们的杯中，这是喜人的茶讯，我觉得也该及时地让读者朋友们知悉，愈加喜欢上贵州山地的春茶。

过口难忘遵义茶

"醉酒"也"醉茶"

提到遵义，大家便会想到遵义仁怀市的茅台酒。每逢朋友聚餐时，明明喝的是啤酒、黄酒和葡萄酒，但是大家三两句话一说，还是会把话题带到茅台上来。10 多年前我就写过一篇《不要折腾茅台酒》，现在在网络上还能搜得到。

我还写过一本叫《茅台酒秘史》的书，当时一经出版立刻脱销。2020 年 8 月出了修订本，半年之内重印了三次。一些上门来向我索书的同学对我说："我也没办法，亲戚朋友们都知道我和你是老同学，还一起当过'知青'，纷纷向我要你的书，我只好厚着脸皮找到你家里来。"

关于茅台酒的文章我已经写得很多，但似乎没有写过遵义的茶。在遵义峰峦叠嶂的山乡里，世世代代栖息在村寨上的土家族、仡佬族乡亲们，都会在山歌里唱道："茶仙仙，酒仙仙，茶酒相伴数千年……"

最早听到这首山歌的时候，我总在想，他们为什么要在茶和酒的后面，哼唱"仙仙"二字？山民们的解释则十分直白："喝上了兴致，人就成仙了嘛！"

酒喝多了会醉，会让人膝盖发软，晕乎乎的便有了种成仙的感觉。可是茶怎么会让人喝醉呢？对此我将信将疑。

后来有一回，我走进遵义凤冈一个叫土溪的茶山里，他们告诉我这里的茶场叫"野鹿盖"。因为这里时有野鹿出没，山野里草深，茶园常常就被草和野鹿盖没了，所以就叫"野鹿盖"。

我仔细一琢磨，便恍然大悟。采茶的季节到了，人们走上山来，野鹿跑开了，人们拨开深深的草，就开始采摘茶叶。这般原始的画面，这样的茶，还能没有特殊的香味吗？人若饮下此茶，怕是不醉也难。

茶叶为贵州撕下贫困标签

七八年前，复旦大学一位教授牵线请我去徐州讲学，他因教务脱不了身，便让自己的学生陪我坐动车去。上了车，我掏出一包茶叶要去冲茶，女孩帮我去泡了一杯回来。茶杯端到我面前，女孩问我："叶老师，你这是啥茶叶呀？好香啊！"

我告诉她，这是贵州山野里产的栗香茶，有种天然的野栗子香。

那是2020年12月下旬，我去贵阳参加天下贵州人大会，碰到栗香茶的主人，他送了我几小罐茶，全是遵义产的，有正安白茶、栗香茶、遵义红等等。

贵州的茶，在 2017 年时就被国家评为全国第一个省级保护区域茶叶类地理标志产品，获"贵州绿茶"称号。贵州全省有 700 万亩生长在山野里的茶，遵义便占了 160 万亩，是九个地、州、市的第一。贵州人重点推荐的"三绿二红"，其中遵义产的湄潭翠芽和栗香锌硒茶及遵义红，占了"二绿一红"。我不止一次听到上海的老茶客们啧啧称道："遵义红的名字起得好，听过一次就记住了；遵义红的味道更佳，喝过一次就忘不了。"

这几款茶，遵义红、湄潭翠芽和栗香茶，其核心产区都在离遵义不远的湄潭县。湄潭是整个遵义产茶面积最大的县，一年一度的国际茶文化节，就在风景如画的湄潭举行。年轻的时候，为创作纪录片《多彩的贵州》电影脚本，我曾走进湄江边的湄潭县城，了解了不少关于湄潭的历史。抗战时期，浙江大学内迁到湄潭，国民政府的中央实验茶场同样也迁到这里。专家和浙大教师们很快发现了湄潭茶的特质，在他们回忆那段岁月的文章里，都能读到他们对湄潭茶叶由衷的赞赏之词。

2015 年，贵州省委省政府聘我担任贵州省的茶文化大使，我便又来到湄潭。无论在一年中的哪个季节，走进湄潭的茶园，都会在苍山如海的山野里，闻到阵阵茶叶清香。每到此时，都让人忍不住想席地而坐，用沸水泡上一杯茶，来感受周遭原始生态的气息。

也正是这样小小的贵州茶叶，为贵州老百姓们脱贫攻坚，做出了不可小觑的贡献。2019 年，贵州茶为贵州全省贡献了 450 亿的利税。可以说，是茶叶为贵州撕下了贫困的标签。我喝了半辈子贵州的茶，这茶香在书桌上陪伴我度过了无数个白天和夜晚，我也应该为读者写写这令人难忘的茶香，和与众不同的贵州茶。

脱贫攻坚在瑶乡

瑶族汉子有三宝:"猎枪、鸟笼、酒葫芦"

2020年春末到晚秋,我一直生活在贵州的乡间。遇到县委书记和县长时,和我介绍的是一个个"扶贫"的产品,有猕猴桃、黄金百香果、芭蕉、方竹笋等;碰到州、市、专区的领导,同样讲的是"扶贫"规划和全城旅游的促进"扶贫"项目。难得有一次遇到省长,她也跟我讲起了全省上下各族人民的脱贫攻坚之举,其精彩生动,让人很难忘怀。

我始终在想,总得给2020年这个脱贫攻坚之年写上一篇文章。思来想去,我决定从被人称作秘境的荔波瑶乡入手。荔波瑶族人口总数虽然只有不到6 000人,只占到我国260多万瑶族的1‰不到,可荔波瑶族却是其中最有代表性的一脉。"岭南无处不有瑶"包含的白裤瑶、青瑶、长衫瑶三种代表性瑶族,在这6 000人中都有。考察瑶族汉子的生活方式,也从精神层面显示脱贫攻坚对一个古老民族的影响。

俗话说，瑶族汉子三件宝："猎枪、鸟笼、酒葫芦"。这些汉子经常在吃饱后，就提上一杆枪钻进林子里狩猎。"手把硬了求野肉"，狩猎得来的猎物，小到雀鸟、麂子、野兔，大则岩羊、野猪、黑熊，抬回村寨里，众人一起宰杀后分而食之，这就是所谓的"上山得猎物，人狗都有份"。

吃饱喝足了，汉子们空闲下来就斗鸟，用鸟雀的羽毛、颜色、鸣叫声来进行比试。葫芦里的酒喝完了，他们回家躺倒就睡。也有人醉得跌跌撞撞，认不清楚回家路的，只能睡在树脚边，或者醉卧在水沟旁。我年轻的时候，还亲眼见过在纷飞的细雨中，醉倒在寨子门口的瑶族汉子。

虽然看起来他们的生活潇洒自在，但究其实质，却也是久居山林之中的无奈。换个角度说，贫穷造就了这些生活习俗。但脱贫攻坚的战役有序打响以来，瑶乡男女先是跨过了"温饱线"，接着通过移地搬迁过上了新生活。生活环境大变，在紧挨着交通便利的景区附近，一幢幢新房，一个个广场，一股又一股澄净香甜的自来水，让瑶族乡亲们笑得合不拢嘴。但旁观者也不禁为之忧心：搬出了山高林密的偏僻乡间，瑶族老乡们还住得惯吗？

广场秀延续瑶族文化

在瑶乡旅游时，我找到了这个问题的答案。一天晚上，旅游广场中央燃起了一堆火，吃饱饭的客人们纷纷围坐到广场四周的廊檐下看热闹。在一阵阵的鼓声和瑶族姑娘悦耳的歌声里,"天天欢"广场秀开场了。

这可不是一般的歌舞表演,这场演出展示的是瑶族自古而今悠长的历史,还有猴鼓舞、打猎舞、陀螺竞技、三种支系瑶族的服饰等民族文化,背景上还会出现独特的瑶家禾仓。最吸引我的,是一队穿着白裤的瑶族汉子,他们肩扛一杆长长的猎枪,踏着攀山的步伐上场了。猎枪在他们手里舞出了各种花样,提枪、端枪、瞄准,各种姿势,真是让人目不转睛。

突然,这些端枪的汉子一齐将枪举了起来,瞄向密密的山林之中。音乐声随即停止,锣也不敲,鼓也不擂了。全场寂静无声,敛息盯着这一队瑶族汉子,心里暗暗思忖:他们会开枪吗?

就在这时,为首的汉子鸣了第一枪:"嘭!"夜间太安静了,枪声久久地在广场上回响,并传到四周的山谷里去,激起不绝于耳的回声。随即,所有汉子手中的猎枪都扣响了,山谷里震荡着猎枪的余音,一只又一只猎物应声落到广场的平坝上。

我看得分明,那里有硕大的黑熊、笨重的野猪、小巧的麂子……待到围观的群众定睛一看,顿时爆发出一阵哄堂大笑,原来落在大家面前的"猎物",都是逼真的动物标本。随着一声锣响,一只宰杀好的野猪被抬到了火塘边,穿着白裤的瑶族汉子们围了上来,他们把长长的猎枪支在身旁,捻开葫芦,倾倒出米酒,动作夸张地作大碗喝酒状,空气中顿时弥漫出一股米酒的香味。

除了酒香,还有鲜花的馨香拂面而来。原来是一群年轻的瑶家姑娘,手捧着土红色的小酒杯,朝着观众席笑意盈盈地走过来。还真有一些观众抢先跳出去，争着喝这些瑶族姑娘杯中的酒呢。

我这才恍然大悟，走出九万大山的瑶家儿女，把他们的历史和传统的生活方式，统统编织进了这一台饶有风情的广场秀里。脱贫攻坚在瑶乡，真正让我看到并体会了瑶家儿女的新生活。

旅游也是一种"扶贫"

去旅游就是"扶贫"

上海是支援贵州遵义的对口"扶贫"城市，只要走进遵义下面十几个区县，都能见到上海派到各个县、区、市的干部。

实际上，在贵州省除遵义之外的另八个州、市和专区，我也总能碰到一些上海派到这边"扶贫"的干部。这些"扶贫"干部对贵州充满了感情，讲起贵州来滔滔不绝，话比我这个和贵州结缘了半辈子的人还要多。并且几乎所有的人，都会不约而同地说一句："三年的'扶贫'经历，我们也会像你一样，一辈子都不会忘记贵州这个地方了。"

有人问我："这是什么原因呢？"我往往会意味深长地说一句："这就是贵州的魅力吧。"

《过口难忘遵义茶》讲的是小小的一片茶叶为贵州脱贫作出的贡献。事实上，贵州省文化旅游事业的飞速发展也为贵州脱贫作出了不可磨灭的贡献。

前些年，中国中央电视台面向全国的公益广告中，总能看见一个盛装的苗家姑娘，用她朗朗的嗓音道："到西江苗寨旅游，就是来'扶贫'。"如今驰名全国还吸引来不少外国游客的西江苗寨，不但顺利脱贫，而且家家户户都在小康路上走得欢快。

我曾在《人民日报》上发表了一篇散文《西江华彩路》，写的是苗家儿女在旅游发展路上富裕起来的详细过程。曾经去沿海城市打工的苗家儿女，现在99.7％都回到了西江苗寨，干起了旅游，并取得了不错的成绩。后来，那一句公益广告语，变成了"到丹寨来旅游，就是来'扶贫'"。目前，丹寨苗家也已脱贫，和西江苗寨一样，以它独特的旅游资源，吸引着全国、全世界的客人前来游玩。

爱旅游的上海人

地处西南山乡的贵州，所有的山水风光和优质旅游资源，都需要宣传。而最好的宣传，就是旅游回来的人由衷地赞誉，他们的口口相传，最能激起人们想去游玩的欲望。

最爱旅游的上海人，也因此成了贵州"井喷式"旅游发展的先行者和宣传员。上海人不仅会玩，还爱出去玩。无论是水春河、杉木河、清水江的漂流，还是山巅有着蘑菇石、万卷书奇景的梵净山，抑或者是多姿多彩的少数民族风情，又或者是苗乡侗寨布依村落里独具特色的美食、米酒……经上海游客回来绘声绘色地一说，便会引起不少人前往贵州一探究竟的兴趣。在苗乡侗寨，时不时地能听到购买了民族饰品、银饰品、风味小吃的上海客人用地道上海话说："让我也为'扶贫'出一点小力吧。"

对此，贵州的各族乡亲不仅是欢歌载舞地来迎接，更是在各种各样的旅游项目上，尽一切力量让每一位远方来客吃得满意、玩得开心。旅游文化发展了，来的游客络绎不绝，乡亲们的收入增加了，"扶贫"的步伐也越走越踏实，越走越快。

这些世世代代长居在深山密林中的少数民族村寨，真正尝到了发展旅游的甜头。2020年的11月，贵州省最后两个贫困县从江和榕江宣布脱贫，迈上了致富小康路。当地的侗族、水族、布依族乡亲们脸上，露出了欢快的笑容。

在这方面，上海"扶贫"干部起了很大的作用。他们用自己的眼界、学识和对上海、贵州两地都熟悉的优势，给贵州当地提出了许多宝贵的意见和建议。"扶贫"和旅游双管齐下，终于让贵州这个山美水美人更美的地方重新焕发出动人的光彩。

到最远的瑶寨过夜

不再神秘的瑶乡

正是晚秋时节，九万大山层峦叠嶂的村寨已经凉意很重了。当地的布依族干部提醒我："要到瑶乡过夜吗？小心着了凉。"但我还是决定要去，并且决定就到最远的董蒙瑶寨过夜。上次来，只在瑶寨的露台上喝了一下午的茶，我总觉得遗憾。

在荔波著名的大小七孔，若要去瑶乡体验民俗风情，品尝瑶山黄豆鸡，喝一口瑶族女子酿的米酒，就有三个好去处。

最近的是梦柳小镇，沿街都是风味饮食店，米粉馆、小饭店，还有时尚的啤酒店、咖啡店，以及灯光通明透亮、风情沉郁的民宿。这家那家，传出的民族音乐和歌声，都是撩得人心动的。这些老板们有从湖南凤凰过来的，有从云南丽江和西双版纳过来的，他们租了房子住定下来，就是觉得梦柳的布依族、瑶族风情更为吸引人，有更大的发展前途。

小镇上居住着1 000多个瑶家儿女，连同来小镇发展的人们，

318 one city prosperity

共有2000多人。这里离仙境似的大小七孔景区很近，游览了大小
七孔的客人们，若是舍不得离去的，都愿意到这小镇上过个几夜。
小镇上最突出的是一只硕大无比的铜鼓，站在铜鼓下留影，高大的
汉子都会显得渺小。

　　离大小七孔不远不近的瑶族村寨，是更有瑶家特色的拉片村，
拉片村里有颇具历史感的瑶家禾仓，还能体验瑶浴。几乎每一个走
进拉片村的客人，都要站在经过修整补缺的百年禾仓前，留个影，
把极具沧桑感的生态粮库，展示给自己的亲朋。

　　可我仍觉得住满了人的瑶家风情民宿灯光太亮，附近广场上的
瑶族歌舞"秀"声音太响。拉片村的客房那么紧张，说明她已经不
那么神秘，而是正在变为纯粹为旅游服务的景区。

　　而我要去过夜的董蒙古寨，是一个原汁原味的瑶寨，它离拉片
村还有10多里地。

精准"扶贫"改变董蒙生活方式

　　董蒙是瑶乡解放之后瑶族人栖居的村寨。有人对我说，"董蒙"
是瑶语，意思是"神秘""远古""美好"；也有人对我说，瑶语讲
的是"我们就是这么活着"。怎么活着呢？是像远古的祖宗那样活
着，狩猎、喝酒、跳舞、唱歌、养鸟雀，自得其乐又古朴天然，外
人只能带着探秘的心情观察他们吗？

　　只有瑶族自家知道，从远古到1949年之前，他们过的都是

"入山唯恐不深，入林唯恐不密"的生活。正如瑶家古籍《过山榜》中记载的："盘瑶住处无篱壁，风吹雨湿床前席。"瑶族们刀耕火种，狩猎打鸟，食尽又走。他们的山歌里唱着："食尽一山又一山，一山更比一山难。"

半个世纪前，我到贵州插队当"知青"，在贵阳碰到荔波瑶乡出来的人，还听到他们说"刀耕火种，依险山而居"的情况没有彻底根除。是改革开放、精准扶贫这些年来，董蒙才一改原先的破败、简陋、贫穷的模样，把茅草房改建成了吊脚楼。

夜已深了，车灯打着两条雪亮的大光，照着我们前行的盘山公路。没有车灯照耀的地方都是黑黢黢一片，若像我年轻时候那样大着胆子走进去，非得带一把电源充足的手电筒不可。

上一次在董蒙瑶寨的露台上喝瑶乡茶，是在一个寂静的午后。只要我们几个喝茶的伙伴不说话，院坝里一条狗窜过，群鸡在草丛里啄食，有人从楼梯上轻轻走上来，都能听得清清楚楚。今天，站在民舍的阳台上回忆往事，我不由得深深地呼吸了几口瑶寨夜晚的气息。

四周全是耸入云端的高山，一座座吊脚楼就建在团团围起来的山脚下。我清晰地看到，上一次我坐着品茶的露台，就在阳台不远处，一盏高杆上的灯光透过树叶，把露台上的藤椅、茶桌照得依稀可见。我环顾着这座近60户白裤瑶栖居的寨子，侧耳细听，却只感到万籁俱寂。

静极了！禾仓下传来母鸡的"咕噜"声，远近的瑶家农舍里，大多熄了灯。我有意识地清点了一下目力所及的灯光，把暗淡的、最远的亮光一起算上，只有不到 10 户人家还亮着灯。瑶家的寨邻乡亲，也许仍承袭着他们古老的习俗，"日出而作，日落而息"，天擦黑时分，就早早地把一切临睡之前的事情做完歇息了。

晚秋的风从垭口那边吹过来，我仰起脸来，目光搜寻着层层叠叠的大山在天幕上勾勒出的剪影。只是瞥见那些剪影，也能感觉到九万大山的巍峨壮观，黝黑的大山上草木繁茂疯长，密密簇簇的原始森林密布，即便不是白天，也能感觉到"天苍苍、野茫茫"的那股气势。

曾经在九万大山密林深处讨生活的瑶家儿女，被人们称作"白裤瑶""二片瑶"的父老乡亲，终于告别了"雨水湿床无处眠，妻儿男女哭连连"的游耕生活，在董蒙、拉片、梦柳这样的新瑶村里过上了真正的人世间的日子。

悬崖下的村庄

化屋村，一个别致而又有历史底蕴、文化情韵的打卡地。

这个繁衍栖息在河边的苗族村庄，原来是个与世隔绝的部落。说她是一个部落，指的是村庄里老老少少生活着好几辈人，足有一千几百口。

这个村庄背靠着悬崖，面对着水面坦坦荡荡的鸭池河。而左右两侧，则全是密密的人迹罕至的树林，那高低错乱的树林里，长满了粗粗细细、你挤我拱的林木。粗大的两三个人围抱不过来，瘦高的窜到半天云空之中，更多的是荆棘树丛，人走进去下不了脚，时而还有蛇虫出没。故而没人敢走进这幽深的密林中，只因为听老辈子的祖宗说过，凡是带上火铳枪、砍刀，大着胆子走进去的汉子，没有一个人回来过。祖宗的遗言代代相传，成了清规戒律般的祖训，至今仍被苗家的子子孙孙遵循着。

非不得已一定要和外界联系了，村庄里的汉子就得攀爬着悬崖，四肢着地寻找着悬崖上的缝隙和脚窝，费尽力气爬上悬崖来。一年四季中，很少有人敢这么做。外来的客人，包括当地的干部和民族民俗的专家学者，来到了悬崖上，也只能远远地俯视着这个村庄，慨叹一番，询问几句，发几句议论，遂而遗憾无奈地离去。

千百年来，人们也只是根据周围其他老乡的传言，说世世代代栖息生活在村庄里的是苗族中的一个支系——歪梳苗。这是根据村寨上苗家妇女把头发歪梳成别致、高耸、好看的发髻而得的名。据说起源于母系社会，流传至今。

在近百个苗族的谱系中，歪梳苗确实也是颇有特色的一支。在珍贵的抄本《百苗图》中，能看到男男女女都歪梳着发髻，而图本的空白处，还特地注明，歪梳头发之前，必须用香水把乌发洗得又黑又亮。他们所使用的香水，自然是采自大自然的天赐，不是我们所理解的香水。

听上了年纪的苗族寨老说，他们的祖宗率领族人一路跋山涉水地流浪、迁徙寻觅栖息地的过程中，来到了悬崖上。吆赶着狗儿下到悬崖底的河岸去；等到知晓主人心思的狗儿回来时，祖先看到狗的嘴唇上留有咀嚼过野果子的汁痕，尾巴上还沾有草木的果实，便认定，河岸边大片的相对平顺的土地，能够栽种庄稼，不但能产苞谷、荞麦，引来河水，还能在田块里栽种水稻。

浪迹天涯四处寻找栖息之地的歪梳苗中的一支，就这样在悬崖下的村庄里生活开了，他们一边建造草棚、木屋、木楼，一边开荒种地，过起了远离尘世，却又自成一体的日子。事实证明歪梳苗的祖先是有眼光的，鸭池河岸上的土地肥沃，足能在苗家兄弟的辛勤耕耘之下提供粮食，让他们一代一代在悬崖下的村庄里繁衍生息，忍受着大自然的凄风苦雨，也得到一份辛勤劳作后的收获。

秋去冬来，岁月风霜，远离尘世、远离社会和时代，过的毕竟是苦难和贫穷的日子。遇上灾年，碰到疾病和灾祸，苗族老乡们只能望着天哀叹一声："恼火！"（土话：难得过下去的意思）。

脱贫攻坚的时代步伐终于迈进了这一片自古以来称作"化屋基"的土地。连通高速公路的山间公路，终于从悬崖上绕了一个大圈，一直修到了河岸边的村庄上。

所有来到这里的客人们，都会异口同声地说，苗族兄弟们真是有眼光，这是一块多么美丽的地方：鸭甸河从左前方淌来，六冲河从右前方湍急地流来，和紧挨着苗寨的鸭池河在寨门前不远处汇聚在一起，顺着坡势奔腾而下，形成了著名的乌江。而鸭池河的上游5公里处，山巅之间云去雾来中，建起了一座横跨宽阔河面的天桥，凝目细望，还能看到桥面上疾驶而过的汽车。

现在所有人都知道了，这是一座名列世界第五的桥梁，是贵州省桥梁博物馆专向客人们介绍的10座名桥之一。

我来到这里时，怀着一分好奇，问过："这悬崖下的村庄，为什么取名叫'化屋基'？"老乡笑了，说"化屋基"是彝语，彝族人民把"悬崖下的村庄"，就叫作"化屋基"。哦，原来是彝语的发音！

我又问："不是说住的都是苗族，歪梳苗吗？为什么地名不使用苗语的发音，反而使用彝语？"

老乡又笑了，说："对，村里都是歪梳苗，一个彝民也没有。"但是，这里放眼望去能看见的土地，所有的山山水水、山水之间的林木，在歪梳苗的祖先寻觅到这里时，都属于当时的彝族土司管辖。等到大土司如梦初醒般发现悬崖下突然出现了一个村庄时，同样叹服歪梳苗的勤劳勇敢和智慧，承认了这个事实，认可了这些远方迁徙而来的苗家人。

久而久之，人们为了说起来简捷、顺口，称"化屋基村"为化屋村。自从 2021 年习近平总书记来到化屋村看望苗族乡亲，化屋村便着实地"火"了起来。我是在贵阳的一次文化活动中认识"化屋"当家人的。她是一个有知识有文化的当代化屋村民，说她读过我的书，她还热情地邀请我到村庄里做客。

这一次，我没有通知她，悄悄地来到这里，坐船游历了鸭池河，饱览了远近山水的大好风光，还在悬崖上的帐篷里住了一晚上，真切地感受到了，这个别致而又有历史底蕴、文化情韵的打卡地，其真正的风情、风味和少数民族特有的风格。像所有来过的客人对我讲的一样，离开的时候，我也带回了一份难得的惊喜。

等的就是这场瑞雪

瑞雪兆丰年。

在上海刚度过一个暖暖的"三九"，正在揣测"四九"会不会来寒潮，从贵州来了一条信息，说从元月的 21 日夜间开始，梵净山肯定会有雨雪，让我务必赶过去；哪怕没有雪，即使落下来的是冻雨，第二天黎明山山岭岭之间的冰凌，也是很有西南山乡特色的。

我等的就是这场雪啊！

元旦那天，在黔西南的普安县，参加"贵州绿茶第一采"活动之后，天阴下来，体感寒人。有老乡对我说，这感觉，像是要下雪的样子，于是我就耐心等到了元月 8 日，天反而暖和起来，老乡又说，雪不会来了。干等着也无趣，我回了上海。

哪晓得才回来 10 天，又说雨雪要来。不是预测的 21 日来嘛，我赶紧订票，迎头撞上了"春运"的前奏，只订到上海到金华的座位票，从浙江的金华站到达梵净山所在的铜仁市，只有站票了。非要赶过去的旅客，只有上了车补票，碰碰运气了。

我等的就是这场雪，决定上车以后抢着补票，看看有没有运气?

故而 21 号下午一上车，找到位子后，我就去寻找列车长。只见一堆十几个人围住了戴眼镜的姑娘，纷纷嚷嚷着补票。

我也要补票，补一张从金华到贵州铜仁的座位票，只见戴眼镜的姑娘一边手脚麻利办理补票，一边放大嗓门道："讲清楚了，商务座、一等座、二等座一个座位也没有了。补上了票，只能站着。"

我让她看看我的模样，对她说："我 70 多岁了，你看能不能找你们列车长商量一下，给我找一个坐处。"

她哈哈一笑："我就是列车长，老同志，我说的是实话，真的一个座位也没有了。你先回自己位子上去坐着吧。有办法了我找你。"

我盯着她的胸牌，凝神一看，上面清晰地标明：列车长，钟鑫。

我只得坐回自己的位子，忐忑不安地等待着。身旁姓但的贵州思南的小姑娘安慰般对我说，她是上个月就预订了票，"你两三天前订票，是完全不可能订到座位的"。我忧心地想，谁叫我等着山乡的这场雪呢，坐到了金华，后面 6 个多小时的车程，只有站着过去了。年轻时代当"知青"，挤着站着回上海探亲是常事。看看我还能不能熬吧。

半个小时之后，处理完补票事宜的列车长来到了我面前说，座位还是没有，考虑到你老同志 70 多了，到了金华，我会来喊你。

我惊喜地问："你有坐处了?"她摇头道："没坐处，我只有把自己的位子让给你坐。"

车到金华，她准时来到我座位旁，把我带到两节车厢的接合部，让一位占着位的列车员起身，然后对我道："工作座，简陋一点，你坐吧！"道谢以后，我坐下了。心也安下来，余下来那么长的6个多小时，我终于有个座位了。

可能是冲着我对梵净山这场大雪的虔诚和期待吧，列车刚刚进入铜仁地界，一场纷纷扬扬的雨雪已经落了下来。

当我换坐上梵净山尚空主任的小车，直驱梵净山腹地时，扑面而来的白色雪花已绕着小车纷飞。

半夜在山里入睡，第二天清晨一觉醒来，梵净山已是一片雪白的晶莹世界，高高低低的山山岭岭、层层叠叠的逶迤群峰，全部都笼罩在一派童话般的氛围里。我站在白色的山谷里，眺望着密密树林中厚厚的雪野，远远近近的山峦万籁俱寂，只有谷底深处的流水，腾跃着、飞溅着淌过河谷中央大小巉岩、石头、石块，大一点的岩石上，都覆盖厚达盈尺的积雪，而小小的石块、石头上，那一层雪花就如同戴着白帽子。雪仍在下，雪花还在飘飞，我走进以往熟悉的林间小路，只觉得自己步入的是一片陌生的仙境。

哦，这一辈子，我多次走进过世界自然遗产地梵净山，饱览过梵净山春、夏、秋三个季节里壮丽的景色，唯独在下着大雪的冬日里，从来没有来过。

年过七旬，我以为再也不可能见到老人们给我盛赞过的梵净山白雪了；没想到心中有盼望，大自然似乎也猜到了我的心愿，突如其来的，给我送来了这么一场漫天皆白的雪山美景。

可以说，在我步入75岁的冬天，我等的就是这么一场大雪。

　　我把这点感悟对随我一起进来的年轻人说了,他们一边抢着镜头,一边高声打破了寂静道:"等来的是一场瑞雪啊!叶老师。"到底还是年轻人脑子灵活哪,是啊,是瑞雪,瑞雪兆丰年啊!

　　我们的祖国大地,我们生活的家园,乃至我们中华民族,都在等着这么一场瑞雪呀。

为何是西湖

　　一次一次地去往西湖，观西湖的水，看西湖周围的山，阅不尽西湖那令人心醉的景色。

　　儿子读大学和研究生的那连续几年中，年年5月"黄金周"之后的第一个双休日，我都叫上他，一家三口到杭州去，住在西湖边上的旅馆里。泛一次舟，沿着湖畔散步，看初夏的阳光沐浴着湖岸上的嫩柳。我总是觉得，那柳丝、柳叶、柳条是一年里最美的，特别是轻风吹来时，柳枝儿摇曳着，充满了情姿情态和情韵，给春日里的西湖，倍添了几分妩媚的美，柔轻的美。

　　友人问我，年年这个时候去，不觉得重复？我如实相告，我觉得这是一年里西湖最美的几天，你想，"黄金周"的喧嚣平息下来，西湖在享受难得的一份清静，我的一家人也在忙忙碌碌的工作、学习之后，获得身心尽情放轻松的休息，无拘无束地欣赏那美如画卷的湖光山色，学影视的孩子还不时地选择着他的视角，留下一帧一帧照片，成为小小的三口之家温馨的回忆。

　　多少年里，我始终觉得，世人需要一个西湖，人生需要一个西湖，就是为了提供给人们一个休闲放松的美好去处。让青年男女们欢笑，让老年群体自在地回忆，让一户一户家庭感觉人世间的温暖，所有的人都可以在西湖之畔欣赏夏月的绿荫与风荷，冬天里断桥上洁白的积雪，笼罩着烟雨的远山之秋和桃红柳绿的春天。

仅仅是这样吗？

步入人生的秋天，我对这自以为是的认识产生了疑惑。

仅是如此，我就不会去了又来，一般来说，人们对重复游历同一景点是会厌倦的。古往今来，无数的文人墨客对西湖情有独钟，留下那么多、那么多的诗篇。环湖而建的，还有一幢连一幢的名人故居。围绕西湖的，还有一个比一个缠绵悱恻的故事。这些政界要人，这些名士骚客，这些商贾巨绅，他们不但喜欢西湖，还要在西湖边居住下来，天天守着西子湖畔不愿离开，难道西湖的水到了冬天不寒冷？难道杭州的夏天不同样要经历灼热难忍的那几天？

天下西湖三十六，今浙江省境内，叫西湖的湖泊就有几处，为何世世代代的人们只记得杭州的西湖？

西湖的魅力究竟在哪里？西湖神奇的谜底到底是什么？我试着想要一探究竟。

我光是从历朝历代文人们留下的诗篇中寻找这一答案。

哦，西湖有历史，这历史联系着杭州的由来，这历史让人浮想联翩，北宋和南宋，明朝和清朝，让人情不自禁会产生思古之幽情，引起一番对人生和命运的沧桑之感、感怆之感。不是吗，精忠报国的岳飞和决战制胜的于谦，最终都得到了一个冤死的结局，难道不令人感愤唤叹。

西湖的人文更因所蕴含的历史内容而无比丰厚，那传之久远的神话。那一段一段佳话，那湖畔的各式建筑里一个一个凄美动人的传奇，沈秋水和秋水山庄·《秋春事记》的创作本源，还有广为流传的苏小小和《白蛇传》的故事，风月案，人鬼情……人们尽可以从这些既像传说又似真情的悲景剧之中，读出人物所处时代的风情俚俗、世态演变。

西湖的湖山、林泉、路堤，四季分明不同的美景，更是吸引着人们一次一次走近它、游历它、能爱它的缘由，秋日里的满陇桂雨，让如潮的游人们涌来；春季里的龙井茶，让一拨一拨的新老茶客涌来，还有冬日的梅，夏天的荷，和西湖离不开的美食，都让西湖这一泓碧水，环湖生长的绿树浓荫，有了比它处更诱人之处。

所有这一切的一切，仍然不能解开我心中的疑惑，仍然不能揭示西湖如此令人神往和吟咏的原因。

就此我也试着询问过巴金老人。

巴老青年时代就眷恋西湖，在他中年编撰的《巴金文集》十四卷中，他留下过和同时代的文人们在西湖畔的照片。从 1960 年开始，直到 1966 年，每年的清明节前后，他都要和夫人肖珊到杭州小住几天。他说，"每年清明前后不去杭州，我总感觉好像缺少了什么，并去几处去不厌的地方，例如灵隐、虎跑或者九溪。"

巴老说到的这几处地方，现在都已经是游人如织的景点，都挨着西湖。

到了八九十岁的耄耋之年，巴老还是年年要到杭州去，住在西湖之滨。每年的五一前后启程，十一前后回到上海。由于工作关系，我也每年必在这个时间段去拜望他，除了在室内谈天说地，时常还在夕阳西斜时分，推着轮椅到西湖边上。这个时候老人经常不言不语，保持着沉默，静静地倾听着湖水拍岸的声音，目光深情地眺望着西湖远远近近的湖光山色。每当这个时候，我总在旁边注视着他，心里说：老人是在想什么呢？他是在怀念青年时代吗？

百岁前后，巴老生活在病榻上，我去医院探望他时，他操着四川口音对我说道，"康复一点，就去西湖看看……"

是什么，让巴金老人如此深情地眷恋着西湖呢？

也许是久思必有回报。有一天，我陡地醒悟过来，何必去向老人询问，何必到诗文和秀美的自然景观中寻求答案。问问我自己呀，为什么我这样喜欢西湖，为什么我对西湖的四季百看不厌？

我的 50 岁生日是在西湖边上度过的，一家三口人，买了一只小小的蛋糕。

我的 60 岁生日也是在西湖边上度过的，十五六个好友，切开一只大蛋糕，还请饭店奏响了"祝你生日快乐"的音乐。

这都是在秋天，是在 10 月小阳春的日子里。白天在湖旁公园里散步，明丽的阳光之下，周围往来游人不绝于耳的欢声笑语。那个时候，我的心情特别喜悦，我的神情出奇地轻松，我感觉到生活是那么美好。无论是亲人和友人，都对我说，你年轻了好几岁。

是啊！正是青春，西湖的魅力在于唤起人的青春，西湖的真谛在于让人想到青春的美好。西湖的湖光山色，西湖的璀璨夜晚和静谧清晨，西湖的景物和人文，西湖的千秋万代使之久远的诗文，都会让人联想到青春和人生的悲欣。

揭开了这一疑惑，我释然。

源自砂锅寨的另一副目光

回想 1969 年，初次来到贵州三县交界一个叫砂锅寨的偏远山乡时，我被周围的一切深深地迷住了。壮丽无比、连绵无比的山川河谷，山乡的风土人情，勤劳淳朴的老乡，包括他们的服饰，嘴里吐出的西南官话。这一切有多美啊，我给上海的一个同学，写去了足足 15 页的散文诗样的长信：喜鹊停落在大牯牛的背脊上休憩，岭腰峰巅徐徐飘散的雾岚，山涧里的流水……总之，我恨不得把看到的一切，感觉到的所有新鲜的、和上海不一样的印象，统统告诉上海的伙伴们，还不忘叮嘱他们，把信互相传阅一下，让他们都知道，我到了一个什么样的地方。

我所了解的农村

对于中国的农村，960 万平方公里的广袤大地，我所认识和了解的程度，是有一个渐进过程的。

整个青少年时代，我都生活在上海的弄堂里，就读的小学在弄堂斜对面，几分钟就能走进校园。随着年龄增长，当然也知道了，我们生活的这个世界，除了有像上海这样的城市，还有农村。

那么，农村是什么呢？

农村对我来说，是一个生产粮食和蔬菜的地方，我们天天吃的米和面，菜场里出售的蔬菜，都产自那里。

农村还是一个风景秀丽的地方，有清新宜人的空气，有潺潺的溪水和淙淙的河流，有广阔无垠一望无际的田野，河网密布，鸟语花香，充满了诗情画意……这些当然都是书本、画报、电影里看来的。

读中学了，从初二开始，每年有两三个星期甚至一个月的时间下乡劳动。即使是在那时，我眼睛里看到的上海市郊的农村，也还是"炊烟袅袅地升起在村落上空"，是"粉墙黛瓦的农舍"，是"高压电线杆伸展到遥远地平线上"，是清晨的鸡啼和犬吠。在作文里，我写道：通过下乡劳动，我由衷地感到，社会主义的新农村到处都在胜利地前进。这是我一个少年出自肺腑的真实感受。

哦，下乡劳动回到上海家里，妈妈告诉我，我就出生在离上海不远，一个叫花桥的乡下外婆家。只不过，四个月大的时候，她就抱着我离开了大门前有三座桥的农舍，到了上海。所以，我对我出生的乡村毫无记忆。但是，就是这么一句话，以及对外婆家院落里那个叫绿竹堂的老屋的描绘，我意识到，我这个从小在弄堂里长大的孩子，原来跟农村、江南水乡农村，还是有联系的。

"上山下乡"运动掀起来了，坐着火车到2000多公里之外的贵州省修文县久长人民公社永兴生产大队砂锅寨生产队时，我对云贵高原上的乡村和如画山水，还是充满了学生气的憧憬和向往的。

但是，随着走进一户一户农家，天天和村寨上的老乡们一起参加集体出工劳动，尤其是和他们交往和对话的深入，生活严峻的一面呈现在我们面前。

看到老乡家里天天吃的苞谷饭，居住的茅草屋和砖木结构的农舍，身上穿的打补丁的衣裳，我开始看到了偏远山乡里的贫穷、落后，和粗放的农耕方式，尤其是到了青黄不接的时候，老乡一张张发愁的脸和期盼风调雨顺的眼神。在和老乡们一年一年深入交往的日子里，我和他们真正打成了一片。我也由衷地懂得了温饱没有解决是怎么一回事。

特别是到了插队落户当"知青"的最后几年里，我的思想感情也和村寨上的男女老少一样，盼望着农村里的改革，盼望着生产方式的改变，盼望着农民们过上一种吃得饱白米饭，不需要再等待年年寒衣寒被救济的日子。

这样的日子不仅让我盼来了，而且还让我亲眼看见了这一演变的过程。联产承包责任制推广过程中的探索、《拔河》一直到逐渐成熟推广，我都亲身经历并和所有与农村有关系的干部们一起感觉到了其间脉搏的跳动，以及不少从基层直到省一级干部的"阵痛"。

故而，我不仅以中篇小说的形式写下了《同样是收获季节》，长篇小说的形式写下了《私生子》《缠溪之恋》这样一些山乡农村生活的故事。我还以前后五年的时间，写下了长篇小说三部曲《巨澜》（第一卷《基石》、第二卷《拔河》、第三卷《新澜》）。从人民文学出版社于1984年推出第一卷，在往后的37年岁月中，共出版了六版。特别是 2021 年建党 100 周年之际，三部曲入选由中国言实出版社编撰的"百年百部红旗谱"。每一版都在内容简介或提要中说：小说紧扣时代的脉搏，深切地关怀人民的命运，以浓郁的乡土气息，简洁而抒情的笔触，描绘了山乡农村、县城、直到省城的广阔画面，较深刻地反映了我国农村的巨大变革，揭示了当代生活中的重大题材。2017 年再版时，以"全景式反映改革开放的长篇巨制，史诗般再现了中国乡村翻天覆地巨变的恢宏画卷"来形容《巨澜》。2021 年版本，是在初版的 37 年之后，封面上更是以"100 年红色史诗，100 年红色经典"肯定了这本书。

就我个人来说，如果没有青春岁月中亲历了那段农村生活，留下刻骨铭心的记忆，我是写不出《巨澜》来的。

实事求是地说，和我另外两部"知青"题材的长篇小说《蹉跎岁月》《孽债》（这两本书中同样也有很多对贵州和云南农村的描绘）相比，客观上的影响，《巨澜》不如这两本书大。但是，对于我来说，《巨澜》还是有着特别的意义。

近 10 年来，已经不需要我天天去坐办公室，我年年仍要回到贵州去，在乡间住上两三个月，和包括布依族、苗族的各族乡亲聊聊天，聚一聚，各处各地去走一走，看一看。

我亲眼目睹了 2015 年贵州全省县县通高速，2020 年之前又做到了村村通柏油马路，无论是汉族村庄，还是民族寨子，都起了翻天覆地的变化。我当"知青"的砂锅寨，家家户户住上了二层楼的房子。富裕的人家，院坝里停着小轿车，修起了三层楼甚至四层楼的房子。我以《砂锅寨的农舍》为题，写下了一篇散文。还以《叶辛的贵州》《我和祖国 70 年》《云山万里满眼春》《打开贵州这本书》为书名，出版了几本散文集。每一篇小文，都写下了我对山乡农村变化的感受和喜悦。今年初，国务院为促进贵州的脱贫攻坚和新 10 年的发展，专门发了 2 号文件，我还以《我看到了乘风破浪的贵州》为题，表达了我对贵州山乡半个世纪来巨变的真实心情。

农村对我的影响

从喧嚣热闹、繁华的大都市来到偏远的山乡，我经常坦率地说出自己直白的感受，那就是，上海是中国数一数二的大城市，而半个世纪之前的贵州农村，则是中国相对滞后的乡下。那个落差太大了。

正是这一巨大的反差，使得我学会了用两副目光来观照乡村和都市。

初次来到村寨上当"知青"时，我自觉不自觉地用一双上海小青年的眼光看待山乡里的一切：世代栖息在这片土地上的老乡，他们的风情俚俗，他们日出而作、日落而息的生活方式，他们的衣着服饰、饮食习惯，乃至婚丧嫁娶中保持的很多习惯、礼仪。所有这一切，都激起了我强烈的兴趣，农闲和冬腊月间，我不仅把这一切在本子上记下来，烤火摆"龙门阵"时还要细细地向农民们询问，力图去理解这些陌生的甚至困惑的人和事。正是在这种细微的观察、理解和思考的基础上，我提起笔来写下创作生涯中最初的一些作品。

　　无论是写到我们这一代人命运的小说，还是写到农民们的生活形态，甚或是那些描绘少数民族如苗族、布依族、侗族、水族、瑶族的作品，我得承认，那全都是我用一双都市人特别是大上海人的目光观察并思考以后的结果。

　　随着岁月的流逝，插队落户年复一年，我在山乡里浸染得愈来愈久。我会讲一口外人听来流利而地道的乡间土话，我的衣着和农民们相差无几，我的脉搏已经随着农民们血液的流淌而搏动。我不知不觉地习惯于用一双山乡农民的目光，留神天气的变化，节令对农作物的影响，春天里为天旱犯愁，夏日里因山洪暴发而怕涝，秋季里担忧西北风刮得太早。

　　尤其是在赶场天，难得进一次县城，和各式人等打交道，我会以一个农民的目光，看待营业员、职工和干部们的一切。跑进了城市、省城、上海、北京，我会瞪大一双疑讶和愕然的眼睛，望着这些大都市里近年里发生的变化、景观、口头禅、流行语……回来讲给乡间的人们听，竟然也会引得他们的笑声和浓烈的兴趣。

　　后来，命运又让我回到了生于斯长于斯的上海。我敏锐地察觉到上海哪些地方变了，哪些东西没有变。当逐渐适应了上海人的生活节奏，找回了一个上海人的感觉时，只要静下来，我总会把上海大城市感受到的一切，和记忆里的贵州乡村对比。用上海都市人的目光，来反观乡村里的人和事，思想和感觉，为人和行事。当这两副目光交织在一起时，还有一些新的思想和灵光闪烁在我的脑际，于是，创作的灵感就会跳出来。长篇小说《孽债》，就是两副目光交织着观察生活而构思出来的。

用都市人的眼睛观察山乡里的一切；用一双山乡里形成的目光看待都市，这就是农村对我这个作家最大的影响。

我对农村的期盼

整整 10 年的插队落户岁月，除却参加集体的出工劳动，我还当了几年耕读小学的教师，天天同小学生们打堆。故而要我说一说对农村的期盼，我只有一个，那就是期盼我们的文化教育，在乡村振兴中起到更大的作用，发挥出更大的能量。

就在我当"知青"的贵州省修文县久长人民公社，后来的久长乡，今天的久长街道，当地政府在前些年投资 3 000 万元，建起了一座九年制的学校，周围乡村村寨上的学生们，统统都能到漂亮的教室里上课。仅这一小个例子，就说明我们平时所说的"硬件"，建得比以往好得多了。

我期盼的是，在这样和城市相比一点也不逊色的学校里，我们师资的水平是不是同样提高了呢？我们的教育质量，是不是也同县城、地级市、省城乃至北京、上海、武汉、成都那些大城市里的重点学校一样受到老百姓欢迎了呢？

差距显然是存在的，具体比较起来，其间的差距还不小。

还是 10 多年前，我随上海浦东新区教育界的一批老师来到贵州的毕节市，参加医疗教育界和贵州毕节的文化扶贫项目，参观了从毕节市重点中学到下面几个县、乡镇的多所学校。无论是乡镇上的，县城里的和毕节市里的老师和校长，在座谈中共同表示了一个强烈的愿望，那就是希望上海来的同行们，在教学理念、教学方式等等诸多方面，给予指导帮助。他们不但欢迎城市教育界的同行们走进山乡，他们同样渴望走出大山，到上海、北京、天津等沿海发达地区听课、进修、切磋交流，开阔眼界，以便回到山乡以后，根据当地实际培养更出色的下一代。

在耕读小学教书时，我曾要求我教的小学四年级、五年级两个班的学生，在家里找一找，把家里有的书借给我读。结果，当时我所在的四个寨子，一个大队的老乡家里，只找出了一本1955年的农历，借来给我读了一周。我所落户的砂锅寨，是四个村寨中最大的一个，当时有56户人家，300多个人，加上另三个寨子的人口，共有1 100多人，在很长时间里，就只找出了这么一本薄薄的小书。

这件事留在我的记忆深处，我的印象非常深刻，久久难忘。

近年来，随着中国作家采风团走遍了祖国十几个省的农村，凡有乡村书屋、农家书屋，我一定会要求走进去看看，了解点儿今天农民们的阅读情况。

看到很多农家书屋光线明亮的阅览室，整洁，有不少还很典雅的大小房间，和我久居山乡时相比，简直让我惊叹和高兴。

但我们得实事求是地说，有一些建得漂漂亮亮的农家书屋、乡村阅读室、阅读吧，条件甚好，安安静静地坐在里面读书的人却不多。细细地浏览书架上的书籍，配置的书籍种类也不健全，有不少是教辅类的读物。

故而我期盼着，随着乡村书屋走进山乡，挨近农家，也能像在一些做得出彩的城市里的书吧一样，有计划地在农闲时节、传统节日，举行一点各地农民们喜闻乐见的活动，结合文化下乡、科技下乡、文艺节目下乡，在丰富农民们业余文化生活的同时，带去更多实用的、百姓喜闻乐见又能增长见识的东西。让农民们在笑声中受到启示，在阅读辅导中获得教益，让乡村书屋真正成为当代农民生活的一部分。

插队落户 10 年 7 个月，当我告别砂锅寨，走进省作家协会报到的那一年，我们说的是中国有 10 亿人口，其中 9 亿是农民。今天我们经常说的是，14 亿人口中，还有超过三分之一的人生活在农村。城市和农村之间的联系，比以往的任何时代都更紧密。我衷心地期盼，中华农村大地，在乡村振兴的历程中取得更大的喜人成就。

犹如打开一扇门

1979年，我在插队劳动整整10年7个月之后，离开了乡村，离开了那个偏僻的山寨。那个时候，我记得我们通常讲的，中国是个有10亿人口的大国。10亿人口中，城市人口是1亿。另外9亿人，则是农村人口。

一晃40多年过去了，我们现在的统计数字说的是，中国有14亿人口。其中7亿多生活在城镇上，另外7亿仍是农村人口。

跟40多年前相比，在中国城镇化的浪潮中，已经又有了6亿人进入了都市。我经常说，时而也在小文中表达，这样一个进程，我们的当代文学创作，关注的是不够的，反映和表达的也是不充分的。

吴佳骏的这本《我的乡村我的城》，写的就是对于这个过程中中国从乡村到城市里的一些人和事。

这么大的一个群体，这么多老老少少、男男女女的生活变迁，其中该有多多少少的故事，青年人的成长，感情的演变，恋爱和婚变，家庭关系中的冲撞，可以想象得出，尘世烟火里无数人的命运，演绎出很多的跌宕起伏。吴佳骏在他的14篇散文作品中，都触及了。以他一支青年作家的笔，大胆地写到了。难能可贵的是，他不仅仅以作家的敏锐触摸和描绘这些看似"围城"内外的人和事，他还有着他的思考和忧患。

我生活的上海是座特大型的城市，10多年前访问墨西哥时，墨西哥城的议长给我介绍说，墨西哥城有2 900万人口，是全世界人口最多的大城市。现在的上海有2 500万人口。其中1 470万持有上海户籍，另外的1 000多万全都是"新上海人"。这1 000多万"新上海人"，包括了从高楼大厦里充满蓬勃生气的创业者到密集型企业中就业的农民工，还有满街跑的快递员……我们几乎天天都见得到。但是，如此庞大一个群体的喜怒哀乐，家人家事，我们知道吗？我们知晓多少？

读一读吴佳骏书中的每一篇文章，犹如打开了一扇门，可以看到不少人不曾关注到的风景和平时容易忽视的世事，得到一些人生的感悟，品出清苦时光的甜酸和苦辣。总之，我喜欢这本书，也希望爱读书、爱思考的读者，打开《我的乡村我的城》静心地读一读。

三关六码头

　　小时候，弄堂里住着几户宁波人。他们说话的共同特点，就是宁波口音很重，和我们这些不是宁波人的邻居讲起话来，语速慢一点，我们还能听得懂。有时候我们还会学着他们说话的腔调，说上几句话。

　　但是他们宁波人和宁波人说起话来，讲得快一点，我们站在一旁，就只能干瞪眼，或者互相之间挤眉弄眼，伸伸舌头，听不懂了。比如他们之间经常说的一句话："吃过奉化芋艿头，跑过三关六码头。"我们就听不懂。问同样是宁波人家的小伙伴，他们也不甚了了。只是说，芋艿头，宁波乡下年年会送来，你要吃，我从家里拿几个来给你烘烤了吃，很好吃的。回到家里询问自己的父母，他们仿佛也不甚明白，笼而统之地回答，这是表示他们宁波人见多识广的意思。

　　我仍然不满足，见多识广和吃芋艿头有什么关系呢？

　　长大了，和各式各样的宁波人打过交道，逐渐明白了，这是指宁波人离乡背井，吃得苦，经历得多，见识也广，能应付各种场面，和各式人物打交道，解决各种各样社会上碰到的难题和矛盾，是条汉子，是个人物。

真的是有各种各样的宁波人啊，当大老板的宁波人，做小市民的宁波人，开烟纸店的宁波人，做裁缝的宁波人，开绸布店的宁波人，当各种营业员的宁波人……在上海滩的老宁波人宣称，四个上海人中间就有一个宁波人，我们宁波人占了上海四分之一的市面啊！宁波人的生活习惯，宁波人的风情俚俗，宁波人的各式小吃，全占领了上海滩。

不信吗？你不是喜欢吃云片糕吗，那是宁波传过来的，还有年糕片、山楂片、兰花豆、笑口榛子、小红枣子、红葡萄干、慈城的年糕、南瓜子、香瓜子、炒花生、三北盐炒豆、豆酥糖、香糕……哎呀呀，10个手指头都数不过来。你们上海有什么？柏油马路上什么都种不出来。吃的都是我们宁波产的宝贝。

从小在弄堂里受到宁波籍小伙伴的抢白，印象特别深。近些年来宁波去得多了，和各式宁波人打交道，内心深处也想弄明白，从小听惯的那句话的出处及最早的含意。

听到我提问的宁波人告诉我，最早，这句话说的是"吃过奉化芋艿头，闯过三关六码头"。只因为奉化的芋艿口味最好吃。而"跑"字变成了"闯"，就更为形象了。更能体现这句话的本意了。

那本意是什么呢？奉化的芋艿收上来，既能做菜，还能当饭吃，也能抵饿，装进布袋走南闯北，不易霉变不易馊。但是芋艿毕竟不是白米饭，吃过奉化芋艿头，表示的是吃得了苦，受得了累，能吃苦耐劳。而闯过三关六码头呢，指的是走南闯北，经风雨见世面，已经很有人生的阅历和社会经验了。至于传进上海滩那么多的小吃嘛，都是散居宁波各地的老乡，把自己家乡的小吃，带进上海以后传开的。三关六码头呢，就是指的宁波各个角落。

不过呢，宁波这地方开埠早，还真的有三关六个码头呢！最早的红海关，可以和上海外滩的海关有一比。

这些年来，"三关六码头"变成了宁波特色小吃的代名词，他们把宁波所有的小吃汇总在一起，以"三关六码头"为名，专门向宁波人集聚的上海滩发送和供应，受到占上海四分之一强的宁波籍几代上海人的欢迎。人们便把"三关六码头"小吃，称为"小时候的味道""童年的记忆"。

真是小时候的味道啊，连我不是宁波籍的一个上海人，也忍不住要去品味各样小吃，寻找一个童年的记忆哩！

南社成员的职业

  2018 年 11 月，我参加了《上海滩》杂志编辑部主办的"南社与江南文化"研讨会。研讨会有不少学者参与，但在发言中，很少涉及 100 多年前成立的南社成员的职业。仿佛南社的成员，生来就是为反清、推翻帝制的革命目标而奔走的文化人，给人的感觉，他们似乎不食人间烟火，仅仅是本着"品行文学双优，得友人介绍"而进入这一社团的。

  其实，南社的每一位成员，都是有职业的。南社的入社原则规定，"品行文学双优"，很多人便以为南社成员中大多数是作家、文学家。其实不然，在众多的成员中，据我统计，真正纯粹的文学家仅有屈指可数的几位，除了两位老文学家姚菊隐、马视眉之外，另有女作家卢葆华，作家高尹介、冯北海，一共五人。即使把时常写些诗文的柳亚子算上，也不过六人而已。

  那么，南社成员的职业究竟是怎么样的呢？

  教育界人士不少，包括了小学教员、小学校长、中学教员、女学校长、大学文学士、大学教授、大学学生、女子中学教员、工学院教员、教育局长等，足有近 20 位。可以说，大中小学都有人参加了南社。

另一职业也颇为引人瞩目，那就是秘书。有监察院秘书、公安局秘书主任、道路协会秘书、招商局秘书、县政府秘书、外交部秘书、市政府秘书、中央党部秘书、国民政府秘书、煤厂秘书，等等。秘书们可以单独组成一个小组了。想必是秘书本身身居高位、善于笔墨，而且每次聚会，都能带来方方面面较为准确的信息吧。

南社成员第三大职业特点，便是聚集了众多的新闻界人士。报社记者、社长，通志馆编纂主任徐蔚南，通志馆副馆长朱少屏当时都是南社的骨干成员，报刊编辑、杂志社主干、书局经理，甚至还有长城影片公司的导演等，在当时，这些职业都可以归入文人这一行列。用今天的话说，包括了新闻出版界、文艺界、史学界等各界人士。

一个社团，除了要团结各界有志之士，没有领头人是不行的。当陈去病从日本回到中国，于 1909 年将"神交社"改称"南社"以后，他与柳亚子便成了南社领导人。辛亥革命胜利，南社有的成员因革命有功而步上仕途，有的成员以文史方面的成就而成为名人。尤其是民国建立以后，反清大目标已经完成，南社成员遂因政治、治学方向以及兴趣等的不一，作鸟兽散，至 1923 年，柳亚子解散了老"南社"，继而重组新"南社"并自任社长。以后的 10 多年里，新南社因时局的动荡，政治上的分歧日渐明显与严重，直至1939 年，也曾是南社成员的汪精卫公然叛国投敌，终致南社名存实亡。

回顾南社自始至终的历史，再细观南社成员的职业特点，从我前面概括的那几种，其他还有中央委员蔡元培、柳亚子、叶楚伧，监察委员刘三，江苏省长陈陶遗，上海市教育局长潘公展，以及市政府科长、警备司令部军需处长、汽车工会主席、立法院委员、县长、老同盟会员、财政局长、医学院主任、社会局、两路局职员、美术家、体育家、农业家、贸易局专员、律师、几位名家的夫人，甚至还包括柳亚子先生的女儿柳无非，等等。不一而足，可以是包罗万象。

　　职业的不同，社会的急剧动荡变化，势必造成南社成员各自的观点、看法大相异趣，追求的目标完全不一致，以致最后分崩离析、彻底解散。

《晚秋情事》余言

　　自 2019 年初以来，我计划在五年里完成《魂殇》《婚殇》《恋殇》三本长篇小说，了却在本子上涂涂画画构思了多年的心愿。之所以要写这三本"殇"字命名的作品，是在我告别人生的中年，迈上老年门槛的这些年里，忽然察觉到，当代生活中，年轻一代人的恋爱观、爱情观、价值观、家庭观，和我们这一代人当年所普遍信奉和追求的婚恋观念，完全不同了！特别是近年来悄然产生的"躺平""懒恋懒婚"甚至不婚，愈加令我感觉到社会伦理形态的演变。曾几何时，只不过是仅仅 40 年前，我初涉文坛时出版的长篇小说《我们这一代年轻人》《风凛冽》《蹉跎岁月》等作品，还被评价为比较生动准确地描绘了"一代人青春"的作品啊。我得把构思中的《魂殇》《婚殇》《恋殇》写出来。

　　哪知道，刚刚完成了前面两部，正进入《恋殇》的写作，北方一位有过"知青"经历的朋友，在给我谈论读过两本书后的感受时，顺便给我讲述了一件他曾经的"知青"伙伴中发生的中年爱情，那就是我《晚秋情事》里齐大盟和李月的原型。是朋友在微信中的三句话搅动了我的文思，一句话是"中年人的爱情"，一句话是"这年头值得赞颂和议论的爱情"也是有的，第三句是"你看看这素材若能成为小说题材，他俩会很高兴的。他们知道我认识你，讲起过的"。当然，更主要的是，我对整个中国"知青"群体的认识，几十年里，我始终和这一代人保持着接触和联系。从毛泽东、周恩来等领导人接见和肯定过的第一代"知青"先进如邢燕子、董加耕、侯隽等全国典型，到 1975 年、1976 年最后一批"上山下乡"的小"知青"中的代表性人物，我都认识，并分别听过他们对"知青"岁月的倾诉，尤其如曾叱咤风云的一批命运跌宕的"响当当"人物，我也听到过他们对已逝去岁月的感慨。可能我的身份是个小说家，所有普普通通的"知识青年"们，对我都是一见如故，并会坦率地、坦然地讲述他们人生中的一段段经历。记得那一年我和妻子在游轮上畅游多瑙河，偶遇几位老"知青"，没几天工夫，就听他们一一地讲述了各自的人生故事。对中国的这一群体，我是深有体会和熟知的。当然，我和自己同班的、同时去山乡插队的，并一同长大的伙伴们，就更为熟悉和无话不谈了。故而，当心中燃起创作的火苗，《晚秋情事》就水到渠成了。

这本书可以视作"殇"字系列长篇小说的一个组成部分。不过它不是一个感伤的故事，而是一个颇有意味的中年爱情版本。

但愿读过以后，也能引起你的一缕遐思。

我登上了"中华文化"方阵彩车

去年国庆节，我曾有幸作为文艺界 15 个代表人士之一，登上"中华文化"方阵彩车，参加 70 周年庆典大游行。一年过去了，每当回想起那时的场景，我仍激动不已。

我是文学界的唯一代表

收到参加登上国庆 70 周年大典"中华文化"方阵彩车的通知，我还住在贵州的大成山麓。记得那是 7 月中旬的一天，我站在窗前远眺大成山的山岭，休息写作疲乏的双眼，脑子里也在思索接下去该如何写作。

这时候手机响了，显示是北京的来电。原本我以为是中国作家协会打来的，结果电话那头告诉我，经中宣部推荐，决定邀请我作为"中华文化"方阵彩车的代表人员之一，参加国庆 70 周年盛大庆典，并要求我确保能够有参加彩排和 9 月 30 日、10 月 1 日游行的时间。其他有关事项，上海市委宣传部和上海市作家协会还会和我具体对接。

接完中宣部的来电约一个小时后,上海市作家协会的对接电话就打来了。办公室钱主任告诉了我具体情况,并向我表示祝贺:"你是作为中国文学界的唯一代表登上'中华文化'方阵彩车的。目前最重要的是要保证身体健康,提供近期的体检证明并在体检表格上签名,还要保证9月份参加预演的时间和国庆的游行时间。"

挂断电话后,我知道正在潜心创作的长篇小说《魂殇》进行不下去了,必须订机票离开我居住的大成山麓,体检之后并签名上交表格。从那一天起,我的心情始终处于亢奋和激动之中。

两本书都被选为70周年献礼书

去年春天,举国上下都在说,"我们要做好工作,向国庆70周年献礼"。人们纷纷猜测,今年的国庆会不会有大游行?北京天安门广场上的庆典将会是怎样的规模?我也不禁思考,作为一个小说家,我应该用什么向祖国献礼?

去年2月的时候,吉林人民出版社的副社长赵岩从长春飞到上海约我见面,并向我组一本新的书稿。她曾是我一本散文集《我的人生笔记》的责任编辑,但我们仅是神交,没见过面。这一次见了面,我问她为何在霏霏细雨中飞来上海。她说她想把我一辈子写的散文随笔出一本精选的集子,作为吉林省的70周年献礼书,希望我能扣紧文学人生和70周年这两个主题选择文章,并起一个贴切的书名。"你不是出生于 1949 年 10 月嘛。"她提醒我说。我照着她说的做了，并起了一个书名：《我和祖国 70 年》。6 月份，她在电话中高兴地告诉我，这本书作为吉林省的 70 周年献礼书，通过了省里评选，不久就能出版。

　　同样是去年，在赵岩向我约稿没多久后，贵州人民出版社也和我签订了长篇小说《五姐妹》的出版合同。7 月，责任编辑张云端主任同样兴奋地告诉我，经过评选，《五姐妹》已被评上了贵州省的 70 周年献礼书。

　　这两件令人高兴的事成了一个好预兆。不仅仅是我的作品成了70 周年献礼书，我也要登上"中华文化"方阵彩车，去参加庆典的大游行。我怀着期待和喜悦的心情等待着这一刻的到来，心里也忍不住猜测，彩车上究竟会有哪些文艺界人士呢？

登上彩车经过天安门

　　谜底是去年 9 月 20 日去北京参加预演时揭开的。到了预演会上，我才第一次见到了文艺界各界代表人物。他们是粤剧演员倪惠英，京剧演员、中国戏剧家协会副主席孟广禄，中国舞协副主席迪丽娜尔·阿布拉，中国美协主席范迪安，中国音乐学院院长王黎光，中国舞协副主席山翀，川剧演员、中国剧协副主席沈铁梅，黄梅戏演员韩再芬，中国杂技家协会副主席吴正丹，越剧演员、中国剧协副主席茅威涛，电影演员林永健和吴京。还有上海的歌唱家廖昌永和沪剧演员茅善玉，我跟他们算是老熟人了。

等到预演时，我们才体会到工作人员为了保证游行顺利进行，付出了多么巨大的体力和心血。可以说，和他们相比，17辆主题彩车上的人们付出的那点儿体能消耗，简直微不足道了。

为了不打扰天安门附近市民们的日常生活秩序，唯一的一次预演是通宵进行的。晚上9点40分，我们在所居住酒店的11层楼道口集合，出发到长安街附近，等待演练的开始。当我们"中华文化"方阵彩车经过天安门广场的时候，已经是下半夜了。等我们回到酒店，已是凌晨4点半。

国庆那天，彩车徐徐进入沸腾的天安门广场，车上车下所有人都向着天安门城楼挥舞着鲜花和彩绸，我只觉得自己置身于一片欢乐的海洋之中。不知不觉中，我流下了热泪。这真是难忘的一刻！